ISBN 978-1-334-88956-1
PIBN 10647473

1 MONTH OF
FREE
READING

at
www.ForgottenBooks.com

By purchasing this book you are
eligible for one month membership to
ForgottenBooks.com, giving you
unlimited access to our entire
collection of over 1,000,000 titles via
our web site and mobile apps.

To claim your free month visit:
www.forgottenbooks.com/free647473

English
Français
Deutsche
Italiano
Español
Português

www.forgottenbooks.com

Mythology Photography **Fiction**
Fishing Christianity **Art** Cooking
Essays Buddhism Freemasonry
Medicine **Biology** Music **Ancient**
Egypt Evolution Carpentry Physics
Dance Geology **Mathematics** Fitness
Shakespeare **Folklore** Yoga Marketing
Confidence Immortality Biographies
Poetry **Psychology** Witchcraft
Electronics Chemistry History **Law**
Accounting **Philosophy** Anthropology
Alchemy Drama Quantum Mechanics
Atheism Sexual Health **Ancient History**
Entrepreneurship Languages Sport
Paleontology Needlework Islam
Metaphysics Investment Archaeology
Parenting Statistics Criminology
Motivational

Un événement.

Le 4 vendémiaire an IX de la République française fut un grand jour pour le citoyen Jérôme Sauval, archiviste de la mairie de Nantes : un fils lui naquit ce jour-là, entre quatre et cinq heures de l'après-midi, et l'enfant était à peine depuis une demi-heure en possession de la vie, que déjà son horoscope avait été tiré de deux manières parfaitement contradictoires.

« Je vous félicite, M. Sauval, dit le docteur Guillemot, après avoir prodigué à l'accouchée les secours de son art; voilà un enfant qui promet, il est organisé à, merveille, et vous m'en direz des nouvelles dans quelques années. »

Le bon homme Jérôme ouvrit de grands yeux pour admirer son fils sur les genoux de la garde, et sourit avec complaisance, aussi heureux et aussi fier qu'un fervent disciple de Gall qui aurait entendu tomber un pareil oracle de la bouche de l'illustre professeur. Mais il était alors peu ou point question du docte personnage, et il faut avouer que son système avait déjà fait le tour de l'Europe lorsque l'honnête archiviste mourut sans en avoir jamais ouï parler.

La joie qu'il ressentit de cette première prédiction fut de courte durée, et ne tarda point à être balancée dans son cœur par une vague inquiétude; car le docteur n'avait pas encore cessé de parler que la garde, sur la demande de l'accouchée, remit le nourrisson entre ses bras; puis, s'approchant de la fenêtre, exprima une opinion bien différente et à voix basse sur le compte de l'enfant.

Cette femme, dont les traits durs et anguleux présentaient un type frappant du visage celtique, était une vieille Bretonne fort en crédit auprès de toutes les commères du quartier. Elle avait découvert sur la personne du nouveau né un signe qu'elle reconnut sur-le-champ pour l'œuvre des mauvais esprits.

« Les *courils* [1], murmura-t-elle entre ses dents, ont jeté un sort sur l'enfant; il lui arrivera malheur. »

— Quoi? que dites-vous-là, bonne femme, demanda Jérôme, qui avait entendu ces paroles; vous croyez vraiment que....

Le docteur lui imposa silence en haussant les épaules d'un air de mépris. Il y avait entre cet homme et la garde toute la distance qu'il est raisonnablement permis d'imaginer entre un élève de l'Encyclopédie et une vieille paysanne Bretonne : celle-ci, dans l'interprétation des présages et des songes, tirait de bonne foi avantage de ses propres superstitions et de celles d'autrui; celui-là tenait à honneur de ne croire qu'au témoignage de ses sens; l'une voyait partout le diable, l'autre, chose bizarre, à force d'observer et d'admirer les merveilles visibles de la création, était arrivé à ne reconnaître nulle part le créateur. Toutefois, dans la cir-

---

[1] Les paysans donnent ce nom en Bretagne à une famille de follets, auxquels ils attribuent le pouvoir de jeter des sorts sur les hommes et sur les troupeaux.

constance dont il s'agit, était-il tout-à-fait dans son bon droit lorsqu'il dit à M. Sauval.

« Allons donc, citoyen, écoutez-vous de semblables sottises ? »

— Sottises ! sottises ! dit tout haut la vieille femme, à qui le dépit fit oublier la prudence, je maintiens mon dire et toute votre science n'y changera rien ; il y a un mauvais sort sur cet enfant-là.

Le docteur remua une seconde fois les épaules en regardant l'archiviste qui eut honte de passer pour simple et crédule aux yeux d'un homme habile, et s'efforça de sourire ; mais l'impression qu'il avait reçue des paroles de la vieille femme ne s'effaça point de son cœur comme sur son visage.

Madame Sauval avait détaché l'enfant de son sein et se disposait à le rendre aux mains de la garde lorsqu'elle entendit ces derniers mots : elle rapprocha aussitôt le nouveau-né de son cœur par un mouvement de crainte instinctive, le regarda tendrement et le couvrit de baisers. Ce n'était pas cependant qu'elle eût la faiblesse d'ajouter foi à cette prédiction de mauvais augure, mais elle savait combien d'écueils l'homme est exposé à rencontrer dans la vie ; et, tandis que, dans la joie de sa maternité première, elle prodiguait à son enfant les plus douces caresses, elle répétait en elle-même ces graves paroles de l'Ecriture : *Réjouissez – vous avec tremblement.*

C'était un excellent ménage que celui de M. et de Mme Sauval, quoiqu'il y eût, à certains égards, fort peu d'harmonie dans leur esprit et dans leurs goûts. L'honnête Jérôme était de ceux qui traversent le monde sans jamais le connaître et sans en être connus. La douceur, la bonté, une candeur ingénue, étaient les traits principaux de son caractère, et il y avait quelque chose de trop inoffensif dans son humeur pour que plusieurs se fissent faute de jeter une espèce de défaveur sur ses vertus mêmes. C'est ainsi que sa bonhomie candide était taxée de simplicité, sa générosité de faiblesse, sa douceur d'apathie ; souvent même ses chefs se hâtèrent de déprécier ses bonnes qualités, qu'ils étaient incapables de comprendre ; ils pensaient, en l'accusant, au hasard, d'incapacité, être quittes envers lui, et justifier par leur dédain pour son mérite leur indifférence pour ses requêtes. Aussi Jérôme, à son grand regret, car le digne homme n'était pas sans quelque ambition, avança fort peu dans sa carrière ; il est même permis de dire qu'il s'arrêta en chemin presque à la première borne ;

constance dont il s'agit, était-il tout-à-fait dans son bon droit lorsqu'il dit à M. Sauval.

« Allons donc, citoyen, écoutez-vous de semblables sottises ? »

— Sottises ! sottises ! dit tout haut la vieille femme, à qui le dépit fit oublier la prudence, je maintiens mon dire et toute votre science n'y changera rien; il y a un mauvais sort sur cet enfant-là.

Le docteur remua une seconde fois les épaules en regardant l'archiviste qui eut honte de passer pour simple et crédule aux yeux d'un homme habile, et s'efforça de sourire; mais l'impression qu'il avait reçue des paroles de la vieille femme ne s'effaça point de son cœur comme sur son visage.

Madame Sauval avait détaché l'enfant de son sein et se disposait à le rendre aux mains de la garde lorsqu'elle entendit ces derniers mots : elle rapprocha aussitôt le nouveau-né de son cœur par un mouvement de crainte instinctive, le regarda tendrement et le couvrit de baisers. Ce n'était pas cependant qu'elle eût la faiblesse d'ajouter foi à cette prédiction de mauvais augure, mais elle savait combien d'écueils l'homme est exposé à rencontrer dans la vie; et, tandis que, dans la joie de sa maternité première, elle prodiguait à son enfant les plus douces caresses, elle répétait en elle-même ces graves paroles de l'Ecriture : *Réjouissez - vous avec tremble-ment.*

C'était un excellent ménage que celui de M. et de Mme Sauval, quoiqu'il y eût, à certains égards, fort peu d'harmonie dans leur esprit et dans leurs goûts. L'honnête Jérôme était de ceux qui traversent le monde sans jamais le connaître et sans en être connus. La douceur, la bonté, une candeur ingénue, étaient les traits principaux de son caractère, et il y avait quelque chose de trop inoffensif dans son humeur pour que plusieurs se fissent faute de jeter une espèce de défaveur sur ses vertus mêmes. C'est ainsi que sa bonhomie candide était taxée de simplicité, sa générosité de faiblesse, sa douceur d'apathie ; souvent même ses chefs se hâtèrent de déprécier ses bonnes qualités, qu'ils étaient incapables de comprendre ; ils pensaient, en l'accusant, au hasard, d'inca-pacité, être quittes envers lui, et justifier par leur dédain pour son mérite leur indiffé-rence pour ses requêtes. Aussi Jérôme, à son grand regret, car le digne homme n'était pas sans quelque ambition, avança fort peu dans sa carrière; il est même permis de dire qu'il s'arrêta en chemin presque à la première borne;

en effet, lorsqu'il mourut, après trente ans d'honorables services, il appartenait encore, en
qualité de chef il est vrai, au même bureau de
la mairie où il avait fait ses premiers débuts.

Peut-être cependant eut-il au fond peu à
se plaindre du sort qu'il accusait quelquefois
et qui le maintint toute sa vie dans une condition obscure : une ame comme la sienne aurait eu beaucoup à souffrir d'une position plus
élevée, qui aurait nécessairement multiplié ses
rapports avec les hommes, et il y eût trouvé de
nombreux et de cruels mécomptes. D'ailleurs,
en changeant de condition, il aurait dû changer à beaucoup d'égards de façon de vivre, et
Jérôme Sauval, homme exact, minutieux,
rangé par excellence, avait en toute chose horreur de l'innovation : il faisait chaque jour, sans
se lasser jamais, ce qu'il avait fait le jour précédent; l'emploi de toutes les minutes de sa vie
était réglé d'avance, et l'habitude avait pris
sur lui tout l'ascendant d'une passion véritable.
Les jours ordinaires de la semaine on l'entendait quelquefois se plaindre avec douceur de
l'assujétissement où il vivait et regretter de
n'avoir pas plus de loisir; mais, quand venait
le jour du repos, après avoir entendu la messe
du matin, il ne savait plus que faire de son
temps et de sa personne, et rêvait non sans

quelque plaisir à ses occupations du lendemain; enfin son bureau devint insensiblement pour lui ce qu'est pour un vieux marin le vaisseau qu'il habite depuis sa jeunesse, ce fut une seconde patrie, et l'on peut dire du digne M. Jérôme et de son fauteuil de cuir noir, ce que rapporte Charles Lamb d'une bonne vieille allemande et de son poêle, qu'on ne savait si cet objet lui était réellement incorporé, ou si sa personne était partie intégrante de l'objet.

Il portait en tout le même esprit d'habitude et de routine; son costume fut un défi perpétuel jeté pendant nombre d'années à la puissance de la mode. Voyait-on venir de loin, le long du port Maillard où il demeurait, et dans la direction de la mairie, un homme coiffé d'un petit chapeau, vêtu d'un habit vert à boutons d'argent et à larges basques, portant en outre des culottes courtes en drap gris et des bas de même couleur, chacun avait sur les lèvres le nom de Jérôme Sauval, avant de pouvoir distinguer ses traits, et souvent alors ceux qui le voyaient passer tiraient leur montre ou regardaient leur pendule, pour s'assurer qu'elle était bien réglée.

Par suite de la même disposition, Jérôme répugnait à faire des connaissances nouvelles et variait peu ses lectures, ou plutôt il usait fort

sobrement des livres. Sa bibliothèque n'était
guère plus considérable que celle du licencié
Sédillo, et consistait, outre son livre d'heures,
en quelques rares volumes trouvés par lui dans
une petite maison dont il avait hérité. Parmi
ceux-ci figurait heureusement l'immortel chef-
d'œuvre de Cervantes, dont le bon Jérôme faisait ses délices. Si l'on ajoute à cet ouvrage cinq
ou six volumes d'anciens fabliaux, quelques
fades romans, le Traité des études du bon Rol-
lin, que Jérôme n'ouvrit jamais, et la Cuisi-
nière bourgeoise, qu'il consultait de temps en
temps, on aura le catalogue exact de la bibliothèque de l'archiviste : c'était là qu'il avait puisé
presque toute sa science du monde et des hommes. Il ne se fatiguait point l'esprit par de savantes recherches sur la nature et les attributs
de la divinité; il ne consultait ni Platon, ni
Aristote, ni même les encyclopédistes, sur les
devoirs des hommes, sur l'essence du bien et du
mal : il se bornait à s'abstenir de celui-ci et à
mettre celui-là en pratique. Il était pauvre et
sans crédit, et pourtant jamais sa bourse ne fut
fermée aux malheureux, ni son humble porte
aux proscrits supplians. Les riches, les puissans,
le connaissaient à peine, mais les pauvres le bé-
nissaient; son quartier en comptait peu qui
n'eussent reçu de lui quelque bienfait, et, s'il

était question, dans le voisinage, du bon monsieur à l'habit vert et à la culotte grise, les fronts se déridaient, et chacun avait un mot à dire à sa louange.

Il est difficile de rencontrer en deux personnes parfaitement unies d'aussi grands contrastes qu'il y en avait, sous plusieurs rapports, entre l'archiviste et Joséphine, son intéressante compagne. Celle-ci possédait, outre les qualités du cœur, les facultés éminentes que la nature avait refusées à son mari; elle avait l'enthousiasme du beau, et une brillante imagination, qui, exaltée par la lecture de quelques auteurs favoris, colorait tout des prestiges de la poésie. Jérôme, au contraire, homme positif par excellence, n'avait garde de sortir des régions de la réalité; aussi, l'étrange diversité d'humeur des deux époux se montrait-elle à chaque instant et à tout propos. Se promenaient-ils ensemble, un beau jour d'été, à travers les campagnes; tandis que l'attention de l'un était captivée par la richesse des moissons, et qu'il supputait le bénéfice du cultivateur, l'autre regardait avec délices l'ondulation des blés dans les plaines, semblable à celles des vague de l'Océan, ou le gracieux balancement des peupliers sur les coteaux verdoyans : visitaient-ils tous deux un beau site bien boisé, le premier

émettait son avis sur l'âge des jeunes pousses,
sur le rapport des coupes annuelles, ou prenait
souci de la qualité des ormes et des chênes ; sa
compagne, enthousiaste de la nature, admirait
alors les reflets magiques et.variés de la lumière
sur la verdure ; elle écoutait dans une douce
extase le frissonnement des bouleaux et des
trembles, et les soupirs mélodieux de la brise
sous le feuillage : enfin, longeaient-ils côte à
côte les bords du fleuve, Jérôme n'oubliait jamais de s'assurer de la hauteur des eaux ; puis
il comptait les navires qui suivaient ou remon-
taient leur cours, et s'informait de leurs pa-
trons et de leurs chargemens ; souvent alors Joséphine l'entendait à peine, absorbée qu'elle
était dans la contemplation du ciel et des flots
qui se confondaient à l'horizon, et en face de
ces merveilles une hymne au créateur s'échappait silencieusement de son ame. En un mot, le
lien sacré qui enchaînait ces deux époux l'un à
l'autre semblait cimenter une indissoluble union
entre la poésie et la prose.

Il était impossible que Joséphine ne souffrît
cruellement de ce contraste ; car, faute d'être
appréciée par ceux que nous aimons, les plus
hautes facultés de l'ame font bien moins la joie
que le tourment de leurs possesseurs. Toute
femme, d'ailleurs, sent, en proportion de la

noblesse de son cœur et de l'élévation de sa pensée, grandir en elle le besoin de respecter l'époux de son choix, de le regarder comme un être supérieur à elle-même, et, quelque modeste que fût Joséphine Sauval, à quelque illusion qu'elle eût recours, jamais son imagination ne put faire un tel miracle que de reconnaître en son mari les dons-brillans dont il était totalement dépourvu ; mais Jérôme était si bon, si doux, si tendre, qu'il ne fallait aucun effort pour rendre une espèce de culte à ses vertus ; aussi le bonheur de Joséphine était-il de les exalter, de saisir en public toute occasion de montrer son mari sous le jour le plus favorable, tandis qu'elle jetait un voile sur son propre mérite, et se mettait autant que possible dans l'ombre, s'efforçant, par ce moyen touchant, de lui faire gagner, dans l'opinion des autres, toute la faveur qu'elle refusait de conquérir pour elle-même.

Quelques heures après la scène décrite au commencement de ce chapitre, Jérôme Sauval mit son habit neuf, prit son chapeau et son parapluie des mains de la bonne Marthe, sa domestique, et se dirigea vers la maison du citoyen Landry, premier magistrat de la ville de Nantes.

Il est bon de savoir que Jérôme cumulait alors, avec le titre d'archiviste de la mairie, celui de chef par intérim du bureau de sûreté, que huit heures venaient de sonner, et qu'il ne s'était jamais présenté dans la soirée chez son chef qu'en des circonstances tout-à-fait extraordinaires. D'après cela on comprendra que le citoyen Landry, qui vivait dans la crainte perpétuelle d'une insurrection des Vendéens et des chouans du voisinage, fut singulièrement troublé de la visite de Jérôme. Il faut croire aussi que l'émotion excitée en celui-ci par le sentiment d'une paternité toute récente perçait sur son visage habituellement si paisible; car le magistrat, qui ouvrait le plus tranquillement du monde sa tabatière un instant avant l'arrivée de l'archiviste, la posa tout entr'ouverte sur sa table aussitôt qu'il l'eut envisagé, et se levant brusquement:

—Eh, mon Dieu, mon cher M. Sauval, demanda-t-il tout alarmé, qu'y a-t-il donc? que s'est-il passé?

— Citoyen maire, répondit gravement Jérôme, ma femme est accouchée d'un gros garçon, et....

— Ah! dit le magistrat en se rasseyant et refermant sa tabatière.

— Et comme vous avez daigné me promettre, continua Jérôme, de servir de parrain à mon enfant, il était de mon devoir de vous prévenir....

— Oui.... oui.... C'est ma foi vrai.... Vous m'y faites songer.... Et comment va madame Sauval?.... et à quand le baptême?.... car voyez-vous, mon cher, il faudra faire baptiser le petit à l'église, c'est d'un bon exemple.... Vous avez sans doute lu le dernier arrêté du premier Consul sur le culte.... La religion reprend faveur, et.... et c'est fort heureux, car il faut un frein au peuple. »

Pour que ce langage édifiant soit bien apprécié du lecteur, il convient de dire, chose étrange et pourtant fort logique, que le citoyen Landry s'était montré, en mainte circonstance, implacable adversaire de la monarchie et du clergé; mais sa fougue anti-chrétienne et anti-monarchique n'était pas telle, qu'elle ne pût être modérée par les sages représentations de la raison : la gloire de ceux qui meurent martyrs de leurs opinions le tentait peu, et le rôle des Brutus et des Aréna ne lui allait point du tout : aussi, après le 18 brumaire, montra-t-il beaucoup d'enthousiasme pour le GRAND HOMME; et aussitôt que le décret qui rouvrait les églises et rappelait les prêtres eut été rendu, il prit à tâche de signaler d'une manière exemplaire son

retour dans la voie du salut. Il avait, par ce
motif, accueilli d'assez bonne grace l'humble
requête que lui adressa Jérôme pour qu'il voulût bien être parrain de son enfant : et en effet,
pensait-il, ce devait être un excellent moyen
d'édifier ses administrés : il en serait parlé dans
le journal du département; le bruit en viendrait
sans doute jusqu'au ministre, peut-être même
en arriverait-il quelque chose à l'oreille du
premier Consul. Il accepta donc la proposition
de Jérôme, et l'on conçoit maintenant de quelle
importance il était aux yeux du digne M. Landry que le fils de l'archiviste reçût en public le
sacrement du baptême.

— Oui, citoyen maire, répondit Jérôme,
lorsqu'il eut le loisir de placer un mot après
la harangue officielle et chrétienne du respectable magistrat, oui, certes, je ferai baptiser
mon fils, et ce serait pécher que d'y manquer;
mais puisque vous daignez être le parrain, veuillez nommer l'enfant.

— Oh! pour cela, mon cher, je m'en rapporte à vous.... Je suis d'avis que les pères ne
doivent pas être contrariés là-dessus.... Choi-
sissez donc... Pierre, Jacques, Thomas... Ce
m'est tout un, mon choix sera le vôtre, et ce
que vous ferez sera bien fait. »

Jérôme salua profondément et sortit. Il se

doutait peu alors, l'excellent homme, du far-
deau qui venait d'être rejeté sur ses épaules,
car c'est une tâche assez embarrassante pour
tout le monde que le choix d'un nom ; mais
pour un homme aussi pointilleux que Jérôme,
ce devait être un véritable supplice. Il partageait à beaucoup d'égards l'opinion du bon
M. Schandy sur l'influence des noms propres ;
il était convaincu et répétait souvent que
notre destinée dépendait en quelque sorte du
choix d'un nom plus ou moins heureux, de
l'exemple dangereux ou édifiant donné par l'individu sous les auspices duquel l'enfant fait son
entrée dans la vie : aussi fut-il au comble de
la joie lorsqu'il se vit libre de suivre à ce sujet
son inclination personnelle et de nommer son
fils comme il l'entendrait.

Hélas, il y a loin souvent entre la liberté de
faire une chose et l'acte qui l'accomplit. Jérôme
l'apprit à ses dépens. Il revint tout pensif au
logis, et, chemin faisant, il débattit, pesa, com-
para dans sa tête le mérite d'une douzaine de
noms qui lui revinrent en mémoire. Il cherchait un nom bien sonnant et surtout rappelant un homme qui eût fait honorable et brillante figure dans le monde, car le bon archiviste
avait aussi son faible ; son cœur honnête nourrissait une passion qui fut pour lui la source

1.   2

de bien des peines; il souffrait, nous l'avons dit, de l'humble médiocrité de sa condition, et ne parvint à s'y résigner que lorsqu'il put recommencer pour un fils les rêves dorés qu'il avait faits si long-temps en vain pour lui-même. Il cherchait donc avant tout un nom historique, et qui fût comme un présage des heureuses destinées de son fils. Or, les connaissances de Jérôme étaient bornées en histoire, et son vocabulaire, dans cette branche des sciences humaines, étrangement restreint. Il eut recours à sa femme dont l'instruction plus variée lui vint en aide, et qui lui nomma successivement les hommes les plus illustres de France. Ce fut peine perdue. Jérôme, peu apte à bien apprécier leur mérite, trouvait un prétexte pour rejeter chaque nom à mesure que Joséphine le prononçait : celui-ci était trop long, celui-là trop dur pour l'oreille ; l'un fournissait une rime à un mot peu honnête ; cet autre enfin n'avait aucun de ces défauts, c'était celui d'un grand homme, mais il lui était commun avec quelque mauvais drôle du voisinage, et cela suffisait pour qu'il n'en fût plus question. Bref, Jérôme Sauval voulait pour son fils un nom sonore, éclatant, de deux ou trois syllabes tout au plus, un nom honoré par un personnage illustre et qui n'eût été porté à sa connaissance par aucun individu de réputation équivoque; il voulait un nom comme il s'en rencontre peu.

La soirée était déjà fort avancée, sans que la solution du problème eût fait un pas; cependant il y avait urgence d'en finir, car tous les membres de la famille devaient se trouver réunis le lendemain à la maison de l'accouchée; et s'il était connu que le parrain se désistait de son droit, et que le choix du père n'était point encore fait, chacun offrirait de partager avec lui cette tâche, ou plutôt de lui en épargner la peine; mille prétentions rivales seraient éveillées, il y aurait là de quoi se brouiller avec tout le monde; et Jérôme, homme éminemment pacifique, redoutait par-dessus toute chose les discussions et les querelles de famille. Il commençait donc à se lamenter avec le triste pressentiment des afflictions dont il était menacé pour le lendemain, quand il se souvint tout à coup d'avoir vu un jour par hasard, dans la bibliothèque de l'abbé Grandin, vicaire de sa paroisse, deux volumes poudreux d'une biographie qui avait environ cent années de date. Cet ouvrage, le seul qu'il connût en ce genre, pouvait le tirer d'embarras, et Jérôme accueillit comme une inspiration de son bon génie la pensée de le consulter. Il courut donc chez le vicaire et revint en triomphe avec un volume

sous chaque bras. Il s'assit gravement dans la
chambre de l'accouchée, auprès du berceau de
son fils, et, posant l'ouvrage sur la table, il
prit l'héroïque résolution de le feuilleter, s'il le
fallait, depuis la première ligne jusqu'à la dernière, et de ne se point mettre au lit qu'il n'eût
trouvé ce qu'il cherchait. Au bout d'une demi-
heure il fit une exclamation et un mouvement
qui faillit renverser le flambeau sur la table :
il était arrivé au mot ARTHUR, et venait de lire
quelques lignes qui exaltaient le mérite de ce
roi chevalier, immortel dans les fastes de la
Table ronde.

—Parbleu! dit-il en se levant, et tandis qu'il
se promenait de long en large dans la chambre
en se frottant les mains, voilà un nom qui est bien
mon affaire. Arthur! Arthur! joli nom, ma foi!
pas trop long, pas trop court, sonnant bien...
Il paraît que ce roi Arthur était un fier gaillard,
et je ne connais dans le quartier aucun mauvais
sujet qui puisse se vanter de s'appeler de la
sorte... Allons, voilà qui est convenu, mon fils
sera un *Arthur*.... Qu'en penses-tu, ma bonne
amie? dit-il d'une voix insinuante, en se rapprochant du lit de sa femme, qui s'était tout
doucement endormie pendant sa laborieuse re-
cherche, et que son exclamation avait réveillée.

— Mon ami, répondit-elle, à te vrai dire,

j'aurais préféré un nom plus français, plus familier à notre oreille ; mais il me suffit que mon fils porte le nom d'un honnête homme, et si tu veux qu'il s'appelle Arthur, j'y consens, pourvu que ton frère et le mien n'y trouvent pas à redire et qu'ils approuvent ton choix.

La restriction exprimée par ces derniers mots modéra beaucoup le contentement de Jérôme ; il se sentit même gagner par un léger frisson à la seule pensée de la lutte qu'il aurait peut-être à soutenir le jour suivant ; mais les paroles de sa femme étaient pour lui des oracles. Il se résigna donc, sans ajouter un mot, et, pour comprendre en cette occasion toute la déférence dont il fit preuve, et jusqu'à quel point ses appréhensions étaient fondées, il importe de connaître les deux personnages avec lesquels il allait se trouver en présence le lendemain.

PIERRE RENAUD, frère de Joséphine Sauval, et fils d'un bailli de village, était né en 1770 dans la terre seigneuriale de Kérolais, en Bretagne. Destiné par son père à la profession d'avocat, et envoyé fort jeune au collége de Rennes, il y puisa d'ardentes sympathies pour les principes républicains, disposition que fortifia dans son ame, au sortir des bancs, la lecture des écrits politiques de l'époque. Il voua

une espèce de culte à quelques philosophes célèbres, qu'il nommait ses maîtres, et dont il
portait habituellement un volume dans sa poche. Il lut et relut si bien Jean-Jacques, qu'il
finit par voir l'unique source de tous les maux
du genre humain dans l'inégalité des conditions,
et le remède universel dans les doctrines du
Contrat social. Cette opinion acquit en peu de
temps à ses yeux l'autorité d'un dogme, et elle
s'incarna pour ainsi dire en sa personne: cependant on prendrait à tort cet engouement
de Pierre Renaud pour du penchant à la crédulité, car il avait le plus souverain mépris
pour les croyances populaires. Fervent disciple
de Voltaire, il confondait le christianisme avec
l'abus qu'en avaient fait des hommes ignorans
ou corrompus; toute secte chrétienne lui devint
presque également odieuse, et, pour lui, le mot
religion était synonyme de superstition et de
fanatisme.

Des humiliations personnelles et le souvenir
des nombreux abus de pouvoir dont il avait été
témoin dans son jeune âge excitèrent puissamment sa haine contre l'autorité arbitraire du
gouvernement et contre les classes privilégiées;
et, si l'on considère en outre qu'il était né avec
un caractère indépendant, fier et d'une indomp-
table énergie, on concevra son enthousiasme

pour les théories révolutionnaires de 1789 et
son ardeur à le signaler.

Après s'être fait remarquer au barreau de
Rennes par sa fougue démocratique, il fut
élu; à 23 ans, peu de temps après la condam-
tion du roi, membre de la convention nationale, où il siégea parmi les Montagnards les
plus exaltés. Chargé de plusieurs missions ri-
goureuses dans les départemens agités par la
guerre civile, son ame, naturellement bonne
et compatissante, fut souvent déchirée par d'affreux combats sur ce sanglant théâtre. Il se fût
maudit lui-même s'il eût fait couler une larme
sans y être contraint par une nécessité politique; mais tel était son fanatisme et la puissance
qu'avaient acquise sur son esprit des principes
étroits et absolus, qu'il ne voyait aucun crime
dans les actes les plus sanguinaires commandés
dans l'intérêt de la liberté. Il cachait sa sensibilité sous un extérieur froid et austère, et sa-
crifiait toute émotion naturelle à ce fantôme
dont il s'était fait une idole. Il cherchait sa force
dans les exemples de stoïque fermeté que nous
ont légués les temps antiques. Souvent la grande
image des Timoléon et des Brutus apparaissait
à sa pensée, et lui aussi voilait son front et
pressait d'une main convulsive son cœur déchiré en dictant des sentences de mort. Jamais

un motif d'intérêt personnel n'influença sa conduite; jamais on n'eut à lui reprocher aucun des actes révoltans d'égoïsme et de cruauté dont les fastes de cette époque sont remplis. La cause de la révolution lui était sacrée : il frémissait d'indignation et de douleur à la vue des excès commis par la soif du pillage et du meurtre, et dont l'horreur rejaillissait sur la révolution elle-même : aussi se signala-t-il dans la journée du 9 thermidor, et fut-il un des principaux auteurs de la chute de Robespierre.

Guidé par des principes moins purs, il aurait pu assurer sa fortune sous le directoire; mais il sut résister à toutes les séductions des chefs de ce gouvernement : sentinelle avancée de la liberté, il les harcela d'une surveillance importune, et s'imposa comme un devoir le soin de défendre contre eux une constitution qu'il aimait comme son ouvrage, et dont il ne voyait point les vices. Les Directeurs ne lui pardonnèrent ni son courage ni son désintéressement, et Pierre Renaud se vit inscrit l'un des premiers sur la liste de proscription au 18 fructidor. Il échappa comme par miracle au sort affreux qui lui était réservé; mais il fut obligé de fuir et de chercher un asile à l'étranger.

Ce fut Jérôme Sauval qui le sauva en le

cachant et lui procurant un passeport sous un faux nom. Renaud partit, en lui confiant sa sœur Joséphine, qui, frappée du dévouement de Jérôme, et, bientôt après, recherchée par lui en mariage, acquitta sa dette par le don de sa main. Le 18 brumaire rouvrit la France à son frère, mais, loin de saluer le premier Consul comme son libérateur, Renaud ne vit en lui que l'ennemi de la liberté, que l'oppresseur de sa patrie, et il s'ensevelit dans la retraite, sans autre ressource qu'une petite rente qu'il partageait avec sa sœur. C'est ainsi qu'il vécut pendant de longues années, presque inconnu, pleurant sur son pays, et souffrant des disgraces de la cause à laquelle il avait tout sacrifié, sans obtenir pour lui-même d'autre fruit de ses longs efforts qu'un nom honoré de quelques-uns, condamné par un grand nombre; mais qui, pour tous, était marqué au sceau d'une grandeur imposante et impérissable.

Bien différent de Pierre Renaud était le citoyen André Sauval, fabricant de draps et frère aîné de Jérôme. Il ne fût venu dans l'esprit à personne de le soupçonner d'un enthousiasme dangereux pour les spéculations de la politique et de la philosophie; ses principes, au contraire, étaient d'une nature essentiellement mobile, et *le moi* jouait un grand rôle dans le flux et le reflux perpétuel de ses opinions. *Le moi*, il faut le dire, était le centre universel auquel il ramenait toute chose dans sa pensée. Bourgeois de la ville de Nantes, il applaudit d'abord aux premiers symptômes d'une révolution qui tendait à élever la bourgeoisie au niveau des classes privilégiées; mais bientôt les troubles civils diminuèrent les consommations, la guerre extérieure anéantit le commerce, les assignats ruinèrent les marchands, et André Sauval était marchand avant d'être bourgeois ou citoyen, avant d'être homme.

Il y eut un moment où son esprit, presque également sollicité par deux forces contraires, flotta indécis entre deux opinions opposées; car tandis que sa vanité de bourgeois l'invitait à se réjouir, sa cupidité de marchand l'excitait à se lamenter; mais ce moment fut de courte durée: la loi du *maximum*, si redoutable aux fabricans, rompit l'équilibre, et le cœur sensible d'André compatit vivement au sort des innombrables victimes de la révolution, parmi lesquelles on comptait tant d'honnêtes gens qui s'habillaient si bien. Cependant la pitié ne l'émut pas au point de lui faire négliger son petit commerce, et, un beau jour, il se trouva intéressé pour une part considérable dans un marché fort important conclu avec l'Etat pour l'habillement des

troupes : il oublia tout à coup de gémir, ses
larmes séchèrent d'elles-mêmes, et il fut saisi
d'un redoublement de fièvre intermittente et
démocratique. Il pensa qu'après tout, le Gouvernement n'était pas si fort à blâmer; il fallait,
dit-il, faire la part des circonstances, et il ne
trouva plus rien à redire aux exigences de la
guerre et aux émissions d'assignats; il exalta
même ceux-ci outre mesure, mais son engouement ne fit aucun tort à sa prudence; et c'est
un fait avéré que plus il vantait le papier à
l'empreinte de la république, et plus il avait
hâte de s'en défaire et de l'échanger contre le
métal à l'effigie du tyran.

Telle fut à peu près la conduite d'André
Sauval jusqu'au 18 brumaire, et il faut ajouter, pour achever de le dépeindre au physique
comme au moral, qu'il avait une tête large
plantée sur un corps robuste, une taille haute,
une voix forte et tranchante; il s'exprimait en
général d'une manière lourde et sentencieuse,
et, sous un extérieur fort épais, il cachait une
finesse peu commune.

En rapprochant l'un de l'autre les deux
portraits que nous venons de tracer, il sera mal-
aisé de concevoir qu'il y eût quelque trait de
ressemblance entre leurs modèles; il y en avait
un cependant, un seul à la vérité, mais fort

remarquable : c'était la prétention de n'avoir jamais tort; une obstination étrange qui se manifestait quelquefois d'une manière un peu brutale, et qui provenait en ces deux hommes d'un motif différent. Renaud était fort entêté, parce qu'il rapportait tout à ses idées fixes sur le bonheur du genre humain; André ne l'était pas moins, parce que ramenant tout à lui-même, sa vanité personnelle se trouvait perpétuellement en jeu dans les discussions dont il faisait une affaire d'amour-propre. Cette prétention était en lui d'autant plus bizarre, que sa conduite avait donné plus d'un démenti à ses paroles; mais, quoique ses opinions politiques eussent subi cinq ou six transformations notables, il n'avait garde d'en convenir, et se piquait au contraire d'une fidélité inviolable à ses principes. Ces deux hommes mettaient donc en toute circonstance une égale opiniâtreté a défendre leur avis ; personne n'en était plus persuadé que l'honnête Jérôme, et il est facile de comprendre que la crainte d'avoir à lutter contre eux pour les ramener l'un et l'autre à son opinion dût suffire pour lui donner la fièvre.

Dieu seul sait les pénibles réflexions qu'il fit à ce sujet dans la nuit qui suivit la naissance de son fils : la peur d'être obligé de renoncer au nom de son choix eut sans doute pour effet de

l'y attacher davantage; car, en souhaitant, le
lendemain matin, le bonjour à l'accouchée,
il lui dit tout d'abord qu'il connaissait parfaitement l'étendue de ses droits; que nul autre
qu'elle-même ne pouvait lui contester celui
de nommer son enfant, et que, s'il consentait
à prendre l'avis de ses frères, c'était unique-
ment par déférence pour elle, son parti étant
pris, et son choix irrévocable, puisqu'elle ne
le condamnait pas. Joséphine Sauval ne répondit rien, et Jérôme, enhardi sans doute par
son silence, ajouta qu'il avait cédé trop souvent
aux désirs des autres :

« Moi aussi, dit-il, j'ai une volonté ferme;
et je le ferai bien voir; car, enfin, j'ai tout
comme un autre le droit d'être obstiné, s'il
m'en prend envie, et je ne suis pas fâché qu'il
s'offre une bonne occasion de faire preuve de
caractère à mon tour. »

Peu de temps après, toujours préoccupé de
la même pensée, il s'approcha du berceau, et
regardant l'enfant avec orgueil et tendresse :

— Ce cher Arthur, dit-il, comme il est
charmant dans son sommeil !

Il prit plaisir à répéter plusieurs fois ce nom
dont il s'engouait de plus en plus, lorsqu'un
vigoureux coup de marteau interrompit soudain le cours de ses idées. Jérôme changea de

couleur; il avait reconnu la main de son frère André à la manière dont il frappait. Il regarda par la fenêtre, et voyant en effet son frère à la porte de la rue, il ne put s'empêcher de dire qu'il ne l'attendait pas si tôt. A peine André fut-il introduit, qu'un second coup fit tressaillir Jérôme, et presque aussitôt Pierre Renaud entra et embrassa sa sœur, qui, écartant de sa main les petits rideaux du berceau où reposait son fils, appela sur lui tous les regards.

Après les premiers complimens, André dit à Jérôme, en se retournant brusquement vers lui :

— Et comment appelons-nous ce gros poupard, mon frère? Quel nom a donné le parrain?

Jérôme toussa légèrement et dit :

— Le parrain m'a cédé son droit.

— Et ton choix est-il fait?

— Assurément, répliqua Jérôme, en se mouchant à plusieurs reprises; cependant je suis bien aise de prendre votre avis.... car c'est une chose fort importante que le choix d'un nom.

— Mon frère, dit gravement Pierre Renaud qui s'était tû jusqu'alors, vous avez raison : je partage entièrement votre opinion sur l'influence des noms propres, et j'espère que vous avez fait un choix heureux.

— Allons donc, Jérôme, reprit vivement son frère aîné, achève, dis-nous le mot, et ne nous fais pas languir comme s'il y avait anguille sous roche. Une fois pour toutes, comment nommes-tu cet enfant-là ?

— Mes frères, dit Jérôme, asseyez-vous.

Puis, quand chacun eut pris son siége et que le bon archiviste eut encore toussé deux ou trois fois, il dit avec un grand battement de cœur :

— Que pensez-vous d'Arthur, mes amis ?... c'est un beau nom, Arthur !

Ce moment était décisif, et Jérôme, après avoir prononcé ces mots, interrogea tour à tour le visage de ses deux frères d'un regard timide et presque suppliant.

— Arthur ! dit André, tandis que Pierre Renaud fronçait les sourcils; Arthur ! je ne connais pas ça, moi..... Où diantre as-tu pêché ce nom-là, mon frère ?

Ce langage méprisant fortifia le courage de Jérôme en piquant son amour-propre; il prit le livre qu'il avait consulté la veille, l'ouvrit, et le présentant d'une main à son frère, pendant que de l'autre il frappait sur la page où il se croyait sûr de trouver un argument victorieux :

— Tiens, dit-il, lis cela, mon frère. Ce n'est pas ma faute si tu n'es pas plus fort en histoire :

ce nom d'Arthur est très-fameux en Angleterre.

Ces derniers mots soulevèrent une véritable tempête contre le pauvre Jérôme.

— Un nom anglais! s'écria André en rejetant le volume avec indignation.

— Eh bien! quoi? qu'y a-t-il? dit Jérôme stupéfait : c'est celui d'un grand homme, d'un grand monarque.

Le visage de Pierre Renaud se contracta, et prit une expression sombre et irritée.

—Un nom anglais! répéta André, y penses-tu, Jérôme? Quoi! tu vas chercher le nom de ton fils chez des gens qui nous pillent et rejettent nos produits, qui nous coupent l'herbe sous le pied, et ne seront heureux que lorsqu'ils verront la France affamée, réduite à crier merci, chez nos ennemis naturels enfin! Tu es fou, Jérôme.

— Tous les peuples sont frères, dit à son tour Renaud, et ce sont les tyrans qui, dans l'intérêt de leur orgueil et de leur ambition, ont eu l'art de leur persuader le contraire. Vous n'êtes pas à blâmer, ajouta-t-il en s'adressant à Jérôme avec une imperturbable gravité, pour avoir cherché le nom de cet enfant dans l'histoire d'un pays voisin; il y a dans ce pays, comme dans le nôtre, de grands citoyens, d'illustres martyrs de la liberté; mais vous avez failli en choisissant un nom de roi, car tous les rois sont des tyrans, des usurpateurs; tous, en maintenant les peuples dans une obéissance servile, ont commis un crime de lèse-nation; ils ont violé les droits sacrés et imprescriptibles du genre humain.... Vous avez tort, mon frère.

L'excellent Jérôme était encore tout étourdi de cette double attaque, quand André s'écria pour la troisième fois :

— Un nom anglais! Eh! morbleu! ce n'est pourtant pas le diable que de nommer un marmot, et il ne faut pas chercher midi à quatorze heures. Ouvrez l'almanach, et vous trouverez dix noms pour un.

— Entendez-vous parler, dit dédaigneusement Renaud, de cette œuvre de la superstition de nos pères que l'on nomme l'ancien calendrier?

— Et pourquoi non, s'il vous plaît, répondit l'autre avec humeur : on y reviendra; on y revient déjà, et on a raison. Le grand mal quand cet enfant aurait un saint pour patron, quand il s'appellerait Jean, Simon, Antoine ou Thomas? S'en porterait-il moins bien pour cela? Aurait-il moins le nez au milieu du visage? Pour mon compte, je donnerais vingt mille *Arthurs* pour un *Antoine*.

— Antoine! Antoine! dit Renaud, est-ce

sérieusement que vous parlez, que vous pro-
posez ce nom-là, ce nom qui rappelle un saint
ridicule, et, ce qui est pis encore, un des ennemis les plus implacables de la liberté antique...
un triumvir?

— Ta! ta! ta! reprit André en colère, je
n'entends pas le grec, moi, je ne sais pas si Antoine est le nom d'un tri.... tri.... comment
dites-vous cela?

— Triumvir! répéta Renaud d'un ton de
souverain mépris.

— Je ne sais pas, continua André, si c'est le
nom d'un triumvir, mais il en vaut bien un
autre; et je puis le défendre peut-être, car ce
nom-là est un des miens.

— J'en suis fâché pour vous, répondit sèchement Renaud, et ce serait une coupable
démence de chercher dans l'histoire romaine un
nom flétri, lorsqu'elle nous en offre un si grand
nombre d'autres justement célèbres, de choisir
Antoine quand nous avons les deux Gracches,
un Caton, un Scévola et mille autres.

— Scévola! dit Jérôme; il est assez joli
celui-là. Qu'est-ce donc qu'il a fait, Scévola?

— Ce qu'il a fait? répondit énergiquement
Renaud; vous demandez ce qu'il a fait? Il a
mis sa propre main sur un brasier ardent pour
la punir d'avoir manqué le despote qu'il avait

fait vœu d'immoler, et il l'a brûlée à la face
du tyran.

—Tubleu! dit André, c'était donc un enragé
que votre Scévola, un incendiaire?

— Ah! s'écria Renaud exalté, je crois que
j'en aurais fait autant.

— Oui, voilà bien comme vous êtes, dit André en haussant les épaules : votre république
vous tourne la cervelle, et si, à l'heure qu'il
est, la France n'est pas en feu, ce n'est, ma foi,
pas votre faute.

Jérôme, qui avait été bouleversé d'abord au
point d'en perdre la parole par le double choc
qu'il avait eu à soutenir, éprouva en cet instant
ce qu'éprouve sans doute tout homme qui, attaqué à l'improviste et de deux côtés à la fois,
voit soudain ses ennemis tourner l'un contre
l'autre l'arme qu'ils dirigeaient d'abord contre
lui. Il respira, reprit courage, et hasarda, d'un
ton assez résolu, quelques argumens en faveur
du nom de son choix; mais hélas! il arriva ce
qui arrive souvent en semblable occasion sur
un théâtre plus élevé, les deux champions
suspendirent un moment leur combat pour se
débarrasser de l'adversaire qu'il leur importait
de vaincre d'abord, et firent feu sur lui à la
fois.

« Arthur, encore Arthur! dit André Sauval

en frappant du pied, j'aimerais mieux savoir que mon neveu n'eût aucun nom que d'être obligé de lui donner celui-là.

— Et moi, reprit Renaud, je préférerais n'être oncle de ma vie : j'en appelle à ma sœur; elle ne souffrira point que son fils porte le nom d'un tyran. N'est-il pas vrai, Joséphine ?

Pendant cette scène violente, madame Sauval, qui s'en affligeait et se repentait de l'avoir provoquée, feuilletait en silence et d'une main distraite le volume que son beau - frère avait rejeté au pied de son lit, et, au moment où Renaud l'interpella, elle demandait qu'on voulût bien l'entendre.

« Mes amis, dit-elle, calmez-vous et écoutez-moi, car j'espère vous mettre d'accord : vous, dit-elle à son mari et à Renaud, vous demandez que ce cher enfant porte le nom d'un homme qui ait fait noble figure dans le monde et qui ait bien mérité du genre humain; vous, mon frère André, vous demandez que mon fils ait un saint pour patron, je le désire comme vous, je lui souhaite le nom d'un honnête homme et d'un chrétien : eh bien, mes amis, je crois avoir trouvé là un nom qui réunira tous les suffrages : que dites-vous de Christophe ?

— Christophe Colomb ! répliqua sur-le-champ Renaud; en effet, ma sœur, la découverte de l'Amérique est un titre de gloire.

— Elle a, ma foi, joliment activé l'industrie, dit à son tour André Sauval, c'est un fameux débouché pour nous que l'Amérique quand nous avons le bonheur d'être en paix avec ces scélérats d'Anglais, et celui qui a trouvé ce bijou-là mérite des statues.

— Et toi, mon ami, demanda Joséphine en se tournant vers son mari, qu'en dis-tu?

— Cela te fera plaisir? répondit en soupirant le bon Jérôme, allons, soit... va pour Christophe. » Puis, après avoir rêvé un moment, il ajouta : Quand j'étais tout petit, je me souviens d'avoir entendu conter cette histoire dont vous parlez; mais ma mémoire s'embrouille avec tous ces noms,... et... et je m'en rapporte à vous... Ah, ça, c'était donc un bien grand homme que ce Christophe?

— Vraiment oui, répliqua André, un bienfaiteur de l'espèce humaine, un patriote consommé.

— Dites plutôt une victime des tyrans, repartit Renaud.

— Il a ouvert un monde à nos produits, continua André.

— Il a enrichi les rois, poursuivit l'autre, et il a reçu des fers pour récompense.

— Bonté divine! Que dites-vous là, demanda Jérôme, quoi, Christophe!

— Il est mort pauvre et abandonné des in-
grats, répondit Renaud, entraînépar son sujet.»

Jérôme s'approcha du berceau, et regardant
son fils avec une tendresse pleine d'inquiétude:
« Pauvre enfant, dit-il, Dieu veuille que ce
nom ne te porte pas malheur!

— Allons, reprit Renaud, pas de superstition, mon frère, ce nom est beau et honorable.

— J'en conviens, dit l'archiviste, mais...

— Quoi donc? demanda brusquement André,
vas-tu recommencer? N'est-ce pas une affaire
conclue?

— Sans doute, sans doute, répondit Jérôme
qui frémissait à la seule pensée d'une discussion nouvelle, je ne me dédis pas, et, puisque
tout le monde veut qu'il s'appelle Christophe,
je le veux bien aussi.»

Au même instant ses regards rencontrèrent
les yeux d'aigle de la vieille Bretonne, qui,
assise auprès du berceau, les mains sur ses
genoux comme une statue d'Egypte, avait
écouté cette scène en silence. Jérôme se souvint alors des paroles sinistres que cette femme
avait prononcées la veille; il soupira de nouveau, secoua la tête et se tut.

Le baptême fut célébré quelques jours après dans l'église de Sainte-Croix, avec grand appareil. Le citoyen Landry n'épargna rien pour donner à ce petit événement toute la solennité possible, et Jérôme se confondit à ce sujet en actions de graces. Le lendemain la gazette du département mit le comble à sa gratitude : elle renfermait un article ainsi conçu :

« Le citoyen Landry, maire de Nantes, a
» tenu hier, sur les fonts de baptême, le fils
» du citoyen Jérôme Sauval, archiviste de la
» mairie. On ne saurait donner une publicité
» trop grande à cet exemple touchant de retour
» aux saines doctrines que le premier Consul
» a si judicieusement reconnues pour les bases
» indestructibles de l'édifice social. »

— Le cher homme! dit Jérôme après avoir attentivement lu ces lignes : quel procédé délicat! quelle manière de faire les choses!

Il les relut une seconde fois, et se donna le délicieux plaisir d'en faire pour sa femme une troisième lecture à haute voix.

« Tiens, Joséphine, dit-il ensuite d'un ton fort sérieux, prends cet écrit et garde-le soigneusement; il faudra le serrer avec nos papiers de famille. » Puis, après une courte pause : « Oui, s'écria-t-il avec toute l'effusion d'un cœur reconnaissant, je le proclamerais à la face de la terre, c'est un bien digne et bien excellent homme que le citoyen Landry ! »

LES gracieux sourires du citoyen Landry,
l'éclat éblouissant de son uniforme qu'il mit en
évidence le jour du baptême, et, par-dessus
tout, le compte rendu de la cérémonie dans le
journal du département, avaient porté quelque
peu à la tête du bon Jérôme; non qu'il y eût
en tout cela rien de fort avantageux pour ses
intérêts ou de bien satisfaisant pour son ambition; mais Jérôme était peu accoutumé aux

faveurs du sort, et un regard de la fortune était pour lui à peu près ce qu'est une bouteille de vieux et excellent vin pour un homme sobre dont l'eau pure serait la boisson habituelle ; il suffisait de peu pour l'enivrer. On conçoit donc qu'il lui eût été difficile de renfermer sa joie dans son cœur ou dans sa maison : le cher homme se vanta, parla beaucoup de l'honneur qu'il avait reçu, et même il ne manqua point de demander le lendemain à quelques-uns de ses confrères, d'un air de satisfaction notoire, s'ils avaient lu le journal de la veille.

Hélas ! les petites faveurs excitent l'envie tout aussi bien que les grandes, et il se trouva, parmi les confrères de Jérôme, et même au nombre de ses amis intimes, quelques charitables donneurs d'avis qui eurent pitié de son aveuglement, et qui se promirent de l'éclairer, en bons camarades, à la première occasion : celle-ci se présenta bientôt. En effet, trois jours après le baptême du petit Christophe, M. Landry traversa la grande salle de la mairie où travaillaient Jérôme et quelques-uns de ses confrères, au moment même où le premier racontait une circonstance de la cérémonie qui faisait honneur à la civilité du citoyen maire. Il ne doutait point que le magistrat ne s'informât poliment de l'enfant et de l'accouchée,

et , supposant déjà la question , il préparait
d'avance la réponse , tout en regardant de côté
à l'approche de M. Landry ; mais celui-ci passa
droit son chemin , la tête haute , sans plus faire
attention au bon archiviste que s'il n'eût jamais
existé.

—Papa Jérôme , dit un excellent camarade
aussitôt que le maire fut sorti , c'est une drôle
de chose qu'un si bon parrain ne se soit pas
seulement informé de son filleul.

—Il est encore plus singulier, reprit un second , qu'après avoir fait si bien parler de vous
avant-hier dans le journal , il ne vous ait rien
dit du tout aujourd'hui.

L'honnête Jérôme toussa ; puis , répondit en
hésitant :

— C'est que.... c'est que, voyez-vous,.... il
est un peu distrait M. Landry.

Et il fut vraiment heureux, le digne homme,
d'avoir trouvé ce biais pour sortir de peine :
cette supposition bénévole lui épargna dans la
suite plus d'une mortification ; car le citoyen
Landry eut sur la conscience quelque distraction de ce genre chaque fois qu'il rencontra le
pauvre archiviste ou qu'il reçut un nouveau
placet de sa main.

Ce n'était pas à dire que le respectable magistrat manquât de mémoire : il en avait au

contraire beaucoup; mais il ne la prodiguait point et la tenait en réserve pour les bonnes occasions. Jamais elle n'était en défaut lorsqu'il s'agissait de rendre grace à Dieu des victoires du premier Consul, de porter au septième ciel ses vertus et celles de son illustre famille, ou d'incarcérer les ennemis de son gouvernement. Aussi, à force de s'enrouer dans les *Te Deum*, d'épuiser sa rhétorique en comparant au soleil et aux étoiles les puissances du jour, et de faire preuve de patriotisme en incarcérant un jacobin la veille et un chouan le lendemain, il acquit une immense réputation de capacité, et fut appelé à remplir ailleurs d'importantes fonctions.

Il apprit sa nomination six mois après avoir reçu la troisième requête de Jérôme pour une modique augmentation de traitement, et quelque peu avant l'époque où il se proposait sans doute de l'exaucer. Toutefois, si le bon archiviste perdit en réalité quelque chose à cet heureux avénement de son patron, il fut amplement dédommagé par l'espérance. M. Landry fut d'une amabilité charmante en recevant ses adieux; il lui offrit généreusement ses bons offices, et, en lui serrant la main, il lui fit en quelque sorte amende honorable pour ses distractions passées et futures. Jérôme le supplia humblement de recommander sa requête à son successeur. Il va sans dire que M. Landry le promit et qu'il n'en fit rien.

L'archiviste attendit patiemment l'effet de cette bonne promesse : enfin, au bout d'une année d'attente, ne voyant rien venir, il renonça sérieusement au pénible métier de solliciteur, il dit adieu, pour son compte, aux sourires de la fortune ; et, ramenant toutes ses pensées dans le cercle de famille, il ouvrit son ame plus qu'il ne l'avait encore fait aux charmes de la paternité. Son bonheur intérieur ne fut pas troublé jusqu'à ce que le petit Christophe eût atteint sa septième année.

L'enfant, à cet âge, comblait d'aise ses parens, et répondait à leurs espérances plus par son heureux naturel que par sa vigueur physique. Il était né faible et chétif, et la délicatesse de sa constitution leur donna plus d'une fois de sérieuses alarmes ; peut-être même, sans les soins vigilans de sa mère, la vie de Christophe se fût-elle éteinte au berceau.

Ses traits pâles et délicats étaient d'une régularité parfaite ; ses yeux noirs, à l'âge où le regard des enfans est d'ordinaire sans expression, révélaient déjà de l'intelligence et de la sensibilité ; son front large, ombragé de beaux cheveux châtains, achevait de donner à sa physio-

nomie un air noble et gracieux. Doué d'un
cœur affectueux et tendre, il chérissait ses parens, et surtout sa mère, dont la douce voix
exerçait sur lui un pouvoir presque magique.
Bon camarade, il était aimé, recherché de ses
petits compagnons, et il y avait cela de remarquable en lui, que, moins robuste de corps que
la plupart des enfans de son âge, il prenait
néanmoins autorité sur eux, dirigeait leurs
jeux, et marchait presque toujours à leur tête.
Lorsque le bon Jérôme, donnant le bras à
Joséphine, voyait ainsi son fils en avant des
autres et conduisant la bande joyeuse, il ne
maîtrisait point sa joie, et, se tournant vers
sa femme, il lui disait, en lui montrant Christophe : « Ce petit gaillard fera parler de lui...
Il sera général ! »

Le bon archiviste, en effet, bien qu'il fût
d'un naturel éminemment ami de la paix et
de la tranquillité, ne laissait pas d'être émer-
veillé des exploits de sa Majesté impériale ; il
se récriait en parcourant dans les journaux les
bulletins de tant de victoires. Le carillon des
cloches, les salves d'artillerie qui les célébraient,
lui allaient au cœur, et les grosses épaulettes
d'or des généraux qui traversaient quelquefois
la ville avec grand fracas, éblouissaient la vue
du cher homme : il aurait donné tout au monde

pour les voir briller sur les épaules de Christophe : il en convenait bonnement, franchement, et tâchait de faire partager à cet égard
ses espérances à sa femme; mais chaque fois
qu'il vantait le feu, l'esprit, l'ascendant de
Christophe sur les autres, Joséphine soupirait
doucement et gardait le silence.

Elle avait reconnu en son fils les indices
infaillibles des passions violentes; elle sentait
combien il était nécessaire d'opposer le frein
de la religion à la fougue de ses premiers penchans, et tremblait de mourir avant d'avoir vu
ses instructions pieuses germer et porter leurs
fruits dans l'ame de son enfant. Atteinte, depuis trois ans, d'un anévrisme au cœur, elle
cachait les rapides progrès du mal à son frère
et à son mari; et souvent, le soir, après avoir
fait réciter à Christophe sa prière, lorsqu'elle
le voyait s'endormir et reposer du sommeil
de l'innocence, elle jetait sur lui de longs et
mélancoliques regards.

Ses tristes pressentimens furent trop tôt véri-
fiés, et Christophe avait à peine sept ans, lorsqu'un jour, en rentrant avec son père de la
promenade, il apprit qu'il n'avait plus de mère.
A cette affreuse nouvelle; il fut saisi d'une con-
vulsion nerveuse, et tomba sans connaissance.

La douleur de Jérôme fut immodérée; il

parut pendant plusieurs jours comme anéanti
et privé de raison. Jamais l'excellent homme
ne s'était élevé jusqu'à la connaissance des plus
brillantes facultés, des dons si rares qui distin-
guaient Joséphine, mais il avait l'instinct de son
immense supériorité; il lui semblait qu'il perdait
en elle son appui, sa lumière, son tout enfin :
une indéfinissable sensation d'isolement et de
froid s'emparait de lui chaque fois qu'il rentrait dans sa maison : il s'y trouvait seul, même
auprès de son fils, de sa famille et de ses amis:
il n'y parlait plus qu'à voix basse, il y marchait doucement: on aurait dit qu'il craignait
que le bruit de ses pas ou le son de sa voix ne
réveillât trop fortement sa douleur. Sans Joséphine, tout lui était à charge, et il se détournait
maintenant avec une inexprimable défaillance
de cœur des choses mêmes qui avaient été autrefois pour lui autant de sujets d'un tranquille
et innocent bonheur. Il ne se sentait plus vivre
que pour souffrir; rien n'allait à son gré autour
de lui; et les chagrins du digne homme eurent
pour effet de laisser graduellement s'étendre
l'autorité de la bonne Marthe sa gouvernante.
Cette femme, d'humeur un peu revêche et grondeuse, mais douée d'un cœur excellent, ne se
fit pas prier pour prendre en main les rênes
de la maison. Elle mit un zèle louable à se

conformèr aux traditions du ménage, telles que les lui avait léguées sa défunte maîtresse, et la douleur de Jérôme ne fut légèrement calmée que lorsqu'il eut vu peu à peu toutes choses reprendre autour de lui leur ordre accoutumé. Mais, bien des années encore après cette affreuse catastrophe, les circonstances, les plus indifférentes en apparence, devenaient pour lui l'occasion de comparaisons affligeantes. S'il arrivait, par exemple, que son linge fût mal plissé, ou que son rôt ne fût pas cuit à point, Ces accidens légers évoquaient aussitôt des souvenirs douloureux dans la mémoire du bon Jérôme : « Ah! Josephine!! » disait-il en soupirant, et son geste expressif achevait sa pensée.

L'affliction de Pierre Renaud fut presque aussi grande ; mais son ame, d'une trempe beaucoup plus forte, sut mieux en réprimer les signes extérieurs : il aimait tendrement sa sœur, et ne trouvait qu'auprès d'elle et dans ses entretiens, quelque adoucissement aux chagrins que lui causait la marche des affaires publiques et la chute complète des institutions républicaines. Il avait toujours témoigné un tendre intérêt à son neveu Christophe, et cet intérêt redoubla lorsque Joséphine eut cessé de vivre. L'enfant payait son affection de retour : c'était une joie pour lui de voir son oncle entrer au logis; il le distinguait de loin sur le port Maillard dans la foule des passans, à sa taille haute et droite, aux larges bords de son chapeau, à la coupe invariable de sa longue redingote brune taillée suivant la mode de 1792. Souvent Christophe accourait joyeux au devant de son oncle et l'invitait à presser le pas; mais lui, modérait l'impatience de l'enfant, et continuait à marcher gravement en tenant sa petite main dans la sienne. Ils entraient ensemble ainsi dans la maison; il était presque impossible alors à Renaud de rencontrer le fauteuil vide de celle qu'il avait si tendrement chérie, sans trahir sur son visage l'émotion qui agitait son cœur; et, avant qu'il eût détourné la tête, de grosses larmes sillonnaient souvent ses joues.

Il avait depuis long-temps résolu de se retirer à la campagne, et n'aimait pas le séjour de Nantes, où il se plaignait avec raison d'être trop en évidence, et où il comptait un grand nombre d'ennemis. Sa tendresse pour sa sœur l'y retint néanmoins tant qu'elle vécut; et s'il différa ensuite d'exécuter son projet, il faut l'attribuer sans doute à son affection pour son neveu. Lorsqu'ils étaient seuls, le plus grand plaisir de Renaud était de prendre le petit Christophe sur ses genoux, de lui raconter les grandes journées de la révolution et les celèbres victoires des armées de la république. Il son-riait en voyant sa jeune imagination s'échauffer à ces tableaux animés ; et, lorsque l'enthou-siasme gagnait l'enfant, quand il battait des mains aux exploits des héros de ces temps mé-morables, Renaud l'embrassait avec transport :

« Tu leur ressembleras, disait-il ; tu seras digne d'eux et de moi. »

Jérôme, depuis son veuvage, avait pris une résolution dont les suites eurent la plus grande influence sur les destinées de son fils. Il habi-tait dans un des faubourgs de la ville une petite maison dont il avait hérité de son père, et, quelque temps après la mort de sa femme, il en mit en location une partie que vinrent occuper la veuve et la fille d'un négociant de Saint-Malo, nommé Lambert. La première, d'un âge fort respectable, paraissait avoir une santé débile ; la seconde, appelée Geneviève, plus jeune que Christophe d'une année, était une aimable petite créature aux yeux bleus, aux cheveux blonds et flottans, et qui déjà, dans son sourire enfantin, dans son heureuse et douce physionomie, révélait une ame expansive et tendre.

Les deux enfans se voyaient tous les jours, et conçurent bientôt le plus tendre penchant l'un pour l'autre. Leurs parens contemplaient avec plaisir leurs joyeux et innocens ébats, dont le jardin de la maison était le théâtre habituel : ils aimaient à les entendre se prodiguer des noms que l'on se donne à cet âge sans en comprendre la signification sérieuse. Leurs plus doux passe-temps étaient les soins du jardinage et les plaisirs de la promenade. Souvent, dans les beaux jours, ils sortaient en se tenant par la main, portant chacun sous le bras les provisions de la journée, et se rendaient sur les bords de la Loire, accompagnés de Marthe ou suivis de loin par leurs parens. C'était un bonheur pour ceux-ci d'entendre les éclats de leur gaîté charmante ; ils souriaient en les voyant se poursuivre à travers les prairies émaillées de fleurs ou tous deux assis, haletans encore et rapprochés l'un de l'autre, babiller à l'ombre des saules en prenant leur goûter champêtre. Geneviève, petite fille rieuse et d'une aimable égalité d'humeur, se livrait tout entière au bonheur de son âge : aucun souci, aucune peine n'assombrissait son front lorsque Christophe était lui-même content et joyeux. Mais Christophe n'était pas toujours ainsi : déjà le germe d'une passion fatale se développait dans son cœur. Il avait un amour-propre chatouilleux et susceptible à l'excès ; il souffrait de n'être compté

pour rien dans la compagnie des grandes personnes.

Un jour que son oncle André s'était amusé à
ses dépens, et avait poussé l'irrévérence jusqu'à le traiter de marmot, le petit bonhomme
se retrancha fièrement dans un coin de la
chambre, et Geneviève survenant alors :

—Qu'as-tu, Christophe? lui demanda-t-elle
en accourant le consoler.

— J'ai, répondit l'enfant, pourpre de colère
et mordant son petit poing de dépit, j'ai......
que je voudrais être grand.... je voudrais être
un homme.

Les deux catéchismes.

Si Joséphine Sauval eût vécu, elle aurait mis tous ses soins à combattre les dispositions ambitieuses qui s'annonçaient déjà comme si funestes au bonheur de son fils. Jérôme eût sans doute agi de même, si son ame candide avait su distinguer les écueils de la vertu dans la route des honneurs et de la fortune; mais il ne les voyait pas, et c'étaient pour lui choses de tout point respectables que les honneurs et le

pouvoir : d'ailleurs, son humeur douce et bien-
veillante ne le portait pas à imiter les envieux
qui se vengent des disgrâces du sort, en dé-
criant ceux qu'il favorise : Jérôme, au contraire, ne supposait jamais l'existence du mal
là où il n'était pas impossible que le bien se
rencontrât : tout hommé élevé en dignité l'é-
blouissait aisément, et devenait pour lui, en
quelque sorte, un soleil dont il se serait fait
scrupule de rechercher les taches.

Il ne faut pas oublier non plus que c'était sur
son unique enfant qu'il avait reporté toutes ses
espérances de fortune mondaine, et, moins il
conservait d'illusions pour son propre avancement, plus il était ingénieux à s'en créer pour
celui de son fils : aussi mit-il tous ses soins à
le convaincre de la nécessité de faire rapidement
son chemin dans le monde, et il était difficile de
rencontrer un sujet mieux disposé à mettre de
semblables instructions à profit. Jérôme, pour
le malheur de l'enfant, ne vit dans les symptômes de sa vanité précoce que l'heureux indice
d'une ambition qui, bien dirigée, pouvait le
conduire à tout, et il nourrit soigneusement
cette disposition dangereuse.

Cependant il désirait vivement que Christophe eût de la religion, ainsi que l'avait souhaité
sa mère ; mais ses idées à cet égard, comme en

tout, étaient beaucoup plus bornées que celles
de Joséphine; et, conciliant à merveille dans
son ame honnête l'amour de Dieu avec l'amour
du monde, il ne croyait nullement se contredire en recommandant tout à la fois à son fils
d'assurer son salut et de ne rien négliger pour
sa fortune.

Toute la science religieuse du brave homme
était renfermée dans le paroissien du diocèse;
et à peine Christophe eut-il atteint onze ou
douze ans, que Jérôme pria l'abbé Grandin,
vicaire de Sainte-Croix, de lui enseigner le
catéchisme, ne doutant pas qu'il ne fût ensuite
parfaitement en garde contre les séductions de
l'esprit malin.

C'était un saint homme que l'abbé Grandin;
on citait de lui des traits admirables durant les
guerres de la révolution, et il était, dans sa paroisse, la providence des pauvres et des orphe-
lins. Il poussait le rigorisme envers lui-même
aussi loin que la charité envers les autres : préoccupé sans cesse des peines éternelles de l'autre
vie, il rendait par avance en celle-ci son corps
martyr de sa foi, et, s'il eût été plus sobre de
sermons, et se fût un peu moins complu dans
sa propre éloquence, il serait permis de dire
qu'il ne tenait par aucun faible à la nature
humaine. Mais il s'en fallait que les lumières du

digne vicaire égalassent son zèle et sa charité :
la science lui paraissait même chose peu désira-
ble et fort dangereuse à acquérir. Témoin et
victime des excès de la révolution, il les attri-
buait tous aux témérités de la raison et aux
doctrines savantes du dix-huitième siècle; et,
il faut convenir, qu'envisagés sous ce singulier
point de vue, les progrès de l'intelligence
humaine étaient peu propres à faire oublier
au vicaire le vieil anathème prononcé contre
l'arbre de science dans le paradis. Il en vint à
regarder la presse comme une calamité effroya-
ble, et, selon lui, le plus éclatant témoignage
de la miséricorde de Dieu à l'égard des hommes eût été la complète suppression de l'impri-
merie.

On conçoit qu'une opinion semblable, parfaitement arrêtée dans l'esprit du bon prêtre,
devait donner à son enseignement un caractère
tout particulier. La discussion en était ex-
clue, par la grande raison, disait-il, que la foi
s'inspire, se sent, et ne se discute pas. Il
croyait, en revanche, ne pouvoir trop multiplier les pratiques sévères du culte, comptant
beaucoup, pour fortifier la foi, sur la puissance
des habitudes dévotes.

Ce mode d'instruction lui réussit fort bien
avec la douce Geneviève, qui fut également

confiée à ses soins. L'aimable enfant, si expansive et si tendre, avait un tel besoin de croire,
qu'elle ajoutait foi aux paroles de l'abbé Grandin avant même qu'il eût parlé.

Ce fut autre chose avec Christophe ; le petit
bonhomme était possédé de la déplorable manie de s'enquérir de la raison de tout, et refusait de se laisser convaincre de rien sans
bien savoir, au préalable, de quoi il était
question. Or, au dire de l'abbé Grandin, cette
obstination désespérante sentait l'hérésie, et il
lui était fort déplaisant de la rencontrer dans
ses catéchumènes, car son enseignement tournait toujours dans le même cercle, et une seule
formule pouvait également bien convenir à toutes ses instructions. *L'église enseigne que cela
est ainsi,* disait l'excellent abbé. Lui demandait-
on pourquoi, il répondait invariablement :
Cela est ainsi parce que l'église l'enseigne. Et si
l'on insistait encore : *Croyez,* ajoutait-il, *ou vous
brûlerez : l'église le dit expressément.*

Cet argument était sans réplique, et pourtant
Christophe poussait la perversité de l'obstination jusqu'à souhaiter quelque chose de mieux.
Il cherchait sincèrement la voie du salut, et
pour cause ; car, s'il croyait peu aux joies du
paradis, il ne songeait pas sans inquiétude aux
fournaises de l'enfer : aussi demandait-il de

très-bonne foi les moyens de dompter une raison rebelle.

— Mon fils, lui répondait l'abbé Grandin,
il faut chasser le démon, et pour cela il faut
multiplier les saintes pratiques : abstenez-vous
de tout exercice profane le dimanche, et ne
manquez ce jour-là ni office ni sermon ; récitez,
matin et soir, un des psaumes de la pénitence;
faites abstinence les jours de jeûne et le saint
temps de carême. Faites cela, mon fils, et le
démon sera vaincu.

— Et si cela ne suffit pas? demandait Christophe.

— Mon enfant répliquait l'abbé en soupirant,
les premiers chrétiens, les colonnes de l'église,
faisaient davantage; ils crucifiaient leur chair.

Et le bon prêtre lui expliquait ce qu'il fallait
entendre par là, sans toutefois lui ordonner
d'en faire autant.

Christophe reprenait courage ; il jeûnait, ré-
citait les psaumes, et, le dimanche, assidu au
sermon, il s'abstenait, en enrageant tout bas,
de la danse et des plaisirs de son âge; mais la
foi n'arrivait pas, et Christophe se désolait...
Un soir enfin, il s'enferma dans sa chambre, sus-
pendit un instrument armé de pointes aiguës
sur sa poitrine, en manière de cilice, et se fus-
tigea, pour crucifier sa chair, avec de bonnes

lanières de cuir.... Hélas ! la foi n'en vint pas plus vite.....Décidément le diable le tenait.

Cependant ses petits compagnons menaient joyeuse vie ; quelques-uns, à son grand déplaisir, faisaient bombance lorsqu'il jeûnait ; d'autres dansaient, riaient, folâtraient, pendant qu'il entendait vêpres, complies ou les homélies de l'abbé Grandin ; et, par-dessus le marché, tous se moquaient de lui, ce qui était encore moins de son goût que le reste.

Il lui vint alors à l'esprit une de ces pensées qui mènent droit à la perdition : il se demanda si toutes ces pratiques données par l'abbé comme si efficaces, étaient réellement indispensables pour triompher du malin, et il s'adressa cette question téméraire en passant, le dimanche des Rameaux, au retour du salut, devant la préfecture. Il y avait, pour son malheur, fête et bal à l'hôtel ce soir-là, et le bruit des violons étant peu favorable aux réflexions dévotes, il lui parut évident que M. le préfet ne partageait point l'opinion du vicaire sur l'observation du septième jour. Cela lui donna beaucoup à penser, et il n'avait pas encore fini de réfléchir, lorsque, le lendemain, qui était le lundi de la semaine sainte, il avisa du coin de l'œil, par le plus malencontreux des hasards, la ménagère de M. le procureur im-

périal faisant ; comme de coutume, sa pro-
vision à la boucherie, en dépit du carême.
Quel scandale pour Christophe, qui jeûnait
depuis un grand mois ! Il eut alors une tentation vraiment diabolique, et, abordant la
bonne dame avec politesse, il s'informa de la
santé du digne magistrat et de son régime dans
la sainte semaine. La ménagère, petite commère, fraîche, accorte et gentille, lui répondit, en lui riant au nez, que son maître se portait à merveille et ne jeûnait jamais. Christophe
en conclut, à sa grande surprise, que M. le
procureur impérial et l'abbé Grandin n'étaient
pas du même avis sur la nécessité de l'abstinence ; et, comme les mauvaises pensées en
amènent toujours d'autres à leur suite, il se
souvint tout à coup que M. le maire et les deux
respectables magistrats ci-dessus nommés han-
taient peu les églises, et s'y montraient beaucoup moins assidus à chanter les louanges des
saints que celles de l'empereur. Sur ce point
encore la religion de ces messieurs différait
étrangement de celle du bon abbé. Cependant
ils parlaient tous trois en si beaux termes du
culte dans leurs circulaires, ils tonnaient si bien
contre la perversité impie des doctrines du siècle, qu'il n'était pas douteux que les leurs ne
fussent excellentes, et qu'ils ne suivissent une

voie sainte et exemplaire. Christophe donc, élevé, dès le berceau, dans la foi de son père en leurs mérites, crut en toute sûreté pouvoir suivre le même chemin, et il ne songea plus qu'à être bon, catholique à la façon de ces messieurs. Or la pente où il mettait le pied était singulièment rapide : Christophe alla bon train, et il arriva qu'en avançant toujours, et de réflexions en réflexions, *il jeta*, comme on dit, *le manche après la cognée* ; il en vint même, à force d'approfondir les choses, et, tout en s'appuyant d'exemples si édifians, à regarder la religion comme une invention purement humaine, à ne voir en elle qu'une chose bonne tout au plus pour le pauvre peuple : bref, encore un pas, et Christophe, à quinze ans, était un franc païen.

C'était là que Pierre Renaud l'attendait. Par égard pour les volontés et pour la mémoire de sa sœur, Renaud s'était abstenu d'ébranler les principes religieux de Christophe : lorsqu'il vit enfin que ceux-ci n'avaient plus conservé aucun pouvoir sur son esprit, il ne négligea rien pour donner un autre frein à ses passions, et il entreprit la grande tâche de son éducation morale.

« Mon ami, lui dit-il un jour, plus de superstitions, plus de fanatisme. Je veux faire de toi un philosophe, un sage, et t'enseigner comme il convient d'honorer l'Être-Suprême; car il y a un Être-Suprême, mon enfant : Platon l'affirme, et les plus grands génies de l'antiquité sont en cela d'accord avec lui. Souviens-toi que le seul culte agréable à la Divinité est celui des vertus. Socrate, Epictète et Marc-Aurèle, tout empereur qu'il était, ont dit là-dessus d'excellentes choses : tu apprendras d'eux à épurer tes penchans, à immoler au bien général tout désir égoïste, tout intérêt propre, et tu trouveras dans la paix de ta conscience le prix de tes efforts. Quant aux récompenses des justes et aux châtimens des coupables après, cette vie, les avis de l'antiquité sont partagés, il y a encore pour nous, à ce sujet, doute et incertitude; mais qu'il te suffise de savoir que notre souverain bien réside dans la victoire sur nos passions. »

Christophe écoutait son oncle comme un oracle, il se promettait bien de faire honneur à ses leçons; car il était bon, sensible, généreux, il se sentait naturellement porté vers le beau, vers le bien, et il était sincère lorsqu'il pria son oncle de lui indiquer le meilleur guide qu'il pût suivre pour atteindre le but de ses efforts.

« Dieu, lui répondit Renaud, nous a donné dans la raison un guide à peu près infaillible :

ohéis donc aux inspirations de la tienne, mon enfant, et tu ne dévieras point. Epictète a dit en effet quelque part que la raison de l'homme est toujours d'accord avec la vérité. »

On a vu précédemment les fruits d'un enseignement où la raison de Christophe n'avait point été appelée à l'appui de sa foi ; la suite de cet ouvrage montrera quels furent les résultats d'une instruction philosophique, où la foi religieuse ne vint point en aide à la morale, et l'on saura si le fils de Jérôme eut beaucoup à se féliciter d'avoir adopté la raison seule pour guide et pour souveraine.

—

Choix d'un état.

———

L'ÉDUCATION classique de Christophe touchait à son terme : il suivait avec succès, depuis l'âge de douze ans, les cours du collége,
et il était redevable de ses progrès, moins encore peut-être à sa vive intelligence qu'à son
extrême désir de se distinguer, désir funeste,
et qui fut constamment pour lui une source
de peines bien plus que de joies.

A l'approche de la distribution des prix,

Christophe perdait l'appétit et le sommeil; il était malheureux même au milieu de ses triomphes, et beaucoup plus sensible à la perte des couronnes qui lui échappaient, que touché du gain de celles qu'il avait obtenues. Hélas, un mal secret se développait en lui au milieu des dons les plus heureux de la nature, et le livrait par instans à une tristesse inquiète et sombre. Ces momens étaient rares et rapides; et lorsqu'à la douce voix de Geneviève le calme rentrait dans son ame, il jouissait avec ivresse de l'existence. Que de charmantes promenades il faisait dans les beaux jours avec elle, et quelles aimables veillées les réunissaient pendant l'hiver autour du foyer de famille! Tantôt ils écoutaient avidement de longs récits, tantôt des jeux tour à tour paisibles et bruyans terminaient leurs soirées.

Jérôme partageait leurs plaisirs : comblé des doux témoignages de la tendresse filiale, il jouissait des heureuses dispositions de Christophe avec plus de sécurité qu'il ne l'eût fait sans doute s'il eût mieux approfondi le résultat des pieuses instructions de l'abbé Grandin. La confiance que les progrès de son fils lui inspiraient pour l'avenir, achevait de le réconcilier avec la médiocrité de son sort; les fumées de l'ambition ne le troublaient plus, et le temps avait adouci

l'amertume de ses regrets; il était heureux enfin, lorsque après une journée laborieuse, il
faisait avec son fils sa promenade habituelle, et
trouvait au retour madame Lambert et sa fille,
son·frère André, son cousin Louchet et quelques amis à son foyer où sur le seuil de sa porte.
Il badinait alors quelques instans avec Geneviève et Christophe; et si ensuite, après avoir
caressé son chat et fait quelques innocentes aga-
ceries à son chien Médor, il avait en perspective
le modeste cent de piquet, une partie de bouillotte ou de loto, sa satisfaction était complète.

Ce bonheur paisible dura peu et fut troublé
par de sérieuses tribulations, par une série
d'innombrables perplexités.

Christophe avait dix-sept ans, le moment
était venu pour lui de choisir un état; et, depuis quelque temps, Jérôme, influencé à contre
cœur par son frère André, ne savait plus
que résoudre. Tous deux entendaient bien que
Christophe fît fortune; mais ils n'étaient nullement d'accord sur le chemin à suivre pour
arriver au but. Jérôme prenait, à cet égard,
principalement conseil de son amour-propre,
tandis que son frère considérait avant toutes
choses les intérêts pécuniaires et son propre
avantage. Frappé de l'aptitude de son neveu

au travail, il se flatta d'en tirer parti pour lui-même, et engagea vivement Jérôme à le faire entrer dans sa maison de commerce, insistant sur les facilités que donnent les richesses pour acquérir de l'importance dans le monde. Cet argument était admirable, et André y eut si souvent recours qu'il réussit à faire quelque impression sur son frère ; mais lorsqu'il se croyait assuré du succès, il se voyait souvent avec dépit rejeté plus loin que jamais du but, car Jérôme était attaqué de la maladie du siècle. Fils d'un honnête fabricant auquel André, l'aîné de ses fils, avait succédé dans sa profession, il rougissait de la condition où il était né, sans toutefois oser en convenir devant son frère. Ce n'était pas qu'il eût pour son fils des idées extravagantes de fortune : les circonstances avaient modifié ses plans ambitieux ; il était désenchanté de la guerre. La retraite de Russie, la double catastrophe de Napoléon, et aussi peut-être les progrès de l'âge avaient fait rentrer l'esprit de Jérôme dans son pacifique élément, et il renonçait décidément pour Christophe au bâton de maréchal : son espoir maintenant était de le voir se distinguer dans une profession libérale, et acquérir, par ses talens, de la considération, un peu de pouvoir et quelque opulence ; et il s'était si bien accoutumé à cette douce

pensée, qu'à son avis, c'eût été commettre un
meurtre, et priver la France d'un grand homme
que d'accouder Christophe à un comptoir. Si,
d'autre part, il venait à considérer la fortune
de son frère André, l'immense facilité qu'aurait
son fils, aidé par lui, à faire la sienne, puis à
renverser tout obstacle à une légitime ambition,
la fabrique ne lui semblait plus si fort à dédaigner. D'ailleurs, le bon archiviste avait un certain penchant à donner toujours gain de cause
à celui qui assiégeait le plus obstinément son
oreille; or, il voyait son frère presque tous les
jours, et celui-ci n'était pas homme à renoncer
à ce qu'il avait une fois résolu. Jérôme ne l'ignorait pas, une longue lutte le fatiguait, enfin il
craignait, par-dessus tout, d'offenser son frère,
car il ne pouvait se défendre non plus de penser
de temps en temps qu'André Sauval était garçon, qu'il avait franchi la cinquantaine, et que
Christophe serait son héritier. Jérôme donc,
sollicité, tourmenté par tant de considérations
si diverses, demeurait plongé dans un état d'indécision dont il ne paraissait pas probable qu'il
pût jamais sortir de lui-même.

Il eut alors recours à un moyen dont il
ne se fût point avisé en toute autre circonstance, et auquel il n'avait jamais songé sans
effroi depuis le jour mémorable où il fut décidé

que son fils aurait nom *Christophe :* il convo-
qua ses frères en petit conseil de famille.

Il est permis de croire qu'au moment où il
prit cette résolution désespérée, il avait conservé une invincible répugnance pour l'aune
et le comptoir, et que, parfaitement instruit des
dispositions de Pierre Renaud sur ce point, il
n'était pas fâché de faire retomber sur lui, dans
l'esprit du riche fabricant, la responsabilité
d'un refus. Nous ne ferons pas à l'honnête archiviste l'injure de supposer que cette combinaison,
tant soit peu machiavélique, eût été préméditée
de longue main et mûrie dans sa tête; mais il
ne faudrait pas jurer qu'elle ne s'y fût trouvée
à l'état de germe, peut-être même à l'insu de
son auteur. Quoi qu'il en soit, ses frères furent
convoqués l'un et l'autre pour affaire d'importance, et Jérôme fixa la réunion au dimanche,
en considération de la fabrique et de la mairie,
afin que les graves intérêts qu'il s'agissait de
débattre n'eussent point à souffrir du caprice
des chalands ou de l'exigence des administrés.

Les respectables oncles de Christophe arri-
vèrent ensemble au rendez-vous, et Jérôme les
reçut avec un air de préoccupation, effet naturel de son agitation intérieure.

— Eh! mon frère, quelle mouche te pique?

dit André Sauval en entrant, tu as ma foi la
mine d'un homme qui va mettre bas son bilan....
Allons, conte-nous ton affaire.

— Patience, dit Jérôme en introduisant ses
frères dans un petit salon et en avançant deux
siéges.

André se laissa pesamment tomber dans un
fauteuil, vida ses poches, étala son mouchoir sur ses genoux, croisa les jambes, et rejeta sa tête en arrière, en respirant avec bruit,
comme fait un homme qui sent son importance :
Renaud s'assit modestement en face, appuya les
deux mains et le menton sur sa longe canne à
pomme d'argent, et suivit des yeux le maître
du logis, qui, après avoir jeté un coup d'œil
au dehors, ferma la porte et tira le verrou.

— Diable ! dit André, c'est donc sérieux ?

— Eh ! sans doute, répondit l'archiviste en
prenant place entre ses deux frères; il s'agit de
Christophe, mes amis.... Il devient grand garçon, et si l'on considère qu'à son âge il serait
imprudent.... pour ne pas dire dangereux de
rester long–temps dans le doute.... dans l'incertitude....

— Allons au fait. mon frère, dit André
Sauval, Christophe est d'âge à prendre un état,
n'est-il pas vrai ? et tu veux savoir par quel
bout il convient qu'il entre dans le monde.

Or, tu connais déjà ma façon de penser : il faut qu'il fasse comme j'ai fait. Christophe est un honnête garçon, quoiqu'un peu fier.... Je me charge de le mettre au pas, moi... Dès demain, si tu m'en crois, il apprendra les comptes en partie double qu'il devrait savoir depuis long-temps : je le prends chez moi ; nous restons quelques années ensemble, après quoi je lui donne une part dans mes profits, et le gaillard roulera sa petite pelotte jusqu'à ce qu'elle devienne grosse boule.... Hein, frère, que dis-tu de cela ?

— Mais je dis.... je dis qu'il y a du bon dans cet avis-là.... Et vous, frère Renaud, qu'en pensez-vous ?

Renaud n'avait pas encore ouvert la bouche, et gardait toujours la même attitude ; mais il remuait vivement le pied droit, ce qui, de sa part, était le signe infaillible d'une secrète impatience. « Je pense, répondit-il à Jérôme avec flegme, que le choix d'un état dépend beaucoup de l'éducation qu'on a reçue. »

— C'est la vraie vérité, dit André Sauval, et, si vous m'aviez cru dans le temps, au lieu de toutes les billevesées dont vous avez farci la tête de ce pauvre jeune homme, l'arithmétique eût fait l'affaire. Je me moque bien, moi, de votre grec et de votre latin pour gouverner

ma fabrique; mais le mal n'est pas sans remède. Le calcul! le calcul! voilà la grande
science; et, s'il a le bon esprit d'oublier le
reste, Christophe peut encore se tirer d'affaire.

— Mon neveu a de grands moyens, dit Renaud, sans changer de ton ni d'attitude, et sans
daigner faire allusion aux dernières paroles
d'André; chacun de nous, M. Sauval, doit se
dévouer à sa patrie en raison de ses forces, et
la France n'est pas dans un état assez prospère
pour qu'aucun de ses enfans oublie ses devoirs
envers elle.

— Ah, voilà encore vos grandes phrases,
M. Renaud; je vous vois venir, vous voulez
faire de Christophe un songe-creux, un rêveur,
un bavard. Dieu merci, nous en avons assez
vu de ces gens-là depuis vingt-cinq ans; et où
nous ont-ils conduits s'il vous plaît? Pardieu,
moi aussi j'aime mon pays, je suis patriote moi,
je suis bien aise de vous le dire, et je deviens
furieux tout comme vous quand je vois des vol-
tigeurs de Louis XIV, qui n'ont de leur vie été
bons à rien, ou de jeunes freluquets imberbes,
qui ne vaudront jamais grand'chose, venir nous
faire la loi, parce qu'ils se croient de la côte
d'Adam. Pour moi, quand j'ai bien dîné, que
je ne dois rien, et que je touche dans mon gous-
set la clé de mon coffre, je me crois aussi grand

seigneur que personne. Aussi, viennent les élections! et je me démènerai comme un beau diable, et je leur jouerai de bons tours. Mais, hors de là, je me tiens coi; je ne suis pas assez sot pour m'aller brûler à la chandelle; et parce qu'on est patriote, ce n'est pas une raison pour qu'on s'oublie soi-même.

— Ce n'est pas le tout de faire fortune, reprit dédaigneusement Renaud.

— Oh! pour cela, dit André, vous n'êtes pas juge compétent, M. Renaud, car, pendant trois ans que vous avez eu les mains à la pâte, vous n'avez pas été assez adroit pour attraper seulement dix bonnes mille livres de rente.

— Me reprocheriez-vous, par hasard, dit Renaud, avec le même sang-froid, de n'avoir point été un fripon comme tant d'autres? A la bonne heure, j'accepte ce reproche; mais sachez, M. Sauval, que, lors même qu'on n'écoute que son propre intérêt, il y a quelque chose de mieux à faire pour un homme de cœur que d'entasser sou sur sou, de caresser son coffre-fort et d'être à genoux devant un écu; sachez que l'on goûte plus de jouissances personnelles en employant ses talens utilement pour son pays et en cherchant à y exercer par eux une utile influence.

— Hé, hé, dit à son tour Jérôme qui s'applaudissait du succès de son adroite manœuvre, il y a du vrai en tout cela; et, pour mon compte, je ne le cache pas, je ne serais pas fâché, je l'avoue, que Christophe se distinguât, qu'il acquît de la considération, de l'autorité; mais pour en venir là, par où faut-il commencer?

— Il faut d'abord qu'il sache parfaitement les lois de son pays, et ensuite on est propre à tout.

— Eh, sans doute; par exemple, il pourrait devenir ensuite bon administrateur.

— Hein, quoi? dit brusquement Renaud en relevant la tête et en regardant fixement Jérôme.

— Je veux dire, mon frère, que lorsqu'il sera bien savant et qu'il aura fait un peu parler de lui, il sera en position de solliciter une belle place. Et qui sait? ajouta-t-il en se frottant les mains, je ne désespère pas de le voir procureur du roi ou préfet avant de mourir.

— Ainsi donc, reprit Renaud, en frappant le plancher de sa canne, vous voulez qu'il serve d'instrument au despotisme, qu'il soit le très-humble valet de ceux qui prétendent nous livrer pieds et poings liés à la sainte-alliance, qui nous traitent en vaincus et nous écrasent d'impôts pour solder les aristocrates et les prêtres; vous voulez qu'il aide à nous pressurer, à nous incarcérer, à nous baillonner ; voilà l'avenir que vous rêvez pour votre fils ?

— Eh ! mon Dieu ! frère Renaud, ne vous fâchez point, reprit Jérôme tout étourdi de cette apostrophe véhémente, je ne prétends pas cela, non, assurément ; mais vous ne savez pas ce que c'est que d'être préfet, vous, ce que vaut une bonne place que l'on peut garder sa vie durant, si l'on a un peu de conduite ; vous ne savez pas cela, mon frère, car enfin, souffrez que je vous le dise, vous n'avez su conserver les vôtres que deux ou trois ans au plus.

— Et sans appointemens encore ! dit André avec un parfait mépris.

Le rouge monta aux joues de Renaud ; mais il se contint, conserva son flegme et se leva en secouant la tête :

— Je suis de trop, dit-il aux deux frères : nous ne pourrions pas nous entendre. Je n'ai plus qu'un mot à dire : avant de prendre un parti aussi grave pour Christophe, il conviendrait de l'entendre lui-même, puisqu'il est le plus intéressé dans l'affaire.

— Vous avez raison, dit Jérôme. Restez, mon frère : Christophe sera ici dans un moment.

L'archiviste fit appeler son fils, qui entra presque aussitôt.

—Mon ami, lui dit son oncle André, te voilà d'âge à prendre un état, et ton père nous demande notre avis. Pour moi, mon enfant, je n'en connais pas de plus beau que le commerce, et, si nous sommes d'accord, je me charge de toi. Tu es un brave garçon; tu tiendras mes livres : il n'y a rien de mieux pour former un sujet. Tu seras chez moi bien nourri, bien traité. Tu me donneras quelques années de ton temps, après quoi je te donnerai, moi, une part dans mes profits; et tu feras comme moi, tu feras fortune. Qu'as-tu à dire à cela?

— Mon oncle, répondit Christophe d'un ton ferme et résolu, je vous remercie de vos offres; il m'est impossible de les accepter.

— Ah! je vois ce que c'est, dit André : monsieur est fier et dédaigne l'industrie. Monsieur voudrait-il bien nous faire part de ses projets?

—Oui, mon fils, ajouta doucement Jérôme, là! voyons, dis-nous ce que tu veux faire, ce que tu te proposes de devenir.

— Je veux être avocat.

— A la bonne heure, dit Renaud; j'en étais sûr.

— On pourrait choisir plus mal, reprit Jérôme en regardant timidement André, car on assure, mon frère, que ce siècle-ci est celui des avocats.

—Eh morbleu ! interrompit l'industriel en colère, pour un ou deux qui parviennent, il y en a cent qui mangent des croûtes sèches, et qui ne sont que des brouillons toute leur vie. Je reconnais là vos conseils, M. Renaud, et j'ai prédit que, du moment où vous vous mêliez de sermonner ce petit monsieur, il ne serait plus bon à rien. Va donc, va, mon neveu, sois avocat, attrape des causes, prends bien garde de les perdre, et compte là-dessus pour remplir ta bourse. Mais voyez donc un peu, ça n'a pas de barbe au menton et ça fait fi du commerce ! Ah ! si j'étais ton père, je te ferais marcher droit ! Mais vous êtes presque aussi timbrés l'un que l'autre. Adieu, Jérôme ! serviteur, tout le monde ! Faites comme vous l'entendrez : je m'en lave les mains.

André sortit accompagné de son frère, qui fit en vain tous ses efforts pour l'apaiser. Pierre Renaud ne tarda point à le suivre ; mais d'abord il s'approcha de Christophe et lui dit :

— Bien, mon neveu, très-bien : je suis content de toi.

Il serra sa main et s'éloigna.

Il fut dès-lors décidé que Christophe ferait son droit. Un de ses parens éloignés était établi à Caen, et Jérôme, par des motifs d'économie , choisit cette ville de préférence à Paris pour les· nouvelles études de son fils, dont le départ fut fixé à la fin de l'automne. Quand cette époque approcha , le bon archiviste devint triste et mélancolique : il n'avait jamais arrêté sa pensée jusqu'alors sur une si longue séparation. Il commençait à sentir ce que coûtent les jouissances de l'orgueil paternel, et à comprendre que les charges nombreuses imposées à ses modiques ressources par l'éducation de son fils seraient légères auprès des sacrifices qu'imposerait l'absence aux plus tendres sentimens de son cœur.

Nous nous arrêterons peu, dans ce récit, sur les trois années du séjour de Christophe à Caen, pendant lesquelles il revit régulièrement sa famille au temps des vacances. Peu d'incidens en marquèrent le cours, et il suffira d'un petit nombre de pages pour instruire le lecteur des sensations intimes du jeune homme à cette époque de sa vie.

M. Grichard, le parent chez qui Christophe

1.   6

devait passer le temps de ses études, était un agent d'affaires assez mal dans les siennes. Il vit son cousin installé chez lui avec une satisfaction à laquelle les liens du sang étaient absolument étrangers : la modique pension qu'il allait recevoir n'était nullement à dédaigner, et peut-être, en serrant la main de Christophe et en l'embrassant, se réjouit-il en secret de sa chétive apparence, dans l'intime persuasion que son jeune parent était trop faible et trop délicat pour faire une grande consommation à sa table.

Sa femme, petite bourgeoise criarde, envieuse et coquette, ne le cédait en rien sous le rapport de l'avarice à son mari. Il y eut donc, de la part de ce couple parfaitement assorti, résolution tacite d'exploiter le plus avantageusement possible le séjour de Christophe. Celui-ci donnait peu d'attention à ce plan admirablement mis en œuvre, et qui avait pour but de l'affamer avec autant de décence et d'égards que possible ; il n'attachait par bonheur aucun prix aux jouissances de la table, et mangeait fort peu : il était enfin difficile de rencontrer, sur ce point, quelqu'un de meilleure composition que lui. Mais il se trouvait, sous d'autres rapports, fort mal à l'aise dans cette maison : il y voyait un travail assidu sans di-

gnité, une censure amère des classes élevées
sans charité pour les classes inférieures, une
vie d'affaires, dont l'activité n'avait d'autre mobile que le désir nullement dissimulé de s'en-
richir aux dépens du prochain. Ces occupations
n'étaient interrompues que par des distractions
et des amusemens qui tous avaient pour objet la
satisfaction d'appétits grossiers et d'une vanité
ridicule. Christophe, en un mot, rencontrait
dans la société de M. et de Madame Grichard
la licence et la frivolité des riches, sans aucun
mélange de distraction intellectuelle, et sans ce
voile que jettent sur les vices, dans une compagnie choisie, la grace des manières et l'élégance
du langage. Il y trouvait encore une prétention
à l'impiété que bien des gens de la petite bourgeoisie affichent souvent en province, pour se
donner une apparence de savoir-vivre, et surtout pour ne pas être confondus avec les habitans des campagnes. Cette prétention était si
ridicule en M. Grichard, que Christophe, tout
incrédule qu'il était, en fut vivement choqué.

Telle était la société au sein de laquelle
il se trouva jeté pendant trois années. Le
profond dégoût qu'elle lui inspirait développa
son penchant à l'isolement, et contribua long-
temps à le maintenir dans l'inexpérience des
choses du monde. Parmi ses camarades il

voyait. le plus fréquemment ceux dont les
sentimens politiques s'accordaient le mieux
avec les siens ; sans contracter toutefois de
liaison fort intime avec aucun d'eux. Ce n'é-
tait pas qu'il fût d'une nature insociable : une
amitié vive et réciproque aurait, au contraire,
eu beaucoup de charmes pour lui ; mais le mot
qui désigne ce doux et intime épanchement de
deux cœurs lui avait toujours semblé un de
ceux dont on abuse le plus ; et, dans le nombre
des jeunes gens qui l'appelèrent leur ami, il en
était fort peu qui lui parussent dignes de ce nom.

　Il évitait en général de se mêler aux jeux de
ses compagnons d'étude : leurs passe-temps
bruyans et frivoles avaient peu d'attrait pour
lui, et il n'avait garde de se livrer à des. exercices où le défaut d'habitude et la faiblesse de
sa constitution lui donnaient peu d'espoir de
se distinguer ; mais le besoin de surpasser ses
camarades, autant que la conviction profonde
qu'il avait de l'importance de ses travaux pour
son avenir, lui firent surmonter la répugnance
que lui inspirait l'étude des lois, et il ne prit
aucun repos jusqu'à ce que le succès de ses
premiers examens lui eût assigné un rang distingué parmi ses jeunes condisciples.

　Il prêtait, comme tant d'autres à cette époque,
une attention sérieuse aux débats politiques, et

fréquentait beaucoup de jeunes gens exaltés en libéralisme. Ils lisaient avidement ensemble les papiers publics, applaudissaient avec frénésie aux diatribes les plus sanglantes contre le pouvoir et aux appels faits par la presse, dans les années 1819 et 1820, à l'énergie des instincts populaires; c'était un nouvel âge d'or tout au moins que promettait à la France la réalisation de leurs espérances chimériques, le triomphe complet de la démocratie. Ces jeunes gens avaient formé un petit club sous le prétexte de s'exercer au talent oratoire; et là, du haut d'une espèce de tribune, ils se complaisaient avec délices dans des déclamations furibondes, dont leur haine pour les rois, les prêtres et les nobles faisaient perpétuellement les frais. Christophe acquit une grande réputation dans ces réunions d'abord rares et presque secrètes, puis qui devinrent insensiblement assez nombreuses et publiques pour alarmer les magistrats, et son amour-propre éprouva une satisfaction indicible lorsqu'il sut qu'il avait l'honneur d'être particulièrement en butte aux défiances du pouvoir.

Quel que fût son goût pour ces réunions; et le succès qu'il était assuré d'y obtenir, il s'y faisait souvent remarquer par son absence; et lorsqu'il y avait donné pleine carrière à sa haine

contre le gouvernement, lorsque son ardent
besoin d'applaudissemens était satisfait, il préférait la solitude à la société de ceux même qui
lui accordaient le plus volontiers leurs suffrages. Cette disposition ne provenait pas seulement d'une tendance bien prononcée pour la
méditation calme et solitaire, elle prenait aussi
sa source dans le plus dangereux défaut de
Christophe, dans un excès d'amour-propre. Il
n'était jamais parfaitement à l'aise avec les autres, parce qu'il ne pouvait réussir à être simple
et sans prétention avec eux, il fallait briller à
tout prix, et briller toujours; il était en société
comme sur un théâtre, il lui semblait que les
regards de chacun ne se détournaient point de
lui, et qu'il ne cessait d'être en spectacle à tous.
Et quel est l'homme, doué d'une extrême susceptibilité ou affamé d'éloges, qui ne rencontre
partout dans le monde plus de tourmens que de
jouissances? Christophe donc évitait de se livrer
au dehors à des émotions pénibles si elles eussent
été trop multipliées, et ne trouvant aucune distraction agréable dans l'intérieur de la famille
au sein de laquelle il vivait, il consacrait à la
retraite une grande partie de ses journées. La
lecture et la promenade étaient ses passe-temps
préférés : il étudiait les grands écrivains que
son oncle lui avait appris à respecter dès son

enfance, et dont les idées républicaines l'avaient nourri presqu'au sortir du berceau. Parmi les auteurs de notre âge, il goûtait surtout Bernardin de Saint-Pierre, Châteaubriand et Béranger : il rêvait avec Réné, pleurait avec Paul sa Virginie absente; quelquefois, l'esprit frappé de l'humiliation de son pays qu'il s'obstinait à voir asservi par la sainte-alliance, et par une caste privilégiée, il déclamait les vers patriotiques de l'auteur des Messéniennes; il savait par cœur le beau rôle de Procida, et souvent il s'en allait par les chemins répétant tristement le chant funéraire de Waterloo. Il emportait ses auteurs favoris dans ses promenades et trouvait toujours un nouveau charme à les relire. Voici comme, plus tard, il a peint lui-même quelques-unes de ses impressions à cette époque.

« Souvent, dit-il, je m'installais, pendant plusieurs jours à quelques lieues de la ville, soit à Courseulles, auprès du riant vallon de Gray, soit au village d'Aromanche chez de pauvres pêcheurs. Le spectacle de l'Océan, le bruit sourd des flots qui se brisaient à mes pieds sur la plage, était fécond pour moi en émotions fortes et intarissables : tantôt, me livrant avec passion au seul exercice du corps où j'aie excellé, je fendais rapidement

les vagues, ou me laissais doucement bercer
par elles ; tantôt, assis sur le rivage, je restais
plongé dans une extase muette devant les imposantes scènes de la nature : l'inspiration poé-
tique me saisissait, et je souffrais alors de ne
pouvoir exprimer mes sensations avec la poésie
dont elles enivraient mon ame : je regrettais
d'être seul pour sentir et pour admirer. La
douce image de Geneviève glissait comme un
nuage doré devant mes yeux, et je me pro-
mettais de doubler un jour le charme de ces
émotions en les partageant avec elle. Geneviève
absente me paraissait plus charmante et plus
aimable ; ses légères imperfections s'évanouissaient de ma pensée qui n'était plus occupée
que de sa douceur et de ses graces. Je rêvais
à elle comme on rêve d'un ange de pureté ou
d'une sœur chérie ; et, si je ne concentrais pas
sur elle tous mes vœux, tous mes désirs, presque toujours du moins elle occupait une large
place dans le tableau que mon imagination fan-
tastique se traçait de ma destinée. Mes vœux
étaient vastes comme l'océan où plongeaient
mes regards.

» Lorsque la brise s'élevait, et que les vagues, légèrement gonflées par son souffle,
commençaient à blanchir et à rouler, en se
brisant les unes sur les autres avec un bruit

profond. et grave, j'écoutais immobile; je croyais entendre la grande voix de la multiude; je croyais voir celle-ci onduler devant moi, et je saisissais déjà je ne sais quel murmure d'applaudissemens dans ces sons bruyans et confus ; car de fortes préoccupations politiques se mêlaient à toutes mes pensées. Dans les jours d'orage, quand les flots mugissaient sous moi, au pied des hautes falaises d'Aromanche, si j'apercevais des pêcheurs hardis qui défiaient la tempête et abandonnaient aux vents leurs embarcations légères, je m'étonnais qu'un peuple qui domptait l'Océan se soumît à quelques hommes d'une caste orgueilleuse. Tôt ou tard, me disais-je, l'heure fatale sonnera : ce peuple sortira de son sommeil; il secouera son joug : et je m'associais en espoir à ses exploits et à ses triomphes.

» Ainsi s'écoula pour moi l'époque où l'homme décide trop souvent sans retour de sa vie entière : temps d'émotions pures et de folles espérances! temps où l'homme ne connaît point l'impossible, où il ne voit aucun obstacle qu'il n'espère franchir, nul joug qu'il ne croie pouvoir briser, nulle palme qu'il ne soit capable de saisir! temps d'illusions, où il s'élance au devant de la vie avec ivresse, semblable au voyageur qu'un pouvoir magique transporte-

rait tout à coup et à son insu , pendant une nuit
d'incertitude et d'attente , sur une plage in-
connue , et, des froides régions du pôle sous le
ciel brûlant des tropiques : il appelle de tous
ses vœux le retour de l'aurore ; il bénit et salue
avec amour et sans crainte les naissantes clartés
du soleil, et bientôt il cherchera, dans les antres
de la terre , un abri contre l'ardeur dévorante
de ses rayons. »

LIVRE II.

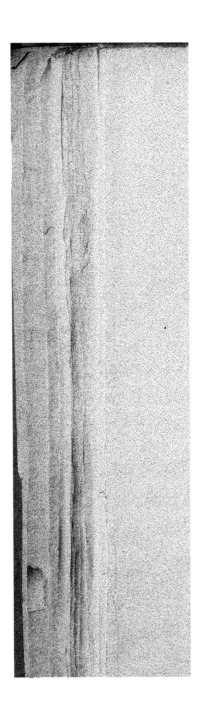

CHRISTOPHE avait vingt ans; sa constitution s'était fortifiée pendant les trois années de son séjour en Normandie, et il y avait eu en lui progrès notable à tous égards. Etudiant de concert les lois, la politique, l'histoire et la philosophie, il possédait des connaissances variées dans ces diverses branches des sciences humaines : il avait soutenu tous ses examens de la manière la plus brillante, et les éloges que le bon Jerôme entendit donner à son fils par quelques personnes distinguées, chatouillèrent délicieusement son orgueil de père. Peut-être, s'il eût été doué d'un esprit plus pénétrant, son triomphe eût été moins complet, et une réflexion amère aurait empoisonné son bonheur. Christophe, en effet, souffrait d'une découverte fatale à tous deux : il s'était reconnu, avec une tristesse profonde, supérieur à Jérôme dans l'ordre intellectuel; et, plus il chérissait son père, plus la conscience de sa supériorité lui était pénible, car celle-ci intervertissait entre eux l'ordre des rapports naturels. Il voyait avec douleur que souvent Jérôme ne le comprenait plus, et que leurs deux pensées, à une multitude d'égards, étaient devenues comme étrangères l'une à l'autre : mal sans remède, et qui tendait chaque jour à s'accroître; car le cercle étroit des idées du bon homme commençait à se rétrécir, tandis que le vaste horizon qu'embrassait l'esprit de Christophe s'étendait sans cesse.

Il s'écoula néanmoins un peu de temps encore avant que l'archiviste eût reconnu lui-même cet irréparable malheur, et bientôt l'accomplissement d'un de ses vœux les plus chers réjouit son cœur paternel.

Jérôme avait toujours désiré marier Christo-

phe de bonne heure, dans la double intention
de prévenir les écarts dangereux de la jeunesse, et de fixer son fils auprès de lui. Depuis
long-temps il avait jeté les yeux sur Geneviève,
comme sur la femme digne d'unir son sort à
celui de Christophe. Cette idée avait pris graduellement beaucoup d'ascendant sur son esprit ; elle eût souri à tout homme raisonnable,
et Jérôme devait s'y attacher plus que tout autre,
en raison même de son caractère. Geneviève,
en effet, était déjà pour lui une ancienne connaissance, il l'avait nommée son enfant presque
dès le berceau ; il s'était fait une douce habitude de la voir, et cette habitude était un lien
magique qui l'attachait à elle et qui lui faisait
redouter, beaucoup plus qu'il ne l'eût fait en
aucun autre cas, l'entrée d'une étrangère dans
sa famille : il souhaitait donc avec passion de
la voir unie à son fils, il ne s'en cachait pas.
Ses vœux, à cet égard, étaient parfaitement
d'accord avec ceux de madame Lambert, femme
simple et sans ambition, d'une santé fort débile, et qui, avant de mourir, aspirait à voir sa
fille convenablement établie. Geneviève devait
avoir, à la mort de sa mère 5,000 francs de
revenu, et Christophe était bien loin de pouvoir compter d'une manière positive sur un
égal patrimoine; car son oncle André (soit

pour se donner un air de jeunesse, soit pour
faire enrager son neveu à qui son ame vindica-
tive gardait encore rancune), parlait sans cesse
de se marier; et, s'il ne se fût fait un épouvan-
tail du sort réservé trop souvent aux barbons
qui s'avisent de prendre femme, il est hors de
doute qu'il eût poussé jusque-là sa vengeance.
Il en disait assez, toutefois, pour donner des
inquiétudes sérieuses à madame Lambert; mais
l'éclat avec lequel Christophe débuta dans sa
profession, la réputation dont il jouissait, et
surtout le déclin rapide de sa propre santé, tout
contribuait à faire désirer à cette tendre mère
une prompte union entre sa fille et le fils de
Jérôme.

Ce mariage, si ardemment souhaité, fut
enfin conclu dix-huit mois après le retour de
Christophe à Nantes. O combien son cœur
de jeune homme tressaillit lorsqu'il sentit à
l'autel la main chérie de Geneviève trembler
dans la sienne! Que l'avenir s'offrit pur et ra-
dieux à sa pensée, lorsqu'il entendit tomber
des lèvres innocentes de cette charmante fille
la promesse éternelle et sacrée d'être tout à
lui et toujours à lui! avec quel transport il
prononça les mêmes vœux, et comme il se
fût indigné s'il eût pu lire alors dans l'ame de
celui qui reçut leurs sermens! C'était l'abbé

Grandin qui bénissait leur union, et le bon
vicaire ne partageait point à l'égard de ce mariage,. toutes les espérances de Jérôme et de
madame Lambert. Profondément touché de la
candeur, de la pieuse soumission et de l'incomparable bonté de Geneviève, il portait à
cette jeune orpheline le tendre intérêt d'un
père, tandis que l'ambition, et l'incrédulité de
Christophe lui inspiraient de vives alarmes.
Ses craintes devinrent plus vives au moment
où il invoqua le ciel pour les deux époux;
sa voix trembla, et il jeta un regard inquiet et attendri sur la fille adoptive de son
cœur.

Aucun nuage ne troubla les premiers temps
de cette union : la tendresse de Geneviève ; ses
graces. naïves et touchantes captivèrent entièrement Christophe, tandis que l'ardeur avec
laquelle il. se livrait aux travaux de sa profession lui laissait peu de loisir. Il débutait depuis
peu dans sa carrière, il avait sa réputation à
établir, et il ne se donna ni trève, ni relâche
jusqu'à ce qu'il eût atteint, dans l'opinion publique, le premier rang au barreau de Nantes.
Deux ans lui suffirent pour s'y élever; il entrait
alors dans sa vingt-quatrième année, et un si
grand succès obtenu si rapidement aurait dû

être pour lui une source de satisfaction durable :
il n'en fût rien cependant.

Lorsqu'il eut touché un but si vivement
poursuivi, sa pensée se replia sur elle-même;
les éloges qu'il avait recherchés avec tant d'ardeur perdirent pour son oreille leur douceur
accoutumée, et, semblable à l'enfant qui rejette
ou brise les jouets qu'il posséde, après s'être
douloureusement agité pour les obtenir, Christophe dédaigna ses obscurs et faciles triomphes. Son ame se tourmentait dans une sphère
trop étroite pour son active énergie : il lui fallait
une vaste scène pour se produire, et la carrière
politique était l'arène où il lui tardait de s'é-
lancer. Impatient de gloire et de renommée, il
brûlait d'élever la voix dans la mêlée bruyante
des partis, et d'acquérir un grand nom comme
avocat ou comme publiciste. Ce n'était point à
Nantes qu'il pouvait prétendre à un pareil succès; car, à moins de circonstances fort rares,
les réputations nées en province ne franchissent
point l'enceinte des murs où elles sont écloses.
Les noms dont le bruit arrivent jusqu'à Paris
des divers points de la France, meurent, le plus
souvent, sur le seuil de l'immense capitale,
perdus dans la grande voix qui ne cesse de
s'échapper de son sein.

Libre de tout lien de famille, Christophe

aurait, à quelque prix que ce fût, marché vers
le nouveau but de ses ardens désirs ; mais de
puissans motifs l'arrêtaient : son père avait
atteint la vieillesse, et il était douteux qu'il con-
sentît à changer de résidence : Christophe d'ailleurs avait promis de ne point séparer Geneviève de sa mère, qui souffrait cruellement des
infirmités de l'âge. Des motifs de fortune le re-
tenaient aussi ; car, du vivant de madame Lambert, Geneviève ne jouissait que d'une partie
de son bien, et elle était enceinte. La profession de son mari les maintenait dans l'aisance : celui-ci pouvait-il abandonner une condition avantageuse pour se jeter à l'aventure et
sans ressources suffisantes dans tous les hasards
de la vie parisienne ? Christophe n'aurait pu
prendre une détermination semblable qu'au
mépris des engagemens les plus sacrés, et il
n'était pas encore habitué à combattre le devoir
par d'ingénieux sophismes.

Après deux années de mariage, Geneviève
mit au monde un fils dont Pierre Renaud fut le
parrain, et qui, en l'honneur de Jean-Jacques,
reçut le nom d'Émile. Jérôme se vit renaître
une seconde fois avec délices dans son petit-fils,
et espéra beaucoup de cet enfant pour dissiper
les nuages qu'il commençait à entrevoir sur le
front de Christophe. Mais Emile était trop jeune

pour que les émotions de la paternité offrissent
une diversion durable aux soucis de l'ambition, à des souffrances que la tendresse même
de Geneviève était impuissante à endormir.
Hélas ! Christophe aspirait aux jouissances
d'une sphère plus élevée, et déjà il ne goûtait plus aucun plaisir dans la sienne.

Habitué à laisser sa pensée s'égarer dans les
hautes régions de l'intelligence, à combiner de
vastes plans pour l'avenir de sa patrie, il regardait avec dédain les sources vulgaires où
l'immense majorité des hommes puise ses
plaisirs, et il ne s'associait plus aux simples
amusemens de sa famille. Les jeux des longues
veillées, les bavardages du coin du feu, délices
de son enfance, lui étaient devenus insipides,
et, tandis que son père se passionnait chaque
jour un peu davantage pour la bouillotte et le
loto, Christophe ne partageait plus ces distractions que par une extrême condescendance : il
lui était impossible de comprendre le plaisir
d'aligner des jetons, ou de se morfondre deux
heures dans l'incertaine attente d'un as ou d'un
brelan, et son visage accusait son impatience
et son ennui.

Geneviève remarquait avec inquiétude le
chagrin de Christophe, sans pouvoir en décou-
vrir la véritable cause. Souvent, lorsqu'à table

ou dans un cercle d'amis, elle se livrait encore
à l'enjoûement de son âge et de son humeur,
elle s'interrompait tout à coup, et une larme
brillait dans ses yeux. Ah! c'est qu'entre tous
les convives elle n'en distinguait qu'un seul;
c'est qu'elle avait compris que présent de sa
personne au milieu d'eux, sa pensée était absente, soit par dédain pour leurs plaisirs, soit
par impuissance de les partager; c'est enfin
qu'elle avait vu la tête de Christophe se retirer
en arrière et tous les visages sourire, excepté
le sien. Lorsqu'après ces momens pénibles ils
se retrouvaient seuls vis-à-vis l'un de l'autre,
Geneviève, d'une voix douce et tremblante,
lui demandait la cause de ses peines, en le suppliant de lui ouvrir son cœur. Il s'efforçait de
cacher son trouble, en affectant un air riant et
serein, et de la rassurer par des paroles tendres
et affectueuses; mais il éprouvait alors combien
il est difficile d'en imposer à une femme si remplie de dévouement et d'amour. Elle lisait malgré lui sa peine au fond de sa pensée; elle fon-
dait en larmes, et, jetant ses bras autour de son
cou :

— Christophe, lui disait-elle avec un accent
déchirant, mon cher Christophe, confie-moi
tes chagrins, afin que je les partage : apprends-
moi tes désirs, tes vœux secrets, afin que je les

exauce; et, s'il est en mon pouvoir de te satisfaire, dispose, ordonne : fais de moi ce que
tu veux. Je mettrai mon bonheur à te servir, à
t'obéir; mais ne me ferme pas ton cœur. O mon
ami! ta réserve cruelle est le seul mal peut-
être que je n'aie point la force de supporter.

Christophe faisait de violens efforts sur lui-
même pour écarter des pensées importunes.
Hélas! il lui était impossible de ramener ses
indomptables désirs dans de sages limites. Il
sentait trop tard que c'est toujours aux dépens
de son repos que l'homme se jette loin des
sentiers battus, ou cherche ses joies hors des
plaisirs simples qu'une nature bienfaisante a
mis à la portée de tous,

Louis XVIII touchait au tombeau, et la France allait apprendre jusqu'à quel point étaient fondées les craintes des uns et les espérances des autres à l'approche du nouveau règne. Les périls qui semblaient alors menacer nos institutions, redoublaient pour elles l'attachement et le zèle de Christophe; mais, au milieu de ses rêves pour le succès de la cause libérale, si par hasard il venait à regarder autour de lui, son

patriotisme s'appitoyait sur l'ignorance et les
superstitions du vulgaire. Quelquefois il s'indignait d'être né au sein d'une population qui
tenait à honneur de conserver intactes les traditions, les mœurs et les croyances du moyen-
âge. Comment faire comprendre, en effet, les
droits de l'homme et la Charte à un peuple qui
croyait aux revenans et aux sorciers ; comment
amener à l'exercice du suffrage universel de
bonnes gens qui faisaient des neuvaines, et qui
auraient volontiers déserté le plus intéressant
scrutin électoral pour s'en aller en pèlerinage,
offrir un cierge à la Vierge et aux saints ?

Les lumières seules, pensait Christophe, cor-
rigeraient des aberrations d'esprit aussi mon-
strueuses : un jour viendrait sans doute où la
civilisation entrerait avec elles dans les chau-
mières ; les grands orateurs, les coryphées du
libéralisme l'avaient hautement proclamé à la
tribune, et Christophe avait en grande véné-
ration, non-seulement les discours de ces messieurs, mais encore leur sagesse et leurs vertus
qu'il ne voyait, il est vrai, qu'à travers leurs
discours. Il ne doutait nullement que le temps
prédit par eux ne fût pour la France le vrai
temps des miracles ; il en hâtait la venue de ses
vœux et de ses efforts, et contribuait, pour sa
part, à toutes les philantropiques entreprises

dont le but était de dissiper au grand jour de
la raison et de la liberté, les fléaux légués par
les siècles d'ignorance et de servitude.

Cependant, quel que fût le dédain de Christophe pour les superstitions populaires, les
paroles prophétiques prononcées sur son berceau par la vieille garde bretonne, et qu'on
lui avait souvent répétées, lui revenaient de
temps en temps à la mémoire, et même, dans
ses momens de mélancolie, il frissonnait par-
fois en se les rappelant. Ce souvenir, parmi
beaucoup d'autres du même genre, n'était
point le seul qui eût fait une certaine impression sur son esprit.

Il avait souvent entendu parler dans son enfance d'un vieillard qui, depuis plus de trente
ans, visitait tour à tour les diverses parties de
la Bretagne. On l'avait vu, au temps des guerres
civiles, chercher inutilement à s'interposer entre les vainqueurs et les vaincus, et, depuis lors,
il faisait sans cesse des pélerinages dans un but
charitable : on ajoutait qu'il avait prédit de
grands événemens long-temps avant qu'ils ne
fussent accomplis; le peuple, en conséquence,
n'hésitait point à lui reconnaître le don de la
seconde vue et le croyait sorcier.

Les conseils qu'il donnait paraissaient inspi-
rés par un esprit de paix, de tolérance et d'u-

nion, mais il était rare qu'ils fussent écoutés. Les hommes ignorans et superstitieux se dispensaient de les suivre, prétendant y voir des pièges de l'enfer, des amorces de l'esprit malin ; et il suffisait que le sage inconnu n'épousât point les passions politiques de ceux à qui sa voix prêchait la concorde et l'oubli des injures, pour être accusé d'appartenir au parti contraire, et, comme tel, indigne d'être entendu. Il vivait seul ; l'âge semblait avoir peu d'empire sur lui, et l'on ne connaissait ni ses moyens d'existence, ni son domicile habituel. Dans les premiers temps on l'avait fréquemment rencontré sur les bords du lac de *Grand-Lieu*, dont le nom lui fut donné par l'ignorance où l'on était du sien ; et pendant de longues années, ce vieillard fut connu dans toute la Bretagne, sous le nom du *Voyant* de *Grand-Lieu*.

Christophe avait toujours été frappé de ce qu'il entendait raconter à son sujet, et portait un vif intérêt au vieillard inconnu ; non certes qu'il le crût doué d'un pouvoir surnaturel, mais il se disait que cet homme pouvait se faire illusion à lui-même sur l'étendue de ses facultés ; et une si longue vie consacrée tout entière au soin d'instruire des malheureux et d'apaiser les haines furieuses des partis, semblait à Christophe touchante et digne au plus haut degré des hommages de tous. Il ne doutait pas que la raison du saint homme ne fût quelque peu dérangée ; il le plaignait donc en le respectant, et il avait fréquemment souhaité de le rencontrer sans que ce désir eût jamais été satisfait.

Dans une belle soirée de septembre, après une journée d'agitation intérieure, il s'était dirigé le long de la Loire, sur les côtes de l'ermitage, vers le but favori de ses promenades. Assis sur un tertre élevé, d'où sa vue s'étendait au loin, Christophe contemplait pensif, l'une des plus admirables scènes de la nature. Le soleil se couchait : ses dernières clartés teignaient les nuages, à l'occident, des plus riches couleurs. Le fleuve immense suivait son cours dans un calme solennel, et ses flots brillans se confondaient avec l'horizon enflammé : une barque, à demi dans l'ombre, glissait doucement, abandonnée au courant du fleuve ; ses voiles étaient repliées, car aucun souffle n'agitait l'air. Le léger bruit des insectes ailés, le mugissement des troupeaux épars dans les pâturages, et le chant monotone de quelques femmes sur la rive voisine frappaient l'oreille comme la dernière voix de la nature avant le silence de la nuit. C'était un de ces momens solennels où l'harmonie de la terre répond à l'harmonie du ciel, où la création tout entière semble se recueillir pour chanter un hymne à la gloire du créateur.

Christophe, absorbé dans ses rêveries ambitieuses, était faiblement touché des ineffables beautés de cette scène ; mais, en voyant le disque du soleil s'abaisser sous l'horizon, et les bords du fleuve disparaître enveloppés par de grandes ombres comme sous les plis d'un voile funèbre, il se disait en lui-même :

— Oh ! que ne puis-je éclairer le monde, un jour, un seul jour, du feu de mon génie, puis mourir dans les splendeurs de ma gloire, et laisser, comme cet astre, après moi le genre humain en deuil !

Il fut distrait de ces pensées par le bruit des pas d'un homme qui s'approchait, et qui sortit du milieu d'un bouquet d'arbres. Cet homme était simplement vêtu, et s'appuyait sur un bâton de coudrier. Il paraissait fort âgé ; ses longs cheveux blancs flottaient sur son cou en anneaux argentés. Christophe tressaillit et fut saisi de l'expression des traits du vieillard. Jamais il n'avait vu une figure aussi vénérable, un front où une si douce sérénité se rencontrait unie à une dignité si imposante. L'ame la plus forte et la meilleure semblait animer cette grande et noble physionomie.

L'étranger salua Christophe d'un geste bienveillant, l'examina long-temps avec intérêt, puis vint s'asseoir auprès de lui, et garda quelques instans le silence.

— Quel tableau! dit-il enfin. L'éternel ne parle-t-il point par ses œuvres? Et si les hommes étaient moins endurcis, auraient-ils besoin d'autres preuves pour être convaincus que l'auteur de toutes ces choses est un dieu de paix et d'amour?

— Ce Dieu, reprit Christophe avec amertume, n'est-il pas aussi celui des tempêtes?

Le vieillard soupira et dit :

— Ignorez-vous, mon fils, le rôle bienfaisant assigné à l'orage et aux vents dans l'économie de l'univers?

Puis attachant ses regards sur Christophe, et lui montrant de la main le fleuve et le firmament, il ajouta :

— Se peut-il qu'un spectacle si harmonieux, si divin, n'inspire que des pensées désolantes et impies, à vous surtout qui, plus qu'un autre, avez besoin de foi et d'espérance?

— Croyez-vous donc me connaître?

— Oui, mon fils, oui, je vous connais : je sais qu'un ver rongeur vous dévore; je sais aussi qu'il n'est pour vous sur la terre qu'une seule voie de repos et de bonheur.

— Et laquelle ?

— L'espoir en un monde meilleur, l'amour de Dieu, l'amour de sa loi.

— Vous oubliez l'amour des hommes, répondit Christophe avec un geste d'incrédulité : c'est dans ce sentiment que je cherche toute ma satisfaction : défendre le bien-être de mes semblables, leurs droits, leurs libertés, telle est la noble cause à laquelle j'ai voué ma vie. Ma récompense sera dans mon cœur, et celle-là du moins m'est assurée.

— Vous aimez les hommes ! reprit le vénérable étranger ; c'est l'amour du prochain qui vous inspire ! En êtes-vous bien sûr ?

— En doutez-vous ?

— Vous aimez le peuple ? ajouta le vieillard en prenant la main de Christophe et la serrant avec force; vous l'aimez, et voici comme vous lui témoignez votre amour : vous échauffez ses passions et jetez le mépris sur des croyances qui les épurent ; vous irritez la soif qui le dévore et lui retirez les eaux salutaires de la parole qui seule serait capable de l'apaiser : vous voulez que le peuple soit libre, et vous ébranlez dans son cœur la crainte de Dieu, le respect de sa loi, qui seuls lui apprendraient à user de la liberté sans péril; vous voulez que le peuple soit heureux, et vous lui ôtez cette foi qui seule fait prendre en patience les misères inséparables de cette vie : vous le bercez, en un mot, dans la vaine attente d'un bonheur périssable qui est à peine le partage de quelques-uns, et vous détournez ses pensées des joies qui ne passeront pas, et qui peuvent être l'héritage de tous.

— Et quoi! s'écria Christophe, faut-il donc rebâtir les couvens? Faut-il rejeter le peuple dans sa crasse ignorance aux pieds des moines et des prêtres? Faut-il réchauffer ses croyances fanatiques, pour qu'il égorge ceux qui les condamnent? Lui enseignerez-vous, à ce peuple, au nom du Dieu unique et jaloux, à se prosterner devant de vaines images? Lui enseignerez-vous, au nom du Dieu de paix et de miséricorde, que tous ceux qui ne l'adorent pas à sa façon grossière, depuis le sage qui médite sur les lois éternelles, jusqu'à l'enfant qui meurt sans baptême, sont dévoués à l'enfer? Lui enseignerez-vous enfin que le salut de l'homme de bien dépend de quelques mots échappés avant sa mort à la bouche indifférente d'un prêtre, ou de quelques prières péniblement arrachées à la pitié crédule et avare des survivans? Ce n'est pas nous qui avons porté les premiers coups à ce culte : car il

... du prêtre
... ont été des
... un temps où le
... instruire et de civi-
... vous prenez l'ombre
... pour la substance, et
... peut-être en harmonie
... des temps nouveaux, de-
... substance elle-même, pure et
... l'écorce de l'arbre de vie

a besoin d'être à
l'arbre dans ses ra
gay, ceux qui se
us pour les ap
endre, ils n'ont s
et son bonheur sur
leur frère au et tra
dépouilleront-ils d
rir? s'arrêteront-
guérir ses souffran
le bon Samaritain
là ce qu'ils font. P
grand bruit de leu
les admire et ex
struction en l
redoute; ils vais
pouvoir qui les a
hôpitaux, des éta
haine d'un clergé
les armes tempore
par l'unité et la
en aide aux bess
sous leur patro
pour leurs inté
l'avenir, et pou
en leurs main
rection et de ré
pas tous cepen
l.

a besoin d'être renouvelée, trancherez-vous
l'arbre dans ses racines ? Ils tennent votre langage, ceux qui se donnent auourd'hui comme
vous pour les apôtres de la iberté. A les entendre, ils n'ont souci que d sort du peuple,
et son bonheur seul les inspirç mais, en voyant
leur frère nu et transi de froi à leurs côtés, se
dépouilleront-ils de leur maceau pour le couvrir ? s'arrêteront-ils dans lur chemin pour
guérir ses souffrances, et seont-ils pour lui
le bon Samaritain de l'Evange ? Ce n'est point.
là ce qu'ils font. Pareils aux harisiens, ils font
grand bruit de leurs charités pur que le peuple
les admire et croie en eux ; il propagent l'instruction en haine d'un gouernement qui la
redoute ; ils visitent les prisoniers en haine du
pouvoir qui les a condamné; ils fondent des
hôpitaux, des établissemens e bienfaisance en
haine d'un clergé plus jalou de dominer par
les armes temporelles que de oucher les cœurs
par l'amour et la charité ; efin, ils viennent
en aidé aux classes laborieuse et les prennent
sous leur patronage, moinspar compassion
pour leurs misères, que pa prévoyance de
l'avenir, et pour que ces clases soient un jour
en leurs mains un docile inrument d'insurrection et de révolte. Voilà c qu'ils font ; non
pas tous cependant : il en e parmi eux qui

1.   8

y a long-temps que la religion n'est plus en
France qu'un vain mot; il y a long-temps que
le respect humain, et non la foi, invite le prêtre
à bénir la naissance, le mariage et la mort; et, si
le respect humain l'eût exigé, nous serions musulmans, et non catholiques.

— Oui, répondit le vieillard d'un ton grave
et solennel, oui, la religion n'est trop souvent
qu'un vain mot pour les hommes du monde;
mais elle est encore le trésor du pauvre. Si en
achevant de détruire des croyances qui le consolent, si en lui ravissant un bien si précieux, le
plus précieux de tous, vous ne lui rendez pas
l'équivalent en échange, qui êtes-vous, sinon
les spoliateurs du malheureux? Ne savez-vous
pas que Dieu mesure aux hommes l'instruction
et les libertés en raison de leur capacité intellectuelle et morale? Ces liens spirituels qui
vous révoltent, cette toute-puissance du prêtre
que vous attaquez aujourd'hui, ont été des
bienfaits de la Providence dans un temps où le
prêtre seul était capable d'instruire et de civiliser. Hommes aveugles, vous prenez l'ombre
pour la réalité, la forme pour la substance; et
si la forme n'est plus peut-être en harmonie
avec les exigences des temps nouveaux, détruirez-vous la substance elle-même, pure et
inaltérable? et si l'écorce de l'arbre de vie

a besoin d'être renouvelée, trancherez-vous
l'arbre dans ses racines ? Ils tiennent votre langage, ceux qui se donnent aujourd'hui comme
vous pour les apôtres de la liberté. A les entendre, ils n'ont souci que du sort du peuple,
et son bonheur seul les inspire; mais, en voyant
leur frère nu et transi de froid à leurs côtés, se
dépouilleront-ils de leur manteau pour le couvrir? s'arrêteront-ils dans leur chemin pour
guérir ses souffrances, et seront-ils pour lui
le bon Samaritain de l'Evangile? Ce n'est point
là ce qu'ils font. Pareils aux Pharisiens, ils font
grand bruit de leurs charités pour que le peuple
les admire et croie en eux; ils propagent l'instruction en haine d'un gouvernement qui la
redoute; ils visitent les prisonniers en haine du
pouvoir qui les a condamnés; ils fondent des
hôpitaux, des établissemens de bienfaisance en
haine d'un clergé plus jaloux de dominer par
les armes temporelles que de toucher les cœurs
par l'amour et la charité; enfin, ils viennent
en aide aux classes laborieuses et les prennent
sous leur patronage, moins par compassion
pour leurs misères, que par prévoyance de
l'avenir, et pour que ces classes soient un jour
en leurs mains un docile instrument d'insurrection et de révolte. Voilà ce qu'ils font; non
pas tous cependant : il en est parmi eux qui

I.   8

voient encore dans la liberté un remède pour
tous les maux , qui croient au pouvoir efficace des principes abstraits de la morale , sans
qu'ils soient formulés dans une loi de menace
et de rémunération émanée de Dieu même.
Ces hommes s'abusent sans doute; cependant
il les faut honorer, car leur erreur est celle
d'une grande ame, trop belle pour comprendre
les voies tortueuses de l'iniquité. Mais, pour un
qui se dévoue, il y en a mille qui, en défendant
ouvertement les droits du genre humain, ne
travaillent en secret qu'à leur propre avantage; pour un qui enseigne au peuple la résignation et la vertu , il y en a mille qui ne
s'adressent à la multitude que pour enflammer son orgueil et sa cupidité : et pourtant ils
triompheront , leur victoire est certaine; mais
plusieurs frémiraient s'ils en connaissaient les
suites, et, si vous saviez vous-même ce qui
adviendrait en France sans l'intervention miséricordieuse du Tout-Puissant , vous voileriez
votre front et vous vous arrêteriez saisi d'épouvante en face de vos œuvres.

Christophe, blessé des paroles du vieillard,
l'écoutait pourtant sans l'interrompre, subjugué par son aspect vénérable et par sa voix
imposante :

« Qui êtes-vous , dit-il enfin, pour me

parler ainsi, pour prétendre soulever le voile
de l'avenir? » Et presque aussitôt il ajouta
comme par une inspiration soudaine. « Seriez-
vous celui dont depuis trente ans le peuple de
ces contrées parle avec reconnaissance.•... Le
Voyant de Grand-Lieu? »

— C'est ainsi que le peuple me nomme, répondit l'étranger.

Christophe, vivement ému, regarda quelque temps le vieillard dans un muet étonnement sans oser lui adresser un mot ; puis,
rompant le silence, il lui dit :

« Vos paroles sont sévères; mais achevez de
m'instruire.... Apprenez-moi ce que l'avenir
nous réserve de si terrible. »

Le vieillard inclina son front, et, le couvrant
de sa main, il demeura plongé un instant dans
une méditation profonde. Lorsqu'il releva la
tête, son visage parut comme transfiguré; ses
yeux brillaient d'un éclat extraordinaire, et
Christophe crut voir empreint sur ses traits le
sceau du génie et de l'inspiration prophétique.

— Ecoutez, dit enfin l'étranger, écoutez,
mon fils, ce que l'esprit me révèle :

Dans un temps qui n'est pas loin, une grande
secousse sera donnée : il y aura un tremblement
universel, et l'impulsion partira du couchant.

Les peuples feront un effort, et les rois trou_
blés se diront l'un à l'autre : Voici venir l'ou_
ragan qui emporte les couronnes; et plusieurs
trônes s'écrouleront avec fracas. Comment ces
choses arriveront, je l'ignore; mais alors, dans
l'occident, vos principes auront prévalu, et la
plupart de ceux qui les défendent, et qui en ce
temps-là seront vainqueurs, s'écrieront : Après
la moisson, il est juste que l'ouvrier reçoive son
salaire : aux plus intelligens, aux plus habiles,
les distinctions et les récompenses. Allons, et
prenons ce qui nous est dû. Et il en viendra
mille, puis dix mille, et jamais on n'aura vu
tant de vautours acharnés sur une même proie.

Quand les premiers seront gorgés et repus,
un grand bruit se fera entendre; et, de l'orient
au couchant, du nord au midi, cent mille
hommes s'avanceront en phalanges serrées, et
diront aux dix mille : Après la moisson, il est
juste que l'ouvrier reçoive son salaire : aux plus
intelligens, aux plus habiles, les distinctions
et les récompenses; or, nous valons autant que
vous; nous avons comme vous combattu le bon
combat : donnez-nous donc ce qui nous est dû.
Mais, comme il n'y aura plus à partager ni or,
ni pouvoir, ni honneurs, et comme les premiers ne voudront point se dépouiller de ce
qu'ils possèdent, leurs chefs préposeront des

magistrats à la sûreté publique; puis ils rendront des lois nécessaires pour contenir dans de justes bornes l'ambition des nouveaux venus; ils armeront des légions du glaive, pour se garantir de leurs violences, et ils prélèveront des impôts pour l'entretien des magistrats et des guerriers; et, en cela, ils agiront avec sagesse, et jamais le peuple n'aura joui d'une plus grande liberté.

Mais à peine ces lois seront écrites, à peine les magistrats auront rendu des arrêts en leur nom, à peine l'épée flamboyante des légions aura été tirée en leur défense, qu'il s'élèvera de toutes parts d'effroyables clameurs. On entendra d'affreux blasphèmes et d'horribles grincemens de dents; et l'écume viendra aux lèvres des cent mille, et ils diront en eux-mêmes : Que nous importe que ce soit celui-ci ou celui-là qui règne, si nous n'avons point de part au pouvoir? Que nous importe que les lois soient équitables ou injustes, s'il n'y a pour nous ni dignités, ni richesses? C'est parce que nous sommes arrivés trop tard que nous n'avons point goûté aux fruits de la victoire; eh bien! renversons maintenant ce que nous avons édifié; appelons encore les peuples à l'œuvre de la destruction, et nous réussirons comme nous avons déjà réussi une fois, et nous combattrons

à notre tour au premier rang , et nous aurons.
part aux dépouilles des vaincus. Puis , se tournant vers les peuples , ils leur diront : Vous
êtes opprimés : ces hommes que vous avez élus
sont vos tyrans ; les lois qu'ils ont faites sont des
freins dont ils vous meurtrissent ; les impôts
qu'ils prélèvent sur vous sont les sueurs du
pauvre dont ils s'engraissent ; les soldats qu'ils
ont armés sont des bourreaux qui vous égor-
gent. Et alors il y aura des alliances mon-
strueuses entre plusieurs qui sont aujourd'hui
ennemis mortels ; et ils descendront dans les
places publiques , et les uns , s'adressant à la
multitude , prononceront ces paroles : Quand
vous pensiez que nous voulions maintenir vos
institutions , parce que nous les défendions en
apparence, vous ne nous avez pas compris. Nous
combattions , en effet , pour des institutions
meilleures , seules capables de guérir toutes vos
misères : ce sont celles-ci que nous vous offrons
aujourd'hui : ayez confiance en nous et vous
serez heureux. Et les autres , s'avançant à leur
tour , diront à la même multitude : Quand vous
pensiez que nous voulions détruire vos libertés,
parce qu'elles étaient en butte à nos attaques ,
vous ne nous avez pas compris. Si ces libertés
nous déplaisaient , c'était parce qu'elles ne nous
semblaient ni assez grandes , ni assez fortes : si

nous contestions le droit de suffrage à quelques-
uns, c'était pour le donner à tous ; car nous
voulons que vous soyez tous puissans et libres.
Ayez confiance en nous et vous serez heureux.
Puis ceux-ci, s'adressant aux premiers : Voyez,
diront-ils, nos ennemis sont forts : si nous restons divisés, ils nous accableront tour à tour :
unissons-nous afin de vaincre. Et il se fera entre
eux des pactes auxquels l'enfer applaudira.

Si alors il se rencontre un homme assez habile pour connaître le remède à tant de maux,
assez fort pour le mettre en œuvre, s'il se rencontre un homme au salut duquel soit attaché
pour long-temps le salut de tout ce peuple, il
s'élèvera contre lui un orage de clameurs furieuses ; il n'y aura point de mot assez énergi-
que pour le maudire, point de supplice assez
terrible pour le châtier, et des milliers de bou-
ches s'écrieront d'un commun accord : Crucifions-le ! crucifions-le ! De faux prophètes et des
loups dévorans, couverts de peaux de brebis,
se glisseront dans la foule, et les uns armeront
la multitude du glaive acéré, les autres lui
mettront aux mains une torche ardente, et tous
ensemble ils crieront : Peuple, tu es esclave :
affranchis-toi. Et beaucoup seront séduits, et
l'on entendra des bruits de guerre ; le sang
coulera comme l'eau des torrens ; les flammes

dévoreront les cités; une immense multitude
sera saisie d'un délire furieux, et, si les événemens suivaient leur cours, ce peuple disparaî-
trait du nombre des nations, et il vaudrait
mieux qu'il n'eût jamais été.

Le vieillard se tut et demeura quelque temps
comme accablé sous le poids de ses réflexions.
Christophe l'écoutait dans un muet saisissement, et, lorsqu'il eut recueilli ses pensées,
il lui dit :

— Si nos adversaires triomphent, si leurs
vœux secrets sont exaucés, le peuple sera-t-il
plus heureux?

—Non, reprit le vieillard, ses maux seraient
plus grands encore.

— Que peut-il donc espérer?

— Rien, s'il ne devait attendre son salut que
des hommes; mais ses larmes sont montées
vers celui qui peut seul tirer le bien du mal,
et qui seul sait tourner les passions égoïstes à
l'accomplissement de ses desseins. Ce peuple a
souffert pendant quarante ans; Dieu ne per-
mettra pas qu'il ait souffert en vain, et que tant
d'épreuves n'aient pour effet que de le livrer
en proie aux hypocrites, aux superbes et aux
hommes d'iniquité : Dieu ne veut pas que l'a-
doration sincère de ce peuple soit contrainte
dans ses formes; il ne veut pas que son or et

son sang soient prodigués pour le bon plaisir
d'un maître; il ne veut pas qu'un sceau d'airain s'appesantisse sur les lèvres des hommes
intelligens; il ne veut pas que des lois rendues
pour l'avantage de quelques-uns enlèvent au
pauvre l'espoir de reposer sa tête sous son propre
toit et de moissonner dans un champ qui soit à
lui ; il ne veut pas enfin que ce peuple conti-
nue à croupir dans l'ignorance, pour être l'instrument servile de toutes les tyrannies; et que
ses libertés soient sans cesse le jouet des tempêtes politiques, semblables à ces cailloux du
rivage que le flux de l'Océan amoncèle et que
le reflux emporte avec lui. Il veut que ce peuple s'éclaire; il veut qu'il soit heureux et libre;
et pour que ces choses s'accomplissent, l'Eter-
nel interposera sa puissance, et jamais il ne
l'aura révélée par des signes plus éclatans; cependant, mon fils, bien peu parmi vous la
reconnaîtront à tant de marques; car en vérité
je vous le dis, la plaie, la grande plaie de ce
siècle est que les hommes qui honorent Dieu
dans leurs cœurs et qui ont charge des ames,
n'ont point l'intelligence des choses de la terre,
tandis que ceux appelés par leurs talens à di-
riger les affaires humaines ont presque tous
banni Dieu de leurs pensées.

A mesure que le sujet de cet entretien crois-

sait en importance, la voix du vieillard devenait
plus solennelle et l'expression de ses traits plus
auguste. L'étonnement de Christophe redoublait; mais la persuasion n'entrait pas dans
son cœur, car ce qu'il entendait n'était pas
d'accord avec ses propres opinions.

— D'où savez-vous ces choses? demanda-t-il
enfin : Qui vous a instruit à lire dans l'avenir?
Dites-moi qui vous êtes.

— Je suis un ami de l'humanité, répondit le
vieillard, et depuis longues années je mène
dans ces contrées une vie errante et solitaire. Si
les hommes m'avaient cru, ce sol n'aurait pas
été trempé de sang et de larmes; mais rarement mes paroles ont été bien venues à leurs
oreilles, car les voies de celui qui m'envoyait
vers eux n'étaient pas leurs voies, et ses pensées n'étaient pas leurs pensées.

— Apprenez-moi du moins à quel motif je
dois attribuer notre rencontre : est-ce le hasard
qui vous a conduit auprès de moi?

— Vous parlez, mon fils, à la manière des
hommes charnels. Sachez que le hasard n'est
qu'un vain mot, et que les choses où la volonté
des hommes n'a point de part n'arrivent que
par la volonté de Dieu. Si Dieu m'a conduit
vers vous, c'est qu'il a jugé sans doute qu'il
vous serait utile d'entendre mes conseils. Vos

principes sont purs ; votre ame est droite, sincère et capable de grandes choses : peut-être
même la Providence vous réserve-t-elle un rôle
important dans votre patrie. Mais si la loi divine n'est point gravée au fond de votre cœur
comme une autorité infaillible, si elle n'impose
pas un frein à vos passions violentes, prenez
garde, Christophe Sauval, prenez garde, car
les nobles qualités qui vous distinguent et cette
intelligence dont vous êtes si fier tourneront à
votre préjudice et à votre ruine..... Adieu,
mon fils ! méditez mes paroles.

En achevant ces mots, l'étranger se leva et
disparut dans l'obscurité.

Christophe revint au logis fortement préoccupé des paroles de l'inconnu, dans lesquelles
son incrédulité refusait de reconnaître un génie
prophétique. Elles blessaient aussi trop vivement son orgueil et ses préjugés pour qu'il
voulût y voir l'inspiration d'une raison supérieure ; cependant elles le troublaient malgré
lui, et plus tard, au milieu des situations dont
il ne put imputer le malheur qu'à lui-même,
les avis dédaignés du vieillard se rappelèrent
fréquemment à sa pensée, et leur souvenir redoubla l'énergie de ses regrets et de ses remords.

L'Oncle et le Père.

UNE année s'écoula encore sans qu'aucun
changement fût apporté dans l'existence de
Christophe, et à mesure que le drame politique devenait plus sérieux, le jeune avocat
souffrait, davantage de n'y point remplir un
rôle actif.

Jérôme, de son côté, reconnaissait enfin
qu'il avait en quelque sorte élevé une barrière
entre son fils et lui. Le plus doux charme qu'il

trouvait autrefois dans la société de son enfant,
dans l'échange réciproque de leurs pensées,
était détruit ; le bon archiviste sentait bien qu'il
en coûtait maintenant à Christophe de lui con-
sacrer quelques heures, et lui-même recher-
chait moins des entretiens où il se croyait obligé
de mettre son esprit à la torture pour trouver
quelque chose qui fût digne d'intéresser un
homme aussi capable que son fils. Encore s'il
avait pu le croire heureux ! Mais la certitude
du contraire ajoutait beaucoup à son chagrin ;
et trop persuadé de son impuissance à guérir
les peines de Christophe, il hasardait rarement
avec lui quelques questions à ce sujet. Sa tête
avait rapidement blanchi, et des rides nombreuses sillonnaient son front : il parlait peu,
se promenait seul ou avec Geneviève ; et le
soir, en faisant comme d'habitude sa partie de
cartes, ses distractions étaient fréquentes.

Enfin un événement, depuis quelque temps
prévu, opéra une révolution dans l'intérieur
de la famille Sauval ; madame Lambert suc-
comba aux douleurs d'une maladie cruelle. Sa
mort levait le plus grand obstacle à l'établissement de Christophe à Paris. Celui-ci, toutefois, ne se hâta point de prendre un parti décisif : il respecta la douleur de Geneviève ; et,
avant de se résoudre à quitter Nantes, il alla

consulter Pierre Renaud qui, depuis le mariage
de son neveu, s'était retiré aux environs de Sau-
mur, et faisait valoir lui-même quelques acres
de terre. L'ex-conventionnel venait fort rarement à Nantes, et, lorsque Christophe le visita,
dans sa retraite, il y avait un an qu'ils ne s'é-
taient vus.

Pierre Renaud partageait ses loisirs entre la
méditation, la lecture et les soins du jardinage.
La liberté, pour laquelle il avait sacrifié son
repos et sa fortune, était toujours l'objet de
son culte idolâtre. Rien ne pouvait le réconcilier avec le tableau de la situation humiliante
où, selon lui, le sceptre des Bourbons retenait
la France, et ses réflexions prirent de plus en
plus un caractère sombre et désolant. Il ne se
disait pas que le genre humain n'avance que
lentement dans la voie du progrès, qu'au moment où éclatent les révolutions qui boulever-
sent le monde, la société, emportée d'abord à
des distances incommensurables, est ramenée
ensuite, par une loi constante, à un point peu
éloigné de celui d'où elle était partie, et qu'elle
attend, après avoir fait ce premier pas, qu'une
nouvelle modification dans ses mœurs lui per-
mette d'en franchir un second. Tourmenté
d'une impatience aveugle et généreuse, il com-

paraît, dans l'amertume de son cœur, l'état libre et prospère où il avait tenté d'élever sa patrie, avec celui où il la voyait tombée. Le doute et le découragement s'emparaient de lui, et il sentait le besoin de porter hors du présent ses pensées et ses espérances; mais, privé des consolations chrétiennes, n'ayant pour toute croyance religieuse qu'un déisme obscur, l'état de l'homme après cette vie ne lui offrait qu'incertitudes désolantes et redoutables mystères. Renaud demandait alors au passé les secours qu'il ne trouvait point dans l'avenir; il relisait Épictète et Sénèque, il évoquait les ombres des Miltiade, des Caton, des Brutus; il assistait de nouveau, en ouvrant nos annales, aux scènes fameuses de la révolution, aux combats de la tribune, aux luttes gigantesques de la république et de l'Europe, et dont lui-même avait si souvent partagé les périls et l'honneur: ces pages ranimaient le feu qui couvait dans son ame, il reprenait confiance en la vertu d'une cause qui avait enfanté des actions si grandes : « Liberté chérie, disait-il alors en découvrant son noble front, liberté sainte, salut! Ce que j'ai fait pour toi, je le ferais encore. »

Pierre Renaud était dans son verger lorsque Christophe y entra en se dirigeant vers sa modeste demeure. Il aperçut de loin son neveu, le

reconnut, et, venant à lui : « Te voilà donc
enfin, » lui dit-il, d'un ton un peu grondeur :
puis, s'arrêtant à quelques pas : « Sois le bien
venu, ajouta-t-il, en lui ouvrant ses bras. »

Christophe embrassa tendrement son oncle,
et, après lui avoir fait quelques excuses de sa
négligence, il le suivit sous son toit de chaume.

« Tu le vois, lui dit Renaud, en l'introduisant dans une chambre étroite, il n'y a pas de
luxe ici. »

En effet, l'ameublement de cette chambre
était plus que modeste ; un lit et une commode
en noyer, une table, quelques chaises et un
fauteuil de cuir noir composaient tout le mo-
bilier. En regardant autour de lui, Christophe
aperçut, dans un angle du mur, une trentaine
de volumes, et, pour toute décoration sur la
muraille, quelques portraits de démocrates célèbres dans tous les temps : parmi eux il distingua, non sans quelque surprise, celui de
Danton.

Renaud se plut à combler son neveu d'attentions et de soins, et, lorsqu'ils eurent donné
les premiers instans aux sentimens de famille,
Christophe lui fit part de ses projets. Renaud,
après l'avoir écouté en silence, ne le blâma
point, et parut au contraire approuver son
dessein de s'établir à Paris.

—Chacun de nous, lui dit-il, doit agir pour ses semblables suivant l'étendue de ses moyens. Une ville de province offre une sphère trop étroite au talent : c'est à Paris que tu pourras t'employer avec le plus de fruit pour la liberté; et je tressaillerai de joie sur ce fauteuil en apprenant que tu t'es voué tout entier à la défense de ceux qui sont persécutés en son nom. Cependant, mon ami, et la voix de Renaud devenait plus grave et plus solennelle, tu es ambitieux, et Paris t'offrira plus d'un écueil ; mais sache que je préférerais te voir couché dans le tombeau que souillé des faveurs d'un gouvernement corrompu.

En prononçant ces paroles, Renaud arrêtait ses yeux ardens sur ceux de son neveu. Christophe frissonna involontairement: les paroles de son oncle lui rappelaient celles du mystérieux vieillard, et il ne put soutenir le feu d'un regard qui pénétrait jusqu'aux replis les plus cachés de son cœur.

— Oui, reprit le vieux républicain avec une énergie croissante, j'aimerais mieux te savoir mort que prostituant tes talens aux intérêts politiques de nos éternels ennemis, des partisans du privilége, de ces hommes qui veulent encore être aujourd'hui ce qu'ils ont été jadis pour le malheur de la France. Je les connais ; je les ai vus de près, ces hommes superbes, et, tu peux m'en croire, ils ne s'amenderont pas.

— Vous devez en effet les bien connaître, dit Christophe en hésitant un peu, car vous avez vécu long-temps avec eux.... et vous en avez reçu, dit-on, plus d'une offense.

—Il est vrai, repartit Pierre Renaud en fronçant les sourcils; et afin que tu ne penses pas qu'une injuste passion m'aveugle, afin que tu te tiennes en garde contre eux en apprenant à les connaître toi-même, je te fais arbitre entre eux et moi. Par un seul tu jugeras des autres; car ils se ressemblent presque tous.

Renaud avait toujours évité, devant son neveu, de faire tomber l'entretien sur les premières scènes de sa jeunesse; car les souvenirs de ce temps lui étaient douloureux et amers. En les rappelant dans cette circonstance, il fit un effort sur lui-même, et Christophe lui prêta une religieuse attention.

« Tu sais, dit son oncle, que mon père exerçait les fonctions de bailli dans le village dont le comte de Kérolais était seigneur. Ce comte avait un fils de mon âge, nommé Henri, avec qui je vécus long-temps dans une étroite intimité. Henri possédait sans doute des qualités estimables, mais elles étaient corrompues dans leur source par un orgueil héréditaire.

Toutefois, aussi long-temps que nous n'eûmes qu'une idée confuse de la distance que les préjugés mettaient entre nous, ce défaut ne troubla point notre amitié : nous n'étions heureux qu'ensemble : nos premières études, nos jeux, tout fut commun entre nous ; cent fois nous avons dormi sous le même toit et dans le même lit.

» Nous vécûmes ainsi jusqu'à l'âge de treize ans : nous nous séparâmes alors. Henri accomgagna ses parens à Paris ; moi je fus mis au collége de Rennes, et j'achevai mes études pour le barreau. Nous nous revîmes après une absence de plusieurs années : déjà tout était changé autour de nous. La révolution allait éclater ; j'en embrassai les principes avec ardeur, tandis que Henri de Kérolais se promettait de défendre jusqu'à la mort les priviléges de sa caste. Je ne lui cachai point mes opinions politiques, et il comprit aussitôt que j'élevais des prétentions à l'égalité des rangs, et que mon amitié jalouse exigeait comme un droit ce qu'il n'était plus disposé à m'accorder que comme une faveur. Son orgueil s'en irrita : d'aimable et d'enjoué qu'il était auparavant avec moi, il devint tout à coup froid et hautain. Je lus le dédain dans son regard, et, avant qu'un seul mot offensant eût été échangé, je sentis que d'amis intimes nous étions devenus ennemis· irréconciliables. J'étais venu passer quelque temps dans son château; j'en sortis sur-le-champ sans prendre congé de personne, et je fis vœu de n'y rentrer jamais. Je me livrai au travail avec ardeur, et poursuivis d'abord ma carrière dans l'obscurité, tandis que, devenu héritier du comte son père, Henri vivait riche, heureux et considéré.

» Cinq ans après, les rôles étaient intervertis; nous nous trouvions l'un et l'autre dans une situation bien différente. M. de Kérolais était fugitif et chassé de retraite en retraite, après avoir pris les armes en Bretagne et en Vendée contre le gouvernement; moi j'étais représentant du peuple à la Convention et commissaire de la république aux armées de l'Ouest. Les bleus prirent d'assaut le château du comte : j'accourus sur les lieux; mais j'arrivai trop tard pour prévenir d'affreux désordres : j'empêchai du moins qu'ils ne se renouvelassent; j'arrêtai le pillage; je mis le domaine sous la sauve-garde de la république: j'en fis même long-temps suspendre la vente, et je fis cela malgré ma colère; car ce n'était point par la confiscation ou par l'échafaud que j'avais à cœur de me venger.

» Ma conduite fut mal interprétée, et j'appris que l'orgueilleux Henri m'imputait le mal

qui avait été fait, et ne me tenait compte d'aucun de mes efforts pour le réparer : il fut saisi
d'un mouvement de rage lorsqu'il sut que j'étais
rentré avec toute puissance dans ses domaines ,
pendant qu'il était lui-même pauvre et ; pro-
scrit, et sa haine s'accrut par le contraste de mon
élévation et de ses disgraces : il se répandit
contre moi en invectives furieuses , et chaque
parole qui s'échappa de sa bouche fut un de
ces outrages qu'on ne peut ni oublier ni pardonner. »

L'émotion de Renaud le força de s'interrompre un instant ; puis appuyant une main convulsive sur son cœur, il ajouta :

« Son ingratitude m'a plus douloureusement
affecté encore que son dédain ;. car il me fut
cher, cet homme : je l'avais aimé, Christophe...
je l'aimais comme un frère.... J'ai renfermé
au fond de mon ame le secret de nos longues
inimitiés , et je ne te l'ai revelé que pour t'apprendre à connaître ces gens qui veulent. bien
nous tolérer. auprès d'eux lorsque nous consen-
tons à flatter leurs caprices ou leur vanité , et
qui nous méprisent ensuite comme le sable
qu'ils foulent aux pieds quand ils n'ont plus à
attendre de nous ni services ni hommages. O
mon enfant ! garde-toi bien d'une passion funeste qui, dans ces temps d'affliction et d'op-

probre, a privé la patrie de tant de fils en qui
elle avait mis son espoir, de cette ambition dévorante qui a enchaîné à la suite de nos op-
presseurs tant d'hommes appelés par la nature
à les combattre et à les vaincre. »

Renaud cessa de parler, il croisa les bras,
inclina la tête sur sa poitrine et resta quelque
temps dans cette attitude pensive.

— « Mon oncle, dit Christophe, je vous ai
compris, et je suis d'accord avec vous sur les
dangers que vous me signalez ; mais l'ambition
ne conduit pas toujours à l'avilissement, elle
est aussi le mobile des plus nobles actions, et
elle encourage l'homme à entreprendre de
grandes choses pour son pays. »

Renaud poussa un profond soupir et secoua
la tête.

« Ah, dit-il, quel ambitieux peut être sûr
que ses efforts entrepris dans un but personnel
et soutenus par l'égoïsme, profiteront à son
pays, lorsque les hommes qui agissent sous
l'inspiration du dévouement le plus pur, se
trompent souvent eux-mêmes dans leurs prévisions. Qui aurait dit, en 89, que nos im-
menses et glorieux travaux n'aboutiraient qu'à
précipiter la France dans un honteux état d'humiliation et d'asservissement ? ».

Christophe hasarda un avis différent, et in-

sista sur les avantages réels dont la France était
redevable à la révolution française. Renaud fit
un geste d'incrédulité.

« Le temps n'est plus, dit-il, où l'élan du
patriotisme enfantait des prodiges, où la grande
voix du peuple souverain faisait pâlir sur leur
trône tous les tyrans de l'Europe, où leurs
armées s'évanouissaient en face du drapeau national comme la poussière est balayée par un
vent d'orage; la France est retombée sous le
joug des rois, des prêtres, des aristocrates : que
dis-je, elle est tombée plus bas encore; une
nuée d'aristocrates nouveaux, s'est abattue sur
elle et a pullulé dans son sein pour la dévorer,
et ceux-là sont plus haïssables cent fois que
les premiers, car ils ont troqué leur glorieux
titre de citoyen contre des livrées de duc ou de
comte, et leur patriotisme n'a jamais été que
le marche-pied de leur ambition. Les traîtres !
ils ont foulé aux pieds ce qu'ils avaient feint
d'adorer, ils ont opprimé la France en reniant
les principes mêmes auxquels ils doivent leur
réputation et leur fortune. »

Pierre Renaud s'échauffait, et Christophe
détourna l'entretien.

« Sans doute, reprit-il, la France est loin
d'avoir atteint le degré de bonheur et de liberté
où vous aviez conçu l'espoir de l'élever; mais

c'est à nous·d'accomplir ce que vous avez si
glorieusement commencé.

— Va donc, dit Pierre Renaud, va, mon
enfant; oui, j'approuve ton projet, pars, em-
ploie tes talens à Paris, c'est là surtout qu'ils
pourront être utiles; consacre à la France,
donne à la liberté la dernière goutte de ton
sang, ton dernier souffle, car, bien que le succès de semblables efforts soit incertain; encore
est-il glorieux de le tenter; et s'il est difficile
de sauver sa patrie, il est toujours beau de
souffrir et de mourir pour elle. »·

L'oncle et le neveu s'entretinrent toute la
journée de ces graves sujets. Christophe informa Renaud de sa rencontre avec le vieillard de Grand-Lieu, et lui rapporta quelques-
unes de ses paroles. Son oncle sourit en
l'écoutant.

« C'est un visionnaire, répondit-il,·nous
nous sommes rencontrés face à·face dans les
guerres de la chouannerie, et il s'est avisé de
me prêcher aussi. Ses conseils, je l'avoue,
annonçaient des intentions assez pures, mais,
entre nous, je le soupçonne d'être un ci-devant,
un aristocrate dépossédé à qui le malheur
aura tourné la cervelle. Croirais-tu bien qu'il
m'invitait à transiger avec nos ennemis, et qu'il
a prétendu me prouver à moi, Pierre Renaud,

qu'on avait eu tort d'exiger le serment civique des prêtres, et que Louis XVI n'était point criminel au premier chef : tu vois donc bien que cet homme-là est un insensé ou un charlatan. »

Christophe passa la nuit sous le toit du vieux Conventionnel, et, le lendemain, avant de prendre congé de son oncle, il lui demanda s'il avait conservé à Paris d'anciens amis auxquels il pût le recommander.

—Mes amis! dit Pierre Renaud avec une expression douloureuse, ils sont morts ou bannis, ou, ce qui est encore pire, ils ont abjuré leur foi politique. Il rêva un moment, puis il ajouta : Il y a maintenant à Paris un de mes vieux camarades que je n'ai pas vu depuis vingt-cinq ans, il se nomme Joseph Plumet ; c'est un de mes confrères de la Montagne à la Convention ; je me séparai de lui lorsque, au 18 brumaire, il passa du côté de Bonaparte. Il a voulu illustrér son nom de *Plumet* en s'affublant d'un titre de baron, et il a fait bien des sottises pour obtenir cet honneur. J'ai tout lieu de croire qu'il s'est repenti de sa faiblesse ; car on le compte, sinon parmi les plus habiles, du moins parmi les plus chauds défenseurs de la liberté ; les journaux vantent sa philanthropie, et il est membre de toutes les sociétés créées pour soulager les misères du peuple; il sera touché, sans doute, d'un retour d'amitié de la part d'un ancien camarade., c'est à lui que je te recommanderai. Pierre Renaud traça sur-le-champ quelques lignes, et remit à Christophe une lettre ouverte pour M. Joseph Plumet : « C'est à dessein, dit-il, que je supprime son titre; car, puisqu'il est si bon patriote, maintenant, à coup sûr, il aura craché sur son blason. »

Peu d'instans après, l'oncle et le neveu prirent affectueusement congé l'un de l'autre.

Aussitôt qu'il fut de retour à Nantes, Christophe n'hésita plus à confier son projet à Geneviève, et lui rapporta la conversation qu'il avait eue avec son oncle.

« Tu veux partir, lui dit-elle alors, en l'enlaçant de ses bras, tu veux aller à Paris? Eh bien, mon ami, partons, je n'ai d'autre volonté que la tienne, d'autre désir que ton bonheur. J'aime le beau pays où je suis née, où ma mère repose, où nous avons passé les jours de notre enfance; j'y tiens par mes souvenirs, autant que par mes liens de famille et d'amitié; n'importe : la terre de prédilection pour moi, le sol que j'adopte pour y vivre de préférence à tout autre, c'est celui que tu préfères toi-même; partout où mon Christophe sera heureux près de moi, je suis assurée de l'être aussi.... Mais ton père, ton excellent père, que va-t-il devenir ? »

— Nous l'emmènerons avec nous.

— S'il refuse ?

— Mes succès feront sa joie, et bientôt il viendra nous rejoindre.

— Et si l'événement ne répond pas à ton attente.

— Nous reviendrons alors auprès de lui.... nous ne le quitterons plus.

Geneviève fit un léger mouvement de tête et ne répondit rien.

Le jour suivant, vers le soir, Jérôme était tranquillement assis dans son fauteuil ; il caressait d'une main sur ses genoux un gros chat favori, tandis que de l'autre il tenait son livre de prédilection, le premier volume de l'histoire du célèbre Don Quichotte de la Manche qu'il recommençait pour la quinzième fois. Il en était précisément au chapitre où maître Nicolas le barbier et le curé se disposent à brûler les livres qui avaient tourné la tête au bon chevalier, leur voisin. Ce chapitre fit faire quelques réflexions à Jérôme ; son imagination se donna carrière, ce qui lui arrivait rarement ; bref, il en vint à songer à cette multitude de livres qui avaient nourri la fièvre ambitieuse de Christophe, et il se disait qu'il eût volontiers agi avec

ceux-ci à la façon de maître Nicolas, lorsque
tout à coup il vit entrer son fils dans sa chambre. Christophe venait annoncer à son père sa
résolution, et à peine eut-il, avec embarras,
hasardé les premiers mots, que le livre s'échappa de la main de Jérôme. Christophe exposa timidement les principaux motifs de son
projet, et son père l'écouta en silence, accoudé
sur le bras de son fauteuil. Lorsqu'il eut fini,
Jérôme, la tête appuyée sur sa main, le regarda
fixement et dit :

— Je suis bien vieux, mon fils.

Christophe fut pénétré du ton doux et triste
de ces paroles, et conjura son père de l'accompagner à Paris.

— Je suis trop vieux, reprit celui-ci sur le
même ton.

Puis montrant à son fils les bords de la Loire,
visibles de sa fenêtre :

— J'ai habité soixante ans ce pays, dit-il, et
c'est ici que je dois mourir.

Christophe, qui avait prévu cette réponse,
insista de nouveau sur la brillante perspective
que lui offrait le séjour de la capitale. C'était
là seulement que la gloire pouvait être obtenue,
et il était certain de la conquérir.

A ce mot de gloire, autrefois plein de magie

pour Jérôme, ses traits prirent une expression
mélancolique.

— Mon cher fils, dit-il, la réputation que tu
t'es acquise par ton talent suffit à mon bonheur;
mais elle ne suffit pas au tien. Tu ne te plais
point parmi nous, et je m'en suis trop aperçu.
C'est moi qui suis à blâmer, moi qui t'ai donné
des vœux trop supérieurs à ta condition : je ne
te fais point de reproches, mon fils, et ne te
retiendrai point... En quelque lieu que tu sois,
je serai heureux d'apprendre tes succès, et surtout de penser que tu es heureux toi-même.

Il y avait dans ce consentement de Jérôme
quelque chose de si profondément triste, qu'en
toute autre circonstance Christophe eût re-
noncé peut-être à son projet; mais la tentation était trop forte pour n'y pas succomber.
L'horizon politique devenait plus sombre : le
maintien, sous le nouveau règne, d'un ministère réprouvé par l'opinion, et la persistance
du gouvernement dans une voie rétrograde,
faisaient pressentir une catastrophe plus ou
moins prochaine : les défenseurs de la cause
libérale jouissaient d'un crédit immense ; la
reconnaissance de la patrie était promise à
qui se dévouerait pour elle; et Christophe,
fort de l'approbation de son oncle, faisait sincèrement honneur à son patriotisme des vœux

ardens de son ambition, et croyait en conscience faire acte de dévouement en quittant sa ville natale pour Paris.

Lorsque le jour du départ fut fixé, Jérôme appela son fils un matin, et lui dit, en lui remettant une lettre :

— Tu ne connais personne à Paris, mon enfant :.cette lettre te sera utile. J'ai vu; dans le journal, que M. le comte Landry, ton parrain, est devenu un grand personnage. Il m'a offert ses services, en me donnant une bonne poignée de main, il y aura bientôt vingt-deux ans. Je lui rappelle cette circonstance, et peut-être ne l'a-t-il pas oubliée. Dans tous les cas, je ne doute point qu'après avoir lu cette lettre il ne te rende de bons offices, car il nous voulait du bien autrefois, et je me souviens qu'un jour surtout, c'était le jour de ton baptême, il s'est véritablement montré l'ami de la famille.

Le bon archiviste n'avait plus qu'une semaine à passer avec ses enfans : il s'abstint durant ce temps d'exprimer aucune plainte, aucun regret; mais chaque jour son visage prenait une expression plus triste.

Plusieurs circonstances affligeantes concoururent, la veille du départ, à lui faire sentir d'une manière bien pénible l'abandon où il allait vivre. Marthe, sa vieille gouvernante,

tomba malade et garda le lit : Jérôme lui-même
parut souffrir plus que de coutume de quelques
infirmités. Il sortit après son dîner, et son fils,
retenu par une affaire importante, ne put l'accompagner. Au bout d'une demi-heure, Christophe vit de loin revenir son père, la tête pen-
chée et les mains croisées derrière le dos, dans
l'attitude d'un homme qui ne prête aucune attention aux objets qui l'environnent. A cent
pas de sa maison, le bon vieillard s'arrêta, tira
son mouchoir et s'essuya les yeux. Ce mouvement alla droit au cœur de Christophe, qui
sortit aussitôt et courut au devant de son père.

Le lendemain, jour du départ, ils firent ensemble une dernière et silencieuse promenade.
Jérôme, en rentrant, appela, suivant son habitude, la vieille Marthe, et demanda sa robe
de chambre et ses pantoufles. Christophe les
lui présenta lui-même, en disant :

— Marthe est malade, mon père.

— En effet, répondit doucement l'archiviste,
j'oubliais.... Dieu conserve la pauvre fille !....

Christophe resta auprès de son père : il était
sept heures, et à neuf la voiture devait prendre
les voyageurs en passant devant la porte du
logis. La conversation entre Jérôme et son fils
fut froide et embarrassée; tous deux évitaient
de la faire tomber sur le voyage : l'un, de

crainte de-ne pouvoir maîtriser une émotion qui parût-à l'autre un reproche; celui-ci, de peur d'entendre une plainte sortir de la bouche de son père. La distraction de Jérôme était extrême; lorsque l'aiguille de la pendule marqua huit heures, il mit machinalement la main sur le cordon de la sonnette et sonna la vieille Marthe : c'était l'heure de son souper.

—Mon père, lui dit Christophe, vous oubliez encore que Marthe est dans son lit et qu'elle ne peut descendre, la bonne Marguerite viendra la remplacer ce soir, et Geneviève aujourd'hui a tout préparé pour vous : votre souper vous attend.

— J'ai sonné par habitude, dit Jérôme, et sans songer à ce que je faisais.... Je n'ai pas faim.

C'était la première fois, depuis fort long-temps, qu'il refusait de souper; Christophe insista, mais l'archiviste ne quitta point son fauteuil, et son fils lui demanda s'il souffrait. Jérôme leva sur lui des yeux humides, et, après avoir hésité un moment: Je ne saurais manger, dit-il, je te le répète, mon fils, je n'ai pas faim.

L'heure avançait, et Christophe ne put se dispenser d'aborder un sujet pénible pour tous deux.

« Mon père, lui dit-il, n'avez-vous aucune recommandation à me faire ? »

— Sois heureux, mon fils.

— Ne puis-je vous être utile à Paris ? Que souhaitez-vous que je fasse pour vous ?

— Ecris-moi souvent : tu m'écriras, n'est-ce pas, Christophe ? Promets-le-moi... Une fois au moins tous les quinze jours ?

Christophe le promit. Alors Jérôme prenant sa main, lui dit, d'un ton à briser le cœur. « Et quand reviendras-tu ? »

— Bientôt, bientôt, mon père, répondit Christophe en détournant la tête ; ses yeux se remplirent de larmes, et sa résolution était prête à mourir dans son sein.

La porte s'ouvrit, Geneviève entra, tenant son fils dans ses bras.

« Mon bon père, dit-elle, voici votre petit-fils qui vient vous dire adieu, donnez-lui votre bénédiction. »

Jérôme prit l'enfant sur ses genoux, l'embrassa, et dit en regardant Christophe : « Mon fils, veille avec soin sur cet enfant, afin qu'il soit la consolation de ta vieillesse ; apprends-lui à craindre Dieu, à être honnête et sincère. » Il s'interrompit, inclina la tête sur son petit-fils, et reprit, d'une voix moins assurée : « Croyez-moi, mes enfans, ne souhaitez point pour lui des dons trop brillans ; ils ne donnent point le bonheur. »

Il remit l'enfant à sa bonne; ses yeux rencontrèrent ceux de Geneviève, leurs cœurs s'entendirent, et ils se jetèrent dans les bras l'un de l'autre en fondant en larmes.

Spectateur muet de ce tableau déchirant, Christophe sentit l'aiguillon du remords , et maudit sa fatale ambition. Le bruit sourd de la voiture qui bientôt s'arrêta devant la porte, mit fin à cette cruelle scène; Christophe entraîna Geneviève et son fils, et se jetant avec eux dans la voiture, après avoir rapidement embrassé Jérôme, il rendit grace à l'obscurité qui ne lui permit pas, en ce moment, de distinguer les traits de son père...

Ils se séparaient pour ne plus se revoir.

FRAGMENT ECRIT PAR CHRISTOPHE [1].

Nous voyageâmes quelque temps en silence,
sans pouvoir néanmoins nous dérober mutuel-

---

[1] A une époque où Christophe eut beaucoup à souffrir de sa
propre ambition, il conçut l'idée d'écrire ses Mémoires pour
l'instruction de ceux qui seraient tentés de suivre la même
carrière. Il n'eut pas le loisir d'exécuter son projet, et il n'écrivit qu'un petit nombre de pages que nous mettrons successivement sous les yeux du lecteur.

lement le secret de nos émotions. L'image de
mon père infirme, abandonné à des mains
étrangères, ne cessait de s'offrir à ma pensée :
son visage doux, triste et résigné, m'apparaissait dans l'ombre comme une vision fatale, et
les tendres paroles qu'il avait prononcées m'in-
fligeaient une peine beaucoup plus vive que ne
l'auraient pu faire de violens reproches. J'espé-
rai que le sommeil dissiperait ces impressions;
mais je l'attendis en vain. Je vis tour à tour mon
fils, puis Geneviève, céder à sa douce influence;
pour moi, il me fut impossible de dormir : je
veillai toute la nuit; le jour seul apporta quelque distraction à mes pensées.

Le surlendemain, vers sept heures du soir,
nous atteignîmes Paris, que je ne connaissais
point encore. Nous entrâmes par la barrière
d'Enfer : le jour achevait de tomber.

Il y a quelque chose de fort triste dans l'é-
motion que l'on éprouve en traversant une immense population au sein de laquelle on est
destiné à vivre, et où l'on est soi-même inconnu
de tous : plus la foule augmente autour de soi,
plus on se trouve isolé. Je ressentis vivement
cette impression, et, tandis que mes regards
tombaient au hasard sur les rues sombres et sur
les visages étrangers de la multitude qui les
parcourait en tous sens, je songeai aux biens

que je laissais derrière moi, et je conçus pour
la première fois quelque doute sur mon avenir
dans la capitale. Mon amour-propre les dissipa,
et à peine fûmes-nous arrivés, que je donnai
toute mon attention aux soins de notre nouvel
établissement. Je fus guidé, à cet égard, par
deux considérations, dont l'une était la nécessité de ne point m'éloigner du point central de
mes occupations, et l'autre la modicité de nos
ressources pécuniaires.

Je choisis un appartement de fort médiocre
apparence, rue de Harlay, aux environs du
Palais de Justice, et, dès le lendemain, je
songeai à faire usage de quelques lettres de
recommandation dont je m'étais pourvu avant
mon départ. Je crus devoir commencer par
rendre mes devoirs à M. le comte Landry mon
parrain, qui, après avoir été récompensé sous
l'empire de son dévouement au grand homme,
par un titre et une place au Sénat, avait eu
ensuite le bon esprit de troquer son habit dé
sénateur contre un manteau de Pair.

Il habitait un des riches hôtels du faubourg
Saint-Germain : je ne doutai pas qu'il ne s'em-
pressât de m'obliger et que ses bons offices
ne me fussent d'un merveilleux secours. Lorsqu'il eut ouvert, en ma présence, la lettre fort
respectueuse que lui adressait mon père, il

parut faire un prodigieux effort de mémoire,
et, après l'avoir lue, il me dit, sans daigner me
faire asseoir, et en m'accordant un regard de
protection : « Ainsi donc, c'est vous qui êtes
mon filleul ? et vous êtes venu chercher fortune
à Paris. Puis-je quelque chose pour vous ? »

— Monsieur, lui répondis-je, je serais fâché
de vous donner le moindre embarras : j'ai acquis quelque réputation au barreau de Nantes,
et je me propose d'exercer ma profession d'a-
vocat à Paris. N'ayant pas encore l'avantage
d'y être connu, j'accepterais volontiers quelque
cause d'office, et votre recommandation auprès
de M. le premier président me serait fort utile.

— Il suffit, interrompit le noble Pair, je le
verrai aujourd'hui même à la Chambre, et je
lui parlerai de vous. Excusez-moi maintenant,
car, avant de m'y rendre, j'ai quelques affaires
à terminer.

Une dame, d'un certain âge, et d'une tournure assez commune, entra au moment même
où j'allais me retirer, et me rendit à peine mon
salut.

— Madame de Landry, dit le comte, ce jeune
homme est M. Sauval, mon filleul : c'est le fils
d'un bien excellent homme.... A propos, comment se porte-t-il le bon M. Sauval ?

— Assez bien, M. le comte.

— J'en suis fort aise : dites - lui mille choses de ma part, et revenez nous voir : nous ne sortons pas le lundi. Bonjour....

Il fit deux pas vers la porte, moins sans doute pour me faire honneur qu'à dessein de se débarrasser plus promptement d'un visiteur importun, et prit congé de moi d'un geste familier.

Je sortis, fort peu satisfait, comme on peut le croire, et j'aurais volontiers juré de ne jamais remettre les pieds dans cette maison :. je me tins cependant en garde contre mon extrême susceptibilité ; je pensai qu'un semblable accueil pouvait être dans les usages de Paris, et je me dis, un peu plus tard, que M. Landry m'ayant sans doute déjà rendu service, il était de mon devoir de le remercier. Je me présentai donc à son hôtel un lundi soir, quinze jours après ma première visite.

Je trouvai une réunion assez nombreuse au salon : madame de Landry, que je saluai d'abord, et qui était pour le moins aussi hautaine que vulgaire, répondit encore à ma révérence par un signe de tête presque imperceptible ; le comte me reçut d'un air distrait, et me dit en caressant son jabot : « Comptez sur moi, mon cher, je parlerai pour vous. »

Il ne se souvenait pas qu'il s'était engagé

à faire quinze jours plus tôt ce qu'il me promettait maintenant pour l'avenir ; il me quitta
brusquement et ne me dit plus un seul mot de
toute la soirée. Pour le coup , je sus parfaitement à quoi m'en tenir ; j'appris ce jour-là ce
qu'il faut attendre de la mémoire des gens en
place à Paris , et le fond qu'on y peut faire
sur les parrains.

Je m'étais fait inscrire au tableau des avocats , et , aussitôt après ma seconde visite à
M. Landry , comptant davantage sur mes propres démarches que sur ses promesses , j'allai
voir le président de chambre alors en fonctions,
et me recommandai à lui pour l'objet dont j'a-
vais entretenu le comte. Ce magistrat me fit
un accueil froid mais poli , et je fus très-mor-
tifié d'apprendre que mon nom et ma réputation
de province lui étaient entièrement inconnus.
Il promit, en temps et lieu, de se souvenir de
moi , et je le quittai pour aller voir quelques
avocats renommés à qui j'avais été recommandé.
J'eus médiocrement à m'en louer : jamais je ne
vis de gens aussi affairés en apparence, et, pendant le peu de temps que durèrent mes visites,
l'agitation de leur personne et l'inquiète mobilité de leurs yeux témoignaient suffisamment
de leur impatience.

Je ne saurais dire combien de chocs ma

fierté reçut, dans les premiers jours, de l'indifférence de ceux dont j'attendais des marques
d'estime et une attention particulière. Je n'a-
vais point encore fait usage de la lettre de mon
oncle pour le baron Plumet, alors absent de
Paris, et l'accueil que j'avais reçu dans mes
visites précédentes était si peu encourageant,
que je craignis, en me présentant chez le baron,
d'aller au-devant d'une humiliation nouvelle.
Un riche banquier, M. Gribéauval, ami de mon
beau-père, me fit seul une réception cordiale,
et parut me recevoir chez lui, ainsi que Géne-
viève, avec plaisir.

Je passais alors la plupart de mes matinées
au Palais de Justice, écoutant avec intérêt les
plaidoiries des avocats célèbres. J'admirai l'é-
loquence d'un très – petit nombre, et je fus
frappé de la médiocrité de plusieurs autres
auxquels les feuilles publiques avaient fait une
réputation colossale. Cela me donna beaucoup
à penser et redoubla mon impatience de me
faire entendre ; car je ne doutai point que la
comparaison ne fût toute à mon avantage.

Enfin l'occasion si désirée se présenta ; j'obtins une cause. Il s'agissait de sauver un malheureux père de famille sur qui pesaient les
présomptions les plus graves, et qui, dans ma

ferme conviction, était innocent. Je m'appli-
quai avec un zèle prodigieux à préparer la défense de mon client. Le jour de l'ouverture des
débats, j'entrai, plein de confiance, dans la salle,
et je fus flatté d'y trouver une assemblée nombreuse : cette satisfaction dura peu ; car bientôt
je reconnus que le public ne savait pas un mot
de la cause que j'allais défendre, et qu'il était
attiré par un procès politique qui devait être
jugé le même jour. Jamais, peut-être, mon
talent ne brilla plus qu'en cette occasion, je
fixai plusieurs fois l'attention de l'auditoire qui
m'interrompit par des murmures flatteurs : je
gagnai ma cause, et mon client, mis aussitôt
en liberté, m'embrassa avec l'effusion de la plus
vive reconnaissance. Je restai pour mon malheur dans la salle, et voulus assister aux débats
du procès politique : il était question d'un délit
de la presse ; l'éditeur d'une feuille obscure du
parti libéral se trouvait en cause. L'avocat n'é-
tait pas sans quelque renom ; mais son plaidoyer
déclamatoire ne fut qu'un insipide lieu commun.
Néanmoins, à chaque violente sortie contre le
pouvoir, à chaque éloge pompeux et empha-
tique des institutions libérales, c'était de la part
du public des battemens de mains, des trépi-
gnemens que le président réprimait avec peine ;
et, lorsque les débats furent clos, l'avocat fut

entouré, pressé, complimenté : il est vrai qu'il perdit sa cause ; mais il n'y eut qu'une voix pour maudire l'iniquité des juges, et le triomphe du défenseur fut complet. Je contemplais cette scène avec douleur : je comparai l'approbation presque muette donnée par le public à mon discours avec l'espèce d'ovation enthousiaste dont il récompensait un plaidoyer ridicule, et la joie si pure d'avoir sauvé toute une famille s'évanouit en mon cœur, étouffée par l'amour-propre offensé.

J'attendis avec impatience les journaux du lendemain, espérant y trouver plus de justice : je m'abusais ; aucun d'eux ne fit mention de moi, et la plupart comblèrent de louanges mon trop heureux confrère.

J'obtins encore trois ou quatre causes, que je soutins avec autant de succès que la première sans en retirer plus d'avantages. Mon nom ne franchit pas l'étroite enceinte du tribunal. Je compris alors ce que c'était que de vivre isolé à Paris, sans nom, sans prôneurs, sans fortune ; je sentis que, pour y réussir, il fallait être en état de se faire craindre ou rechercher. Je n'avais aucun moyen de paraître redoutable, et ce n'était pas mon modique revenu qui pouvait rendre ma maison agréable aux arbitres des réputations. J'étais libre, à la

vérité, de faire, comme tant d'autres, antichambre à leur porte, et d'arracher d'eux, à
force d'importunités, ce que je ne pouvais obtenir autrement; mais ma fierté se révoltait à
cette pensée, et je résolus d'attendre qu'un
heureux hasard m'eût permis de me distinguer
dans une cause politique. L'attente pouvait
être longue ; car bien souvent des malheureux
en péril de mort ne trouvaient point de défenseur, mais il s'en offrait dix pour un à l'éditeur
du plus mince journal menacé de quelques
jours de prison. Je tombai dans un douloureux abattement, et les mécomptes de mon
ambition n'étaient pas l'unique cause de mes
chagrins.

Quinze jours environ après ma première
visite à M. Gribeauval; j'avais été invité à dîner
chez lui avec Geneviève. Nous arrivâmes assez
tôt pour entendre annoncer la plupart des convives, dont plusieurs étaient des notabilités de
la finance : je distinguai aussi parmi eux quelques hommes de loi.

Je fus un peu embarrassé de ma personne
au milieu de gens qui m'étaient tous parfaitement ;inconnus : j'ignorais encore que Paris
est le lieu du monde où chacun jouit de la plus
grande liberté, par la raison toute simple qu'en

aucun autre lieu on ne s'occupe moins d'autrni et davantage de soi-même : mais cet embarras que j'éprouvais n'était que la moindre des peines qui me furent infligées pendant ce cruel dîner.

Ne prenant pas une part fort active à l'entretien, je me bornai au rôle d'observateur : j'admirai le bon goût de la toilette des femmes et la grace piquante de leurs manières, et je ne pus me dissimuler que Geneviève ne brillait pas à côté d'elles. Insensé que j'étais, je ne voyais point que l'innocence et la candeur de Geneviève donnaient à sa physionomie une expression adorable et mille fois supérieure à toutes les graces d'emprunt que les autres femmes obtenaient des raffinemens de la coquetterie.

On parla d'abord de la Bourse et de la politique ; puis la conversation prit un tour frivole. Je m'étonnai de la facilité avec laquelle on glissait sur chaque sujet en l'effleurant à peine, et fus choqué des plaisanteries peu délicates que se permettaient à demi-voix certains convives en présence des femmes. Geneviève était à l'autre extrémité de la table, et paraissait absorbée dans un entretien avec un homme d'une quarantaine d'années assis à côté d'elle. Je les observais l'un et l'autre avec une vague inquiétude, lorsque mon voisin, se penchant vers mon oreille, me pria de lui dire si je savais le nom de la dame assise en face de nous.

— Laquelle? demandai-je; car il y en avait deux à qui cette désignation pouvait également convenir.

— Celle, reprit mon voisin, dont la tournure est si provinciale, et qui parle en ce moment avec un accent si marqué.

Cette explication ne pouvait concerner que Geneviève, et je ne voulus point la nommer. Jamais, jusqu'à ce jour, je n'avais fait attention soit à son accent, soit à ce qui pouvait lui manquer en élégance et en graces parisiennes, et je fus blessé au vif par la remarque de mon interlocuteur. J'écoutai attentivement Geneviève, et mon oreille crut saisir des sons étranges et barbares; jamais je ne la trouvai moins jolie et plus gauche. J'aurais donné tout au monde pour qu'elle gardât le silence; mais, pour mon malheur, la conversation entre elle et son voisin s'anima, tandis que l'entretien général languissait. J'étais au supplice, et je compris enfin que celui à qui Geneviève adressait la parole était de Nantes, et qu'il avait rarement quitté cette ville. Il prétendait avoir plusieurs fois rencontré Geneviève dans la maison qu'il habitait, rue du Cheval-Blanc. Que devins-je, lorsqu'en entendant le nom de cette rue maudite, Geneviève, tout entière au souvenir du pays natal, répondit vivement :

— Chez l'épicier du coin, chez mon cousin Louchet ?

Que n'étais-je à cent pieds sous terre ! Ces mots furent entendus de la plupart des convives : les têtes se rapprochèrent ; chacun porta un regard malin sur Geneviève, et je jugeai que son nom circulait de bouche en bouche. En ce moment la maîtresse du logis fut assez cruellement inspirée pour me désigner par le mien, en m'adressant une question à laquelle je répondis au hasard et en balbutiant. Le dîner touchait heureusement à sa fin, et je saisis un prétexte pour me retirer de bonne heure avec Geneviève.

Pendant le trajet que nous fîmes en voiture jusqu'à notre demeure, je ne pus entrer dans aucune explication : j'étais trop irrité contre elle, contre les convives, contre moi-même. Lorsque nous fûmes de retour dans notre appartement et qu'elle eut embrassé son fils, elle voulut m'attirer vers son berceau pour me le montrer endormi :

—C'est bien, lui dis-je brusquement, laisse-le dormir.

Alors elle me regarda, et voyant le mécontentement empreint sur mes traits :

« Tu es fâché? me dit-elle avec une grace charmante, en me prenant les deux mains; ce n'est pas contre moi, j'espère? »

Son regard et la douceur de sa voix firent en moi une révolution subite; j'oubliai mon ressentiment et j'en eus honte. Comment oser, en effet, blâmer cette femme ingénue, pour avoir été simple et vraie? comment lui apprendre à rougir de sa famille? Je ne voulais cependant plus m'exposer à de pareilles scènes, et; pour conjurer ce péril : « Geneviève, lui dis-je, il me semble que tu as beaucoup parlé à table de ton pays et de ta famille; souffre que je t'en avertisse : ce n'est pas l'usage à Paris. »

— Est-ce là ce qui t'afflige? demanda-t-elle avec une admirable candeur en me baisant au front; tu as tort, mon ami : ce monsieur m'écoutait avec plaisir, j'en suis sûre. Sais-tu qu'il connaît Nantes comme moi-même; il aime beaucoup le cousin Louchet, et il a bien souvent fait sauter le petit Nicole.

Elle s'arrêta tout à coup en voyant mon front se plisser, et venant s'asseoir sur mes genoux, elle ajouta d'un petit air contrit : « Sois tranquille, Christophe, si tu ne veux pas que je parle ainsi, cela ne m'arrivera plus, non, plus jamais, et pourtant cela fait plaisir de parler du pays. »

Le nom malencontreux du cousin avait failli me rendre toute ma mauvaise humeur ; mais les dernières paroles de Geneviève, et surtout les caresses adorables dont elle les accompagna, me firent rentrer en moi-même, et je la pressai tendrement sur mon cœur. Cependant les tortures morales qui m'avaient été infligées pendant ce dîner malheureux ne s'effacèrent point de mon souvenir.

Dans le repos forcé où je vivais, je formai quelques liaisons, et me laissai quelquefois entraîner au bal et au théâtre : l'air que je respirais dans ces réunions me montait à la tête et me donnait des vertiges : je m'obstinais à y admirer les autres femmes aux dépens des charmes de la pauvre Geneviève, à établir des comparaisons toutes au désavantage de celle-ci, et je ne sais quel démon répétait sans cesse à mon oreille les fatales paroles prononcées à la table du banquier. J'avais toujours aimé sa démarche légère et les mouvemens animés de sa danse : mon illusion, si c'en était une, fut détruite en une soirée. Dans le premier bal où je l'accompagnai à Paris, elle n'obtint aucun succès, je crus même entendre tourner sa danse en ridicule par quelque dandy stu-

pide et moqueur, et, dès-lors, non-seulement
je cessai 'd'y prendre plaisir, mais j'y trouvai
mille défauts, et j'attribuai mes précédentes
impressions à des préjugés d'enfance ou de
province. Je fus maussade au retour, et ne
pus m'empêcher de citer à Geneviève plusieurs jeunes femmes qui avaient attiré tous les
regards dans cette soirée. Elle me comprit et
me répondit doucement sans arrière-pensée :
« Tu serais donc heureux, mon ami, si je leur
ressemblais ? »

— Non, ma chère, non assurément, repris-je ; et je disais vrai, car je me rappelai
aussitôt l'assurance de quelques-unes de ces
femmes et la fausse modestie de plusieurs autres, et Geneviève me parut en cet instant supérieure à toutes. Que voulais-je donc ? de quoi
pouvais-je me plaindre ? Hélas, je rougis de
l'avouer ; les qualités de Geneviève n'étaient
pas celles qu'un monde frivole apprécie le plus,
et elles ne donnaient aucune satisfaction à ma
vanité : je recherchais en toute chose l'approbation des hommes, et ma raison pliait devant
les jugemens de ceux que méprisait mon cœur.

Combien les émotions secrètes de Geneviève
étaient alors différentes des miennes ! Elle aussi
souffrait ; mais ses peines jaillissaient toutes des
qualités les plus nobles et les plus précieuses.

Hélas ! elle commençait à comprendre qu'elle
ne pouvait plus contribuer que faiblement à
mon bonheur, et elle tremblait d'arrêter ses
réflexions sur un sujet aussi douloureux. Mais
il en est des souffrances de l'ame comme de
certains maux du corps ; rien ne sert d'en vouloir extirper le germe, il renaît sans cesse,
enfonce chaque jour plus avant ses racines,
envahit graduellement tout notre être, et ne
s'arrête dans ses progrès qu'après avoir atteint
les sources mêmes de la vie. Toutefois, il faut
le dire encore à la louange de Geneviève, elle
gémissait moins sur elle-même que sur moi,
elle eût fait le sacrifice de son bonheur, et ne
pouvait se consoler de mes peines. Peut-être,
pensait-elle, j'aurais été plus heureux si j'avais
uni mon sort à une de ces femmes bril-
lautes dont je lui avais vanté le langage et
les manières. Trop persuadée de son impuissance absolue à briller en société, trop pure et
trop candide pour comprendre la hardiesse et
les artifices des autres femmes, elle se reconnaissait, inférieure à celles-ci, et c'était son
ignorance et sa simplicité, bien plus que mon
fol amour-propre, qu'elle était tentée d'accuser.
Elle cessa d'aller dans le monde, alléguant la
délicate santé de sou fils pour se dispenser de
m'y suivre.

Cet enfant était toute sa consolation et toute sa joie : elle avait béni sa naissance comme celle d'un être destiné à rendre nos nœuds indissolubles, et elle espérait encore en lui pour l'avenir. Elle passait de longues soirées seule avec lui, dans sa petite chambre de la rue de Harlay. C'est là que, les yeux attachés sur mon portrait renfermé dans un petit médaillon qu'elle avait reçu de moi la veille de notre mariage, e lle rêvait aux jours où, doucement inclinée sur mon bras, elle foulait avec moi l'herbe embaumée des prairies, où côtoyait, dans l'insouciance du bonheur, les rives enchantées de la Loire. Je répondais alors, pensait-elle, aux doux sons de sa voix; j'étais heureux et fier d'être son guide et son appui; Geneviève était pour moi la plus belle et la plus digne d'être aimée. Oh! que ne pouvait-elle vivre encore un jour, un seul jour de ce temps où je ne connaissais point de plus vif plaisir qu'un tendre regard de ses yeux, qu'un doux baiser de ses lèvres innocentes! Elle songeait avec de tristes délices au beau ciel de son pays, aux chèvrefeuilles qui embaumaient l'air sous ses fenêtres, à la voix aimée de sa mère, maintenant dans la tombe. Plus d'une fois, dans ses soirées solitaires, à l'heure où les rayons de la lune glissaient mollement dans sa chambre, elle se leva de son siége pour contempler cet astre, en se disant qu'il versait en même temps sa pâle lumière sur les lieux témoins de son bonheur et qu'elle avait tant aimés. Souvent alors elle ouvrait la fenêtre pour mieux jouir de sa douce clarté ; mais une rue étroite et sombre frappait ses regards ; elle respirait un air vicié par mille émanations infectes. Des bruits assourdissans la rappelaient à la triste réalité de sa situation : elle se reculait avec dégoût, et, retournant à son aiguille ou à son enfant endormi, elle sentait son sein gonflé prêt à éclater de douleur. Si en cet instant le bruit de mes pas se faisait entendre, Geneviève refoulait le chagrin au fond de son ame, dans la crainte que je ne remarquasse quelque altération sur ses traits, et que je ne visse un reproche dans son affliction ; mais, en cela même inhabile à feindre, la ougeur de ses paupières et le son de sa voix agitée la trahissaient : je devinais ses pensées, et, après une journée d'angoisses, je m'accusais de ne pouvoir jouir du bonheur que Dieu plaçait si près de moi. Je me promenais dans l'appartement, oppressé par mille sentimens confus; mon esprit était bouleversé, mon ame bourrelée ; je souffrais de cuisantes tortures. Geneviève, inquiète, trrmblante, suivait des yeux tous mes mouvemens : souvent alors, quand mes regards rencontraient les siens , je cédais à un ascendant irrésistible : « Geneviève , Geneviève, m'écriais-je, en tombant à ses genoux , chère Geneviève , pardonne ! » et je couvrais ses mains de baisers et de larmes.

— Mon ami , me disait-elle, en me pressant sur son sein et en essuyant mes pleurs, mon doux ami, crois-moi , nous serons heureux encore. Je comprends tes peines , et c'est lorsque tu souffres d'être ignoré , méconnu , que mon amour pour toi redouble : il me semble que je t'aimerais moins profondément peut-être , si la fortune avait fait pour toi davantage : oh ! dis-moi ce que je puis pour ton bonheur. Je ne suis qu'une pauvre femme ignorante et sans usage du monde ; je n'ai pour te charmer ni belles manières , ni talens ; mais si le dévouement le plus absolu , si les plus tendres soins d'une femme aimante te consolent , dis-le moi , et je serai heureuse...... Tu ne sais pas combien je t'aime !.... Ah ! crois-moi, je mourrais avec joie , si le sacrifice de ma vie assurait ta félicité.

En écoutant ces touchantes paroles , je maudissais mon fatal voyage ; je renonçais à la gloire, et j'étais sur le point de retourner à Nantes. Une fausse honte me retenait : je craignais le ridicule qui s'attacherait à des entreprises in-

considérées et que ne m'épargneraient pas des
haines jalouses, et je remettais de jour en jour
à prendre un parti décisif.

Cependant j'avais résolu d'obtenir par ma
plume la réputation qui m'était refusée au barreau : je me fis auteur, et voulus démontrer,
par des preuves irréfutables, combien étaient
fondées en raison les exigences du parti libéral. Je me renfermai chez moi, compulsant
une multitude d'ouvrages, et, remontant soigneusement à la source de toutes les questions
que je voulais résoudre, j'appuyai mes argumens des autorités les plus imposantes, et je
crus bien mériter de la patrie en établissant
par une logique rigoureuse que la liberté politique est de droit naturel.

Lorsque j'eus recueilli tous mes matériaux et
bien arrêté le plan de mon ouvrage, j'en écrivis
avec soin les premiers chapitres, et, croyant
ne pouvoir prendre assez de précautions, j'allai
consulter quelques hommes connus par leurs
succès en des travaux de ce genre. Je reçus partout des félicitations vagues, peu de conseils et
beaucoup de ces louanges banales qui peuvent
également convenir à une multitude de livres.
Convaincu de l'importance du mien, je fus sérieusement affecté de la légèreté avec laquelle

en parlaient ceux que j'avais pris pour juges :
j'étais neuf encore dans la connaissance des
usages du monde parisien, et je n'imaginais
pas qu'il fût possible de parler à un auteur de
son ouvrage sans l'avoir lu : ce fut bien pis
lorsque je voulus m'assurer d'un éditeur. J'é-
crivis à dix libraires, et pas un ne me fit l'honneur de me répondre. J'allai en voir quelques
autres et, dès les premiers mots, ces messieurs
reconnurent sans doute en moi l'homme qui
croit ingénument qu'il suffit d'avoir du talent
pour être apprécié ce qu'on vaut, car aucun
ne jeta les yeux sur mon manuscrit, et plusieurs accompagnèrent leur refus des signes
non équivoques du dédain.

Je tombai alors dans une des situations les
plus cruelles pour un homme de talent ; je
doutai de moi-même : souvent je me demandais si de premiers succès dans une ville de
province n'avaient pas contribué à me faire illusion sur mon propre mérite : je relisais mon
travail et croyais reconnaître une multitude
d'imperfections dans les pages qui m'avaient
paru d'abord exemptes de tout défaut ; je trou-
vais le plan obscur, le style sans force et sans
couleur, et je repoussais le manuscrit avec dépit et découragement. Dans ces jours d'anxiété
cruelle, je me sentais incapable de toute chose,

et mon talent s'affaiblissait à mesure que je perdais confiance en ses forces.

Enfin, je reçus la visite d'un de mes anciens condisciples, nommé Adolphe Ledoux : il était avocat à Paris et commençait à obtenir quelque réputation. Nul ne montrait plus d'habileté dans le discernement des hommes propres à le seconder, et des voies qui pouvaient le conduire sûrement à son but : il était calme, réfléchi, et possédait des manières insinuantes : ses yeux, qu'il tenait habituellement baissés, avaient le regard flatteur; il ne se fâchait jamais, élevait peu la voix dont le timbre était clair et monotone, et le sourire se montrait souvent sur ses lèvres minces et contractées. Il avait été à Caen membre de notre petit club, et faisait profession d'une haute estime pour mes talens : il renoua connaissance avec moi en me donnant beaucoup d'éloges, et je lui exposai sincèrement ma situation ainsi que les mortifications cruelles que j'avais éprouvées au sujet de mon livre. Il me pria de lui confier le manuscrit.

Au bout de peu de jours il revint et me donna de nouvelles louanges, ajoutant toutefois que j'avais plus d'un reproche à me faire. Il blâma d'abord le choix de mon sujet : « Quoi! me dit-il, tu as sérieusement voulu prouver que la liberté est de droit naturel ? Crois-tu donc bonnement

que la masse du public se soucie qu'on lui dé‑
montre la légitimité de ce qui flatte le plus ses
passions? Eh, mon ami, l'immense majorité
des Français ne doute point de l'excellence des
principes que tu démontres, et le reste tient
à honneur de ne jamais en être convaincu. La
raison est une belle chose, et tout le monde en
dit du bien, mais peu de gens s'inquiètent de
savoir où elle est. Qui donc te lirait, si ce n'est
peut-être quelque grave philosophe pour qui la
politique est encore une affaire de conscience?
Tu as commis une autre faute en appuyant tes
argumens de l'opinion de plusieurs hommes,
dont la réputation date d'environ un demi‑
siècle : ce ne sont point là des autorités pour
notre génération nouvelle : n'oublie pas qu'il
est bon de s'appuyer des conseils et du crédit
des vieillards pour s'avancer dans le monde,
mais qu'il est dangereux d'inscrire leurs noms
sur sa bannière et de jurer par leurs mérites. Les
libraires, dis‑tu, ont fort mal répondu à tes
honnêtes avances? Ma foi, mon cher, ils ont fait
leur métier. Je te soupçonne, entre nous, d'avoir
été beaucoup trop poli avec ces messieurs. Cor‑
rige-toi bien de ce défaut-là, et ne t'avise point
de prodiguer ici les révérences, on te prendrait
pour un pauvre diable qui va quêtant fortune
de porte en porte, ou pour un maître de céré‑

monie des pompes funèbres. Souviens-toi qu'à Paris il n'est plus permis d'être poli impunément que dans le noble faubourg Saint-Germain : hors de là, nous tenons la révérence pour suspecte ; et, à la vue d'un homme qui salue avec une civilité parfaite, la première pensée qui nous vient est qu'il a une supplique à présenter, et qu'il se veut faire rembourser en beaux deniers comptans ce qu'il avance en politesses. Au reste, ton plus grand tort ; mon cher, est de vouloir débuter par un gros livre. Le meilleur in-octavo du monde ne vaut pas la plus mince brochure pour établir la réputation d'un jeune homme : *Faites des pamphlets*, dit Paul Louis, et Paul Louis a raison. Sois donc pamphletaire ou journaliste, hurle avec les loups, et je te garantis un succès rapide ; mais, avant tout, mon ami, pour parvenir il faut tenir à quelque chose. Voyons, qui connais-tu à Paris, sur qui peux-tu réellement t'appuyer ?

Je lui racontai le peu de succès de mes premières visites, en ajoutant qu'il ne convenait pas que je remisse le pied où j'avais été mal accueilli. Adolphe fit un éclat de rire assez semblable au cri d'une scie qui fendrait une meule :

—Excellent ! me dit-il. Eh ! crois-tu donc, mon cher, que, dans un pays où les rangs sont déjà si pressés, on te tendra bénévolement la main pour t'aider à monter. Celui qui veut sérieusement faire ici sa fortune doit commencer par opposer un cœur de bronze à tout ce qui pourrait, en d'autres circonstances, émouvoir sa susceptibilité. Il faut qu'il apprenne à fermer les yeux, pour ne s'apercevoir ni de l'indifférence des uns, ni de l'impertinence des autres ; il doit ne s'offenser d'aucun refus, revenir vingt fois à la charge, et ne jamais perdre de vue que les deux plus puissans mobiles des actions des hommes étant l'amour-propre et la crainte, les deux meilleurs moyens de réussir auprès d'eux s'expriment par ces deux mots : flatter ou mordre. Au début d'une carrière, on est souvent obligé d'employer le premier de ces moyens et l'on s'y résigne, sauf à prendre sa revanche et à user plus tard du second. Ainsi va le monde, mon cher : il faut l'accepter comme il est, et c'est peine perdue que s'en plaindre ou le vouloir réformer.

Je n'étais pas la dupe d'Adolphe, et je n'imaginais en aucune façon que ses protestations de dévouement et ses avis me fussent adressés dans mon seul intérêt. Je sentais bien aussi que ses conseils pourraient m'entraîner un jour dans une voie funeste : je me promis donc d'user de circonspection dans mes rapports avec lui, et

j'imposai silence à mes scrupules en réfléchis-
sant que mes devoirs envers ma femme et mon
enfant m'obligeaient à ne rien négliger pour ma
fortune.

Le résultat de cette conférence fut que je
m'engageai à revoir quelques hommes influens
et à rendre prochainement visite au baron Plumet, dont les journaux annonçaient le retour.
Quant à M. le comte Landry, mon parrain,
lancé comme il l'était dans le parti monarchique et congréganiste, il pouvait m'être plus
nuisible qu'utile de fréquenter son hôtel, et il
fut convenu que je me dispenserais d'y remettre les pieds. Je promis de travailler sur-le-
champ pour une feuille politique. Adolphe
s'offrit à me présenter à un journaliste de ses
amis, et, si je voulais suivre ses instructions
avec persévérance, il répondait de mon avenir.

V

—

Le Baron et le Comte.

———

— Tiens, lis cela, dit Christophe Sauval à Adolphe en lui présentant un article politique de sa façon, quelques jours après l'entretien qui termine le chapitre précédent.

— Bravo! répondit Adolphe lorsqu'il l'eut parcouru des yeux : je n'attendais pas moins de toi, et je savais bien que tu ferais merveille.

Cette bonne opinion qu'il avait conçue du travail de son confrère ne l'empêcha pas de sub-

stituer quelques expressions acerbes et violentes à celles que Christophe avait employées
en parlant du parti royaliste.

— Ne sais-tu pas encore, lui dit-il, que,
pour réussir dans les luttes politiques, il s'agit
beaucoup moins de frapper juste que de frapper fort, et que, de tous les écueils à éviter, le
plus dangereux est une modération qui nous
attire le mépris des uns sans nous concilier l'estime des autres ?

Tout en parlant ainsi, Adolphe continuait
à retoucher l'article, et Christophe le laissait
faire sans avoir le courage de contrôler ou même
d'examiner son travail.

Il fut présenté, dans la matinée, par son
confrère à M. Dufresne, l'un des principaux
rédacteurs d'un journal célèbre, et reçut l'accueil glacial d'un homme qui craint de contracter le moindre engagement vis-à-vis d'un
inconnu. M. Dufresne prit avec indifférence
l'article que lui offrait Christophe, et se contenta pour toute réponse de lui demander son
adresse.

— Eh bien ! mon ami, dit Adolphe Ledoux
en sortant, tu viens de voir un des souverains
du jour. As-tu remarqué dans l'antichambre
ces nombreux solliciteurs ? As-tu vu parmi

eux cet homme au teint bilieux, à l'œil ardent,
à la physionomie mobile? Je connais peu de
cœurs plus orgueilleux que le sien, et tu as pu
juger, par la contraction de ses traits, de la violence qu'il se fait à lui-même. Il me rappelle le
Coriolan de Shakespear postulant le consulat
devant le peuple. C'est un candidat à la place
vacante de la députation de Paris. Il y a dans
son passé certaines choses qu'il serait dangereux
de rappeler ; il a besoin du silence de la presse,
et tu peux compter qu'il descendra bien bas
pour l'obtenir. Cet autre qui caressait d'un air
si satisfait son menton gras et fleuri, c'est la
plus complète nullité politique du royaume ;
et cette femme dont la coiffure laissait à peine
entrevoir le tiers de son visage, est une actrice
célèbre depuis vingt-cinq ans : l'un demande
un brevet de capacité, l'autre un certificat de
jeunesse et de fraîcheur ; c'est assez te dire,
mon cher, jusqu'où s'étend l'influence du journaliste : il n'y a pas d'existence plus remplie
que la sienne ; le matin il reçoit ; le jour il
écrit, le soir il observe : il donne une opinion
à ceux qui n'en ont point, apaise ou déchaîne
à son gré les passions, fait peur aux ministres
et régente le peuple : je te le répète, mon
ami, le véritable roi de l'époque ; c'est le journaliste.

Après avoir ainsi parlé , Adolphe quitta son confrère en lui serrant la main.

Trois jours plus tard, Christophe eut la satisfaction de lire son article dans le journal, et reçut en même temps un billet de M. Dufresne qui l'invitait à lui en adresser d'autres. Ce succès l'encouragea beaucoup à suivre les avis d'Adolphe et à ne pas différer davantage sa visite au baron, dont il convient d'esquisser la biographie.

Il y avait au moral certains airs de famille entre M. Joseph Plumet, baron de l'empire, et le ci-devant citoyen Landry. Joseph Plumet, né dans une condition fort obscure et de parens très-pauvres, s'était signalé, pour ce double motif, dès les premiers temps de la révolution, par la violence de ses opinions démocratiques. Son zèle républicain, croissant avec les périls de la monarchie, il adopta l'un des premiers le bonnet rouge pour coiffure, et se fit une agréable habitude de fredonner le fameux refrain de la carmagnole par enthousiasme pour l'égalité, objet de son culte spécial. Tant de dévouement et de patriotisme eurent leur récompense et, en 1792, Joseph Plumet fut élu membre de la Convention nationale, quelques mois avant Pierre Rénaud son compatriote et son condisciple. Une maladie le tint , à son grand

1.   12

chagrin, éloigné de l'assemblée pendant le procès du roi; mais, à l'exception de cette seule
circonstance, il prit, dans les rangs de la Montagne, une part active à toutes les grandes journées de la révolution, et l'on eût dit, jusqu'à
l'insurrection du 12 germinal, que Pierre Renaud et Joseph Plumet n'avaient qu'une même
volonté en deux personnes. Ils se séparèrent à
cette époque; le farouche républicanisme du
citoyen Plumet s'adoucit considérablement, et
son dévouement au gouvernement directorial
lui valut la haute faveur de Barras, qui le
nomma commissaire-général des guerres aux
armées du Rhin. Il s'acquitta de cette mission
avec une habileté si remarquable, qu'après s'être
rendu à son poste en assez mince équipage, il
revint, au bout de deux années, voituré dans
une excellente berline, suivi d'un nombreux
domestique, et assez bien en fonds pour acquérir du domaine national un beau château avec
ses dépendances. Il se montra prudent, attentif
à toute chose, et n'en oublia qu'une, ce fut de
remercier son ami Barras l'auteur de sa fortune;
mais le moyen, s'il vous plaît, qu'un excellent
patriote rendît grâce à un membre du directoire en 1799, lorsque la clameur publique accusait ce gouvernement à l'agonie de la défaite
de nos armées et de l'épuisement du trésor?

Joseph Plumet comprit sur-le-champ qu'une volonté forte était indispensable pour faire surgir l'ordre du chaos, et il crut bien mériter de la patrie en travaillant de son mieux à l'heureux succès du général Bonaparte au 18 brumaire. Quatre ans plus tard, il fut un des premiers à proclamer l'empire et à reconnaître le nouveau Cyrus, le second Charlemagne. Le titre de baron lui fut conféré en récompense de ses bons et loyaux services, et il subit cet honneur en expiation des scandales de sa jeunesse.

Ce fut chose singulière et merveilleuse, comme, par l'effet de ce titre et d'un capital de deux millions, Joseph Plumet perdit complètement la mémoire pendant plusieurs années. La peur la lui fit retrouver en partie en 1814, époque où circulèrent certains bruits alarmans pour les acquéreurs de biens nationaux : la fortune du baron ne lui parut pas alors tellement assurée qu'il ne fût disposé à voir dans les Bourbons l'espoir de la France. Malheureusement pour lui son importance politique n'était point assez grande pour commander l'oubli de ses votes à la Convention ; l'accès du château lui fut interdit, et cette disgrâce l'enrichit tout à coup de quelques vertus nouvelles. Pour la première fois de sa vie il s'avisa d'être fidèle au malheur, reconnaissant et charitable :

désespérant d'obtenir la faveur royale, il se mit en quête de l'estime publique, et, ne pouvant être courtisan, il se fit philantrope : il se reprit même pour la liberté d'une tendre passion ; et il faut dire à sa louange qu'il parut dans les journaux peu de listes de souscriptions en faveur des lumières, de la civilisation et des libertés publiques, où l'on ne vît figurer le nom du baron Plumet. Il est vrai que toutes les restrictions mentales n'étaient point alors exclusivement à l'usage des jésuites : la liberté, dans l'esprit du baron, était un être de raison parfaitement inoffensif, et il entendait ce mot à la façon dont l'entendait Sa Majesté l'Empereur; il reniait secrètement de toute la puissance de son ame ses principes et ses amis de 93, et toute la philantropie du monde ne le réconciliait nullement avec l'égalité. Tant que vécut le grand homme, Joseph Plumet regarda vers l'Orient, du côté de Sainte-Hélène, dans l'attente d'un nouveau 20 mars ; et lorsque enfin il se tint pour dit qu'il ne verrait rien venir de ce côté-là, sa fidélité reconnaissante jura secrètement foi et hommage à Napoléon II, qui n'aurait garde sans doute d'inquiéter les barons de l'empire dans la jouissance de leurs titres et de leurs millions.

Tel était, en 1826, l'un des honorables coryphées du parti libéral. Sa maison était réputée pour la bonne chère, et il passait lui-même pour en faire très-bien les honneurs. Son humeur, grondeuse et morose dans son intérieur, devenait joviale en compagnie : il aimait, par-dessus tout, à rencontrer un bon mot, et, lorsqu'il croyait l'avoir trouvé, sa joie était parfaite. De toutes les choses du monde, après l'admiration d'autrui, c'était assurément de l'état de sa santé qu'il s'inquiétait le plus : aussi sa vie était-elle bien réglée, sinon fort régulière : il faisait tout avec mesure, et, plein du sentiment de sa dignité, il n'entrait, ne se levait ni ne s'asseyait comme si c'eût été chose indifférente.

Cet illustre personnage, dans la matinée où Christophe lui rendit visite, avait cru ressentir, en sortant de son lit, une légère attaque de goutte, et, peu de temps avant l'arrivée du jeune avocat, il était assis, près de sa cheminée, dans une vaste bergère, le corps enveloppé dans de la flanelle bien chaude, la tête couverte d'un foulard des Indes, et la jambe droite étendue sur un tabouret. Un beau lévrier blanc reposait couché à ses pieds, et semblait être l'objet particulier de l'attention de son maître : à l'autre extrémité de l'appartement, derrière une table chargée de papiers, était assis un petit jeune homme dont la figure bizarre tenait

le milieu entre la face du singe et celle du chat.
Il avait environ 18 ans, se nommait Maxime
Corbin, et remplissait les fonctions de secrétaire
auprès du baron. Celui-ci ayant cru devoir
s'abstenir ce jour-là de toute occupation, se
faisait lire sa correspondance, et, lorsque son
secrétaire eut mis ses papiers en ordre :

— Monsieur, dit-il à son patron, voici la
liste des personnes qui ont souscrit pour une
école d'enseignement mutuel à Saint-Denis, et
le comité vous invite à y apposer votre nom.

— Quels sont les souscripteurs?

Le secrétaire nomma plusieurs gros personnages du défunt empire.

— C'est bien, dit le baron : je m'inscris.
Voyons ensuite, qu'avez-vous encore là?

— Le reçu de votre souscription au monu-
ment du général Desaix. Les journaux publie-
ront incessamment les noms de ceux qui se sont
fait inscrire.

— A merveille! Et que tenez-vous maintenant?

— Un billet qui a pour signature *Sophie*.

— Ah! je sais.... une pauvre fille bien malheureuse, et qui me demande des secours pour
sa mère infirme?

— Oui, M. le baron, c'est cela même. Il s'a-
git de deux mille écus exigés par les créanciers,

reprit Maxime Corbin en jetant à la dérobée un malin regard sur M. Plumet.

— Diable ! dit celui-ci en faisant une laide grimace, deux mille écus ! c'est bien de l'argent. Voyons, lisez-moi cette lettre.

Il faut savoir que le baron avait certaines vues sur cette jeune personne, et qu'il s'en fallait de beaucoup que ses libéralités à son égard fussent désintéressées. Il prêta donc beaucoup d'attention au style de la lettre, qui se terminait par ces mots : *Comptez sur notre reconnaissance.* Il se les fit répéter, les pesa, les commenta en lui-même ; puis, après s'être balancé quelques minutes sur sa bergère, il prit une énorme dose de tabac, parut encore réfléchir un moment et finit par dire :

— Allons, j'en passerai par là.... Au fait, il faut faire un peu de bien en ce monde... Répondez à cette personne qu'aussitôt que je serai en état de la voir, nous tâcherons d'arranger cette affaire ensemble.... Ensuite ?

— Voici une pétition d'un pauvre ouvrier, père de famille et sans emploi ; il vous écrit pour avoir du pain.

Cette demande venait un peu tard : le baron était au bout de ses générosités.

— Eh ! morbleu ! dit-il, parce qu'on passe pour être à son aise, faut-il donc être relancé

sans relâche par des mendians? On ferait fort
bien de coffrer tous ces mauvais drôles. Je me
fais scrupule, moi, d'encourager la mendicité,
le vagabondage. Que ce paresseux travaille,
et, s'il a faim, il mangera.

— Que faut-il répondre?

— Rien; et pourtant le malheureux est capable de m'importuner ainsi pendant quinze
jours... Donnez donc, donnez un écu, et que
je n'en entende plus parler. Continuez.

— C'est tout : il ne reste que vos journaux.

— Lisez, dit le baron, et commencez par
celui que vous avez en main. *Article Paris.*

Maxime lut rapidement, sur les intérêts généraux, deux paragraphes que son patron parut
à peine écouter; puis il en lut un troisième dont
M. Plumet ne perdit pas une syllabe : il était
conçu en ces termes :

« C'est une des gloires de notre âge que le
mouvement imprimé à la civilisation par un
grand nombre d'institutions généreuses parmi
lesquelles la société du *Progrès universel* occupe un rang si honorable. La dernière réunion générale a été fort brillante, et le discours
de M. le baron Plumet, l'un de ses fondateurs,
a obtenu le succès le plus doux pour l'ame d'un
vrai philantrope. Ce discours est sous presse et

sera répandu dans les départemens : toute la France rendra hommage aux principes de l'auteur qu'elle compte depuis long-temps au nombre des bienfaiteurs les plus éclairés de l'humanité. »

Cet article chatouillait si vivement l'amour-propre du baron, et la joie vaniteuse qui gonflait son cœur en l'écoutant fut si grande, qu'il ne put la renfermer en lui-même.

—Il faut avouer, mon cher, dit-il d'un ton amical à son lecteur et en s'étalant délicieusement dans sa bergère, il faut avouer que la presse est une admirable invention. Voyez, j'ai été assez heureux pour faire quelque bien, pour répandre quelques vérités utiles, et, en peu d'heures, ce que j'ai fait, ce que j'ai dit, sera connu de la France et de l'Europe. »

Le baron continuait sur ce ton, et il n'y avait aucune raison pour qu'il cessât de faire son propre éloge, lorsque son secrétaire, en secouant le journal, en fit tomber, soit à dessein, soit par hasard, un papier que son patron aperçut :

« Qu'est-ce que cela ? » dit celui-ci.

Le secrétaire prit un air impassible.

— C'est, répondit-il, une quittance en blanc d'une somme de 1,200 francs que l'on réclame de vous pour divers articles et annonces.

Une légère rougeur monta aux joues du baron:
« Oui, oui, dit-il, en hésitant, je sais cela,
ce sont des annonces pour ma ferme de Long-
Pré qui est à vendre. »

— S'il est ainsi, dit l'impitoyable secrétaire,
on vous trompe, monsieur, car on indique dans
ce billet une insertion pour aujourd'hui, et j'ai
beau parcourir le journal, je n'y rencontre
point l'annonce de votre ferme; je n'y trouve
que celle de votre discours. Tenez, monsieur,
veuillez voir vous-même.

Le baron confus se moucha, prit encore
une prise, et, tout en cherchant un nouveau
thème, il fut heureux d'avoir à gourmander
pour une autre cause son indiscret secrétaire.

—Mon ami, lui dit-il d'un ton aigre-doux,
voilà deux fois que vous tombez dans la même
faute : hier encore, il vous est arrivé, en compagnie, de ne me point désigner par ma qualité.
Je vous dois un avertissement à ce sujet. Quand
nous sommes seuls, peu importe que vous me
donniez mon titre, je n'y tiens en aucune manière.... ô mon Dieu non; mais on ne saurait
trop, à votre âge, prendre de bonnes habitudes:
ayez donc soin de m'appeler toujours M. le
baron; cela est convenable, et il faut toujours
faire ce qu'il convient.

Un domestique entra en ce moment et remit

au baron une lettre dont le porteur attendait, disait-il, dans la pièce voisine : elle était adressée à M. Joseph Plumet, sans aucune qualification, et ne pouvait venir dans un moment moins opportun.

— Allons, dit le baron, après avoir lu cette adresse laconique, quel est l'animal qui m'écrit ? Voyez cela, Maxime.

— La lettre est signée Pierre Renaud, répondit celui-ci avec un geste de surprise.

— Quoi ! dit le baron, Pierre Renaud, le vieux sans-culotte ? Et pourquoi diantre s'avise-t-il de m'écrire après m'avoir boudé vingt-cinq ans ? Voyons ; lisez.

Maxime prit la lettre et lut ce qui suit :

« Mon vieux camarade,

» Je romps un long silence pour te recommander mon neveu, le fils de ma bonne sœur Joséphine Sauval. »

— Je l'aurais parié, interrompit le baron, en fronçant les sourcils, j'en étais sûr : un grand nigaud qui sort de sa province pour me tomber sur les bras ! Poursuivez.

Maxime continua :

« Il a des talens et s'est acquis fort jeune un

nom distingué au barreau de Nantes : je ne
doute pas qu'il ne se fasse bientôt honorablement connaître à Paris. »

— C'est cela, s'écria le baron, un mince
avocat qu'il faudra que je porte sur les épaules
jusqu'à ce qu'il plaise au ciel de lui envoyer
des causes ! De quoi s'avise-t-il de quitter sa
province ? Eh! mon Dieu, nous n'en manquons
pas à Paris d'avocats et de gens à talent; nous
en avons à revendre. Après ? Que chante-t-elle
encore cette maudite lettre ?

« Si tu peux lui être utile tu obligeras un
ancien confrère qui a ressenti beaucoup de joie
en apprenant les services que tu as récemment
rendus à la bonne cause. Courage, mon vieux
ami Plumet : la liberté, la sainte égalité, peuvent
bien demeurer voilées pendant un temps, mais
elles reparaîtront plus tard avec un nouvel
éclat pour confondre tous leurs ennemis.

Tout à toi,
Pierre RENAUD. »

Les dernières lignes de cette lettre sonnaient
plus mal encore que les premières aux oreilles
du baron.

—La sainte égalité! l'égalité sainte! dit-il,
en frappant du poing le bras de sa bergère,

toujours même chanson : ces vieux songe-creux seront donc incorrigibles ! Comment, ventre-bleu, parce que celui-là n'a point eu l'esprit de faire sa fortune, il ne peut pardonner à ceux qui ont fait la leur ! et il s'avise de me garder rancune pendant vingt-cinq ans ! Il a besoin de moi aujourd'hui et daigne me rendre ses bonnes graces. Bien obligé, M. Renaud ; mais moi j'ai bonne envie de congédier mon-sieur votre neveu sans le voir : oui, ma foi, cela sera bientôt fait.

Puis, se ravisant, il murmura entre ses dents :

— Ce gaillard-là pourrait me compromettre et se venger.... Ils ont si mauvaise langue ces avocats.... C'est un véritable fléau.... Allons, je le verrai.

Il donna un vigoureux coup de sonnette, et dit brusquement : « Faites entrer. »

Christophe fut aussitôt introduit. Maxime Corbin en l'entendant annoncer, baissa la tête et se remit à écrire. Le baron ne se leva point pour recevoir Christophe.

— Pardonnez-moi si je reste assis, lui dit-il en le saluant de la main ; j'ai une maudite goutte qui me cloue dans mon fauteuil : veuillez prendre un siège.

Christophe s'assit, et, dans le peu de mots

qu'il prononça, il crut devoir rappeler l'ancienne amitié qui unissait le baron à son oncle.

—Oui, oüi, dit le premier d'un air indifférent, nous nous sommes vus autrefois, nous
avons eu quelques rapports ensemble.... Il
paraît, d'après ce qu'il me mande, que votre
intention est de vous fixer à Paris.

— Oui, monsieur, tel est mon projet.

— Prenez garde, jeune homme, il faut réfléchir à cela lorsqu'on est bien casé dans sa
province. En vérité, l'on s'imagine donc là-bas
que Paris est une mine d'or où il ne s'agit que
de se baisser pour prendre?

Christophe avait peine à contenir son indignation, et répondit fort sèchement :

— Il y a, monsieur, certains avantages que
l'on estime en province plus que l'or, et qu'il
est difficile d'obtenir ailleurs qu'à Paris : la
gloire est de ce nombre.

— C'est juste, reprit le baron; mais la gloire
ne tombe pas des nues sur qui la cherche. Êtes-
vous connu ici de quelque autre que de moi?
de quelqu'un qui jouisse d'une solide réputation?

— Oui, dit Christophe en regardant en face
l'insolent parvenu, j'ai déjà formé quelques relations utiles, et je connais entre autres M. Dufresne.

— M. Dufresne, le journaliste?

— Précisément.

— Ah! dit le baron, en faisant subir une altération considérable à son ton et à ses manières, c'est fort heureux pour vous; permettez-moi de vous demander de quelle nature sont vos relations avec lui?

— Elles sont fort simples, je lui donne des articles et il les insère dans sa feuille.

— Vous.... vous écrivez dans son journal? demanda Joseph Plumet, en se soulevant à demi dans son fauteuil en dépit de la goutte et en étendant son bras sur celui de Christophe.

— Sans doute, monsieur, répondit celui-ci avec froideur; que voyez-vous-là de si, surprenant?

— Rien, rien du tout.... Quand on a comme vous de l'esprit, du mérite, beaucoup de mérite.... Que diable aussi votre oncle ne disait-il cela dans sa lettre?

— Mon oncle l'ignore, et d'ailleurs, monsieur, il n'aurait pas cru que j'eusse besoin auprès de vous d'une autre recommandation que du souvenir d'une ancienne amitié.

— Et il a bien raison, le cher oncle : oui, nous nous sommes connus, beaucoup connus autrefois.... Nous avons fait de drôles de choses en ce temps-là. Ah! ah! ah!

Et'le baron riait d'un air gaillard, comme pour donner un sens malin à ses paroles.

« Oui, dit-il, nous nous en sommes donnés; quoique le cher oncle fût sévère en diable sur l'article de la morale... Et puis, c'étaient alors les grands jours; Jemmape.... Arcole....} Rivoli.... Il fallait voir comme on fêtait la victoire! Hélas! il ne s'agit plus de tout cela maintenant, dit-il en montrant sa jambe malade, *fructus belli*, M. Sauval, *fructus belli*, » et il se renversa dans sa bergère, ivre de satisfaction, comme s'il eût dit la chose du monde la plus spirituelle.

Christophe se leva pour prendre congé.

—Quoi, déjà? lui dit le baron : de grace accordez-moi un moment de plus; je suis si heureux de causer avec vous d'un homme que j'ai tant aimé.... C'est un bien excellent ami que votre oncle; mais souffrez que je le dise, M. Sauval, ses doctrines lacédémoniennes sont un peu passées de mode; le monde n'est pas assez pur pour bien apprécier la rigidité de ses principes.

Au moment où Christophe se retira, le baron lui tendit la main :

—Revenez souvent me voir, dit-il, et disposez de moi.

Sauval quitta Joseph Plumet plein de mépris

pour sa personne ; mais l'esprit de prévoyance
et de calcul s'était emparé de son cœur, il avait
besoin de l'influence du baron, et se promit de
revenir.

Il sortait de l'hôtel lorsqu'il s'entendit appeler, et, en se retournant, il aperçut Maxime
Corbin, dont, pendant son entretien avec le
baron, il avait de temps en temps surpris les
yeux brillans arrêtés sur lui avec malice.

Maxime avait à peine cinq pieds de haut,
et ses membres grêles et alongés paraissaient
appartenir à un homme au-dessus de la taille
moyenne. Une chevelure noire et toute hérissée
ombrageait son front bas et large, en formant
un angle dont le sommet touchait presque
à la racine du nez. Il tenait habituellement
baissés ses petits yeux cachés sous d'épais sourcils qui se relevaient vers les tempes ; mais
lorsqu'il les arrêtait sur quelqu'un, son regard
pénétrait jusqu'au fond de l'ame. Son nez re-
troussé, sa bouche fendue jusqu'aux oreilles
et la prodigieuse mobilité de ses muscles fa-
ciaux donnait souvent à ses traits une expression diabolique ; d'autrefois, il réussissait à
prendre un air doux et benin qui passait, aux
yeux de ceux qui ne le connaissaient point,
pour le signe d'un bon naturel et d'une simplicité naïve : ses mouvemens étaient brusques,

1. 13

bizarres, et il y avait en eux quelque chose d'aussi discordant que dans ses traits.

« Vous ne me reconnaissez donc pas, dit-il à demi-voix à Christophe, nous sommes parens; il y a sept ans que nous ne nous sommes vus, et j'étais un enfant alors. Je suis Maxime Corbin. »

Christophe, qui ne l'avait vu que deux fois en sa vie, le reconnut sur-le-champ pour le fils d'un cousin germain de son père, cultivateur aux environs d'Angers.

— Comment, c'est toi, Maxime! Et par quel hasard as-tu quitté le collége?

— Je m'y ennuyais trop, et je me suis fait congédier. M. Plumet, qui a une ferme dans notre pays, est venu nous voir. Il avait heureusement besoin d'un secrétaire, et moi je mourais d'envie de voir Paris. Cela se rencontrait bien: il m'a emmené avec lui, et depuis lors nous faisons ménage ensemble. C'est un drôle d'homme, et vous l'avez pris par la corde sensible.

En ce moment le baron appela son secrétaire.

— Revenez souvent, mon cousin, dit à la hâte Maxime : vous ferez ici des connaissances superbes, et nous causerons.

— Maxime! cria encore une fois le baron impatienté.

— Me voilà, M. le baron! A revoir, mon cousin! et surtout n'ayez pas ici l'air de me connaître; il ne faut pas que l'on nous croie parens. Adieu!

Il disparut dans un clin d'œil, et laissa Christophe à ses réflexions.

Adolphe Ledoux fut ravi de l'entrevue de son confrère avec le baron.

— Tu le vois, lui dit-il, et tu en as fait l'épreuve : quelques lignes dans un journal acerédité sont un merveilleux passe-port dans le monde.

Il engagea fortement Christophe à fréquenter, malgré son extrême répugnance, le salon du baron. « Qu'importait, lui dit-il, le mérite personnel de cet homme? Le baron ne jouissait-il pas d'une grande influence? et, puisque beaucoup de personnes recommandables fréquentaient sa maison, Christophe aurait mauvaise grace à s'en abstenir. » Son confrère lui recommanda aussi d'assister assiduement aux réunions du banquier Gribeauval et du magistrat qui lui avait procuré ses premières causes et dont il avait reçu quelques invitations obligeantes.

La société du baron et du banquier était

composée à peu près des mêmes élémens : on y
rencontrait des hommes de finances, des capi-
talistes, des rentiers, dont la fortune datait de
la révolution, et qui tremblaient qu'un mouvement contre-révolutionnaire ne fût fatal à
leurs spéculations ou au crédit public; des généraux, des officiers supérieurs de l'ancienne armée, constitutionnels de bonne foi, parce qu'ils
ne voulaient voir dans les Bourbons que des
princes imposés par les baïonnettes étrangères,
et croyaient trouver dans la constitution quelque chose qui ressemblait au drapeau tricolore;
des fonctionnaires destitués, des capacités sans
emploi, et d'autant plus dévouées à l'ordre de
choses fondé par la révolution, que la plupart
des places étaient occupées par des hommes de
l'ancien régime ; quelques jeunes gens pleins
de candeur et d'enthousiasme, et qui cares-
saient des idées de républicanisme, confians
qu'ils étaient dans la vertu intelligente des
adeptes de cette école : enfin un grand nombre
de députés du côté gauche circulaient dans ces
salons, où les plus hautes questions étaient
journellement débattues.

Christophe préférait le cercle du vieux président de la cour royale à ceux du banquier et
de l'ex-commissaire-général des guerres. Là se
réunissaient de graves magistrats, dans le cœur

desquels fermentait un levain de l'ancienne haine des parlemens contre le clergé. Les faveurs imprudentes prodiguées sans mesure par la cour à ce dernier corps étaient autant de motifs de mécontentement qui fortifiaient, à son insu, l'attachement de la vieille magistrature pour la cause libérale. Christophe, chez le président, rencontrait aussi des littérateurs, des avocats, dignes, par leur savoir et leur talent, de la réputation dont ils jouissaient, et quelques hommes vénérables qui, après s'être successivement dépouillés de leurs illusions, avaient enfin reconnu que tous les partis sont agités par des passions semblables, et que la véritable sagesse consiste dans une tolérance inspirée, non par l'indifférence pour la chose publique, mais par l'amour de l'espèce humaine. Ils étaient en petit nombre, et personne n'honorait plus qu'eux la cause à laquelle leurs sympathies les attachaient de préférence. Ces différentes sociétés étaient encore fréquentées par certains hommes qui se faisaient honneur de n'adopter aucun principe d'une manière exclusive, et ne reconnaissaient point que cette bonne disposition de leur esprit ne prenait sa source que dans un grand vide du cœur. Ils jugeaient tout le monde corrompu, parce qu'ils l'étaient profondément eux-mêmes, et affec-

taient de ne plus croire qu'aux jouissances des
sens, pour qu'on leur pardonnat de n'en point
rechercher d'autres.

, Plus Christophe examinait les divers élémens
dont se composait son parti, plus il était frappé
des jugemens énoncés par le vieillard de Grand-
Lieu et du sens profond de ses paroles. En effet,
l'intérêt général allégué par les ennemis des
Bourbons comme l'unique mobile de leurs actes, ne l'était réellement que de la conduite du
petit nombre. Les motifs de leurs opinions dif-
féraient autant que leurs conditions et leurs
caractères : tous ces hommes cependant étaient,
sans le savoir, plus ou moins sous l'influence
d'un même sentiment, qui formait entre eux
une espèce de chaîne magnétique ; c'était la
haine des préférences accordées aux hommes
de l'ancienne aristocratie par une cour qui
estimait les avantages de la naissance fort au-
dessus de la fortune ou du mérite personnel.
Les sociétés où Christophe était admis n'épar-
gnaient ni les traits satiriques, ni les invectives,
aux élus des salons royalistes. Il écoutait avec
complaisance ces discours violens, sans pouvoir juger par lui-même s'ils étaient fondés en
raison, et si un grand nombre de ceux qui en
étaient l'objet rachetaient par des qualités estimables leurs prétentions orgueilleuses.

Un jour qu'il était assis au jardin des Tuileries, tournant le dos à la terrasse des Feuillans, et appuyé contre un immense maronnier, deux personnes vinrent prendre un siége de l'autre côté de l'arbre, faisant face à l'allée la plus fréquentée des promeneurs, et Christophe eut lieu de croire que les nouveaux venus ne l'avaient point aperçu.

—Vous savez sans doute la nouvelle du jour, cher comte, dit l'un d'eux à son voisin : encore une mésalliance ! La fille du marquis de Cerdac épouse le petit Bégrand.

— Quoi ! le fils du général ?

— Oui, d'un manant parvenu.

—. Je n'en suis pas surpris, chevalier, répondit l'autre : la mésalliance est un défaut héréditaire dans cette famille, et de tout temps les Cerdac ont été dans l'habitude de fumer leurs terres.

Christophe avait entendu ce dialogue sans le vouloir, et ces premiers mots avaient suffi pour soulever un orage dans son cœur : la tête lui tournait. Le général Bégrand était une des vieilles gloires de nos armées, et Christophe prêta l'oreille pour s'assurer si les deux interlocuteurs étaient dans leur bon sens.

—Eh ! mon ami, dit le comte d'un ton aigre, comment s'étonner que la noblesse perde chaque jour de son influence, si elle n'a aucun souci de sa dignité, si elle tend par ses propres fautes à se déconsidérer elle-même. Autrefois, chevalier, avant la révolution, on se décidait bien quelquefois à épouser la fille d'un vilain, d'un traitant cousu d'or; mais le scandale n'allait pas plus loin, et lorsqu'une demoiselle noble ne trouvait point de parti convenable, elle entrait au couvent, et avait le bon esprit de rester fille toute sa vie. Dans ce temps-là les Cerdac eux-mêmes n'auraient point accepté pour gendre un homme de rien.

— Vous verrez, reprit le chevalier, qu'ils mettront en avant les titres de leur général.

— Je n'en doute pas, dit le comte; et pourtant, les traitans de l'ancien régime et les généraux de Bonaparte, c'est à près la même chose. Les uns sont devenus de gros bonnets en pressurant le peuple, les autres en pillant l'étranger : c'est toute la différence que j'y vois. Quant à moi, chevalier, tout pauvre et ruiné que je suis, je mourrais de chagrin si ma fille Alice devenait la femme d'un gros seigneur de nouvelle fabrique, fût-il maréchal de France et riche à millions.

C'en était trop pour Christophe; il se leva et voulut voir celui qui prodiguait aux glorieux débris de nos armées des expressions injurieuses

dont il lui aurait volontiers demandé raison.
Il passa lentement devant les deux interlocuteurs, et reconnut, au son de sa voix, celui qui
l'avait le plus irrité. Il lui parut être du même
âge que son oncle Renaud, et semblait doué
comme lui d'une constitution encore vigou-
reuse; il portait une croix de Saint–Louis suspendue à la boutonnière de son habit bourgeois, et l'on apercevait, sous son chapeau gris
à larges bords, des cheveux poudrés, relevés à
l'ancienne mode au-dessus des oreilles. Son visage, peu chargé d'embonpoint, offrait dans
ses traits saillans et anguleux, le type commun
à un grand nombre de familles de l'ancienne
noblesse, et une fierté chagrine était le caractère dominant de sa physionomie.

—Voilà donc, se dit Christophe en poursuivant sa marche, voilà un de ces aristocrates que
mon oncle Renaud a si justement en horreur !
Quoi ! s'il arrivait que j'eusse un jour des titres
à la reconnaissance de mon pays, ces titres seraient nuls à leurs yeux, et ce vieux forcené
préférerait pour gendre le dernier des hobe-
reaux assis sur son fumier, à un homme devenu l'idole de la France ! Ah ! il a bien raison,
mon oncle...

Il était encore plongé dans ces réflexions,
lorsqu'en rentrant au logis, il fut frappé d'une

nouvelle aussi fatale qu'imprévue. Geneviève accourut à sa rencontre tout éplorée, et, se jetant à son cou :

— Tiens, lis, dit-elle en lui présentant une lettre ouverte.

Christophe la parcourut rapidement : elle annonçait que toute la fortune de Geneviève, placée entre les mains d'un négociant de la ville de C*** en Bretagne, était compromise par une faillite, et qu'il n'y avait pas de temps à perdre pour provoquer, sur les lieux mêmes, un arrêt favorable du tribunal.

— Partons, ma chère, partons ce soir, dit Christophe à Geneviève.

Il sortit pour retenir leurs places, et, quelques heures plus tard, ils voyageaient sur la route de Bretagne.

La petite-Ville.

Je quittais Paris au moment où je pouvais,
avec raison, m'y promettre un sort plus heureux et quelques succès, et je ne m'en serais
pas éloigné si nous n'eussions été menacés
d'une ruine totale. Je compris, aussitôt après
mon arrivée dans la ville de C*** [1], que l'arrêt

---

[1] Le tableau de la société de cette ville fera comprendre

du tribunal ne pourrait être rendu avant plusieurs mois. La faillite du négociant dépositaire de nos fonds n'était pas complète, il fallait liquider les débris de sa fortune, et bien établir les droits des divers créanciers avant de prononcer entre eux : je résolus, en conséquence, de prolonger mon séjour dans ce pays aussi long-temps que mes intérêts y réclameraient ma présence, et je cherchai un logement convenable, sans oublier que notre situation précaire nous faisait une loi de la plus stricte économie; car je n'avais avec moi que quelques épargnes et ne pouvais compter que sur l'exercice de ma profession pour subvenir à nos besoins.

La situation de la ville dé C***, sur le bord de la mer, est fort pittoresque : la nature se montre aux environs avec une majesté sombre et terrible; du côté du couchant, de hauts rochers s'avancent dans l'Océan; leur chaîne hérissée présente aux vaisseaux, en se repliant sur elle-même, de dangereux récifs où les vagues chassées par un vent impétueux se brisent avec fureur et tourbillonnent dans un gouffre

---

pourquoi l'auteur a cru devoir s'abstenir de la désigner par son nom.

sans fond; cet endroit, fameux par plus d'un
désastre, est singulièrement redouté des ma-
rins. On assurait que, dans une nuit orageuse,
une chaloupe y avait été autrefois engloutie
sans qu'on eût retrouvé aucun débris de l'em-
barcation ou de son équipage : une croix en-
foncée dans le roc avait été plantée au-dessus
du gouffre, en souvenir de cette affreuse catastrophe. Il y avait au sommet de la falaise,
tout proche de ce lieu, et à l'extrémité de la
ville, une petite maison qu'on aurait volontiers
prise pour un chalet suisse : un jardin, d'une
vingtaine de toises, planté de quelques arbres rabougris, s'étendait autour de l'habita-
tion; elle était mal close, tremblait sur ses
bases au souffle de la tempête, et, de ses
étroites fenêtres, l'œil ne découvrait qu'un ciel
gris et brumeux, et l'Océan qui minait sour-
dement le roc à deux cents pieds au-dessous.
Cette maison était vacante et son loyer peu
cher. Je m'y établis, avec le consentement de
Geneviève, séduit que je fus par son site sau-
vage dont l'aspect sombre était en harmonie
avec les dispositions de mon ame.

A peine eus-je pris possession de notre nouvelle demeure, que je donnai tous mes soins
à nos intérêts de fortune; et, en essayant de tirer
parti de mon talent, j'appris à connaître, à mes

dépens, la société au milieu de laquelle j'étais contraint de vivre, et je rencontrai des obstacles que je n'avais point prévus.

Presque tous les hommes attachés au barreau de cette ville étaient nés dans ses murs, et il y en avait peu qui n'eussent des relations de parenté avec les familles influentes du pays. Ils me virent de fort mauvais œil, et il y eut entre eux une sorte de convention tacite pour me nuire et prévenir contre moi l'esprit des habitans. J'avais un tort fort grave à leurs yeux, et je compris bientôt que la supériorité du talent, qui ne suffit pas toujours à Paris pour atteindre au succès, est trop souvent un obstacle dans une petite ville, où ceux qui sont en état d'apprécier le mérite sont aussi les premiers à en prendre ombrage. J'échouai encore contre d'autres écueils. Cette ville était un véritable champ de bataille, et l'on aurait dit que ses habitans avaient pris à tâche de substituer au précepte sublime de l'apôtre sur l'amour du prochain, celui-ci : *haïssez-vous les uns les autres*. Outre les deux camps ennemis entre lesquels la politique et la morgue de la petite aristocratie partageaient la ville comme la plupart des cités du royaume, chaque parti se subdivisait encore en diverses coteries. Les libéraux étaient divisés en deux fractions jalouses, dont l'une se réunis-

sait dans le salon du maire et l'autre chez le re-
ceveur particulier de l'arrondissement. Les
femmes de ces messieurs étaient l'ame de ces
deux coteries auxquelles leur rivalité féminine
avait donné naissance. Toute la bourgeoisie fut
en émoi et prit fait et cause dans la querelle des
deux dames : malheur à quiconque hésitait à
soutenir que l'une d'elles était obsédée de l'esprit malin! car alors il était violemment soupçonné d'en être possédé lui-même.

   . Dans ma situation critique, il y avait obligation pour moi de me concilier les esprits : j'a-
vais besoin, plus que tout autre, d'user de
prudence et d'adresse; enfin c'était le cas, ou
jamais, de mettre à profit les conseils de mon
confrère Ledoux, et d'acquérir, par un peu de
dissimulation et de condescendance, l'appui du
parti le plus fort. Je n'en fis rien cependant, et,
par l'effet d'une de ces innombrables inconsé-
quences qui se rencontrent dans le cœur humain, ma conduite fut l'opposé de celle que je
m'étais prescrite dans les derniers temps à
Paris. J'avais pu, en poursuivant dans la capitale la réputation et la gloire, m'assujétir envers
des hommes célèbres ou puissans à certaines
déférences qui blessaient ma fierté; mais, au
fond de la Bretagne, épouser les étroits préjugés d'une coterie; mais, dans la lutte de deux

femmes ridicules, feindre de l'admiration pour
celle-ci et de la haine pour celle-là, lorsque
toutes dèux m'inspiraient un mépris égal, et
tout cela pour arrêter le cours de la médisance
et gagner quelques cliens de plus : voilà ce qu'il
n'était ni dans ma volonté, ni dans mon pouvoir d'accomplir. D'ailleurs, je connaissais mes
juges, et je ne pouvais croire que l'indépendance de ma conduite me fît tort dans leur
esprit. Je méprisai donc ouvertement toutes ces
misérables coteries, je refusai de m'associer à
aucune, d'encenser l'une des grandes dames
de la ville aux dépens de sa rivale, et je me
retirai sur mon rocher, comme Achille dans sa
tente, en laissant percer malgré moi l'expression mal déguisée d'une fierté dédaigneuse.

Bientôt je portai la peine d'une semblable
conduite. Chacun me regarda de mauvais œil,
l'instruction du procès traîna en longueur,
la défiance que j'inspirai fut portée si loin,
qu'à peine trouvai-je de temps en temps une
consultation à donner, une cause à défendre,
et je vis mes faibles ressources rapidement
épuisées. Dans cette situation pénible, je ne me
plaignis pas; j'évitai d'ajouter à la douleur de
Geneviève. Combien souffrait alors cette femme
incomparable! Ellè n'osait partager mes espérances sur l'issue de notre procès, et tremblait

de perdre avec sa fortune l'unique moyen
qu'elle eût encore de contribuer à mon bonheur. Lorsque cette pensée terrible s'emparait
d'elle, son visage se contractait par la douleur
d'une manière effrayante ; mais ses yeux étaient
secs ; elle ne pouvait pleurer. Quelquefois, lorsque je pressais tendrement sa main dans les
miennes en cherchant à ranimer son courage :

—Cher ami, disait-elle, pardonne : le temps
n'est plus où j'avais la force de te consoler dans
tes souffrances, où je comptais du moins, sur
mon pouvoir pour y réussir. Oh ! que ne lis-tu
au fond de mon cœur ! tu saurais que je ne
gémis pas pour moi du malheur qui nous
menace, mais pour toi, pour toi seul. Que
me faut-il à moi de plus que ton amour ? Re-
tournons à Nantes, où ton talent suffit pour
nous assurer un sort heureux. Que ne com-
prends-tu les charmes d'une vie obscure et
cachée ! Ah ! dans les lieux que mes souvenirs me rendent chers, dans ceux même que je
ne connais pas, mais que mon imagination me
représente comme remplis de toi, dans ces vil-
lages des bords de la mer, en Normandie, dont
tu m'as fait tant de fois de touchantes descrip-
tions, combien je pourrais être heureuse, réduite même au travail de mes mains, entre toi
et notre petit Emile ! Plus mon existence serait

1.   14

obscure, plus je la bénirais. Pourquoi les hommes ne pensent-ils point ainsi? Pourquoi ne
sentent-ils pas comme nous? Hélas! il leur faut
le bruit, l'éclat, la fortune, tout ce que je ne
comprends pas, tous les biens que je serais
malheureuse de posséder, s'ils n'étaient désirés
par toi.

D'autres fois, lorsque Geneviève me voyait
rêveur et sombre, elle me présentait notre
enfant, et posait gracieusement ce cher trésor
sur mes genoux, comme un bien dont la possession devait nous consoler de la perte de tous
les autres. J'étais touché, profondément ému
des témoignages multipliés de sa vive tendresse,
et, si quelque chose pouvait consoler l'ambitieux de la perte des avantages chimériques
qu'il poursuit, j'aurais pu être heureux encore.

Cependant chaque jour m'apportait une révélation cruelle, et il devenait à peu près certain que le gain même de notre procès n'assu-
rerait à Geneviève qu'une très-modique partie
de sa fortune. Mais le malheur, qui dégrade
les ames médiocres, épure au contraire et for-
tifie celles que la nature a douées de quelque
élévation : je supportais avec plus de constance
les maux réels qui m'accablaient que les tourmens que mon imagination seule m'avait souvent infligés. Je renfermais stoïquement en

moi-même les émotions poignantes d'une ame
qui meurt à l'espérance, et c'était en silence
que je voyais graduellement la misère s'avancer vers moi et m'enlacer de son étreinte froide
et impitoyable. Je courbais la tête avec une
résignation apparente sous la menace si redoutée d'un obscur avenir : je renonçais pour moi-
même au bonheur; mais j'étais pénétré de mes
devoirs envers ma famille, et déterminé à faire
violence en sa faveur à mes plus impérieux
penchans. Si j'eusse été seul, j'aurais tout bravé
pour atteindre mon but; mais, après l'épreuve
d'une année passée tout entière à Paris sans
aucun fruit, je ne pouvais y retourner dénué
de toute ressource, et exposer ma femme et mon
enfant à toutes les vicissitudes d'un écrivain
politique.

Je me résignai donc à retourner à Nantes
aussitôt que le jugement serait rendu, si je
perdais ma cause : j'irais m'y exposer aux sar-
casmes de mes confrères, fournir ample matière à la médisance et à la calomnie, vivre
d'une existence vulgaire; mais du moins ma
femme et mon enfant seraient à l'abri du malheur, et n'auraient aucun reproche à m'adresser. O mon père, pardonne! mais alors mon
désespoir t'accusa, et, dans ma douleur, je
me demandai pourquoi tu avais échauffé dans

mon sein l'étincelle des dévorans désirs, pourquoi tu n'avais pas étouffé en moi le ver rongeur de l'ambition, au lieu d'avoir mis tes
soins à le nourrir. Mon fils sera plus heureux,
me disais-je ; car nous ne lui montrerons point
le bonheur au-delà de sa portée; il ne sera
point instruit à juger des conditions par l'éclat
extérieur ou par l'obscurité qui les environne ;
il ne formera que des espérances qu'il soit en
son pouvoir de réaliser, il n'entreprendra que
de modestes travaux dont il soit assuré de recueillir le fruit. C'est ainsi que je parlais; et,
lorsque mes paroles te condamnaient, ô mon
père, mon cœur était souvent coupable de
vœux aussi imprudens que les tiens; car après
avoir pris avec moi-même l'engagement de
vouer mon fils à un état humble et obscur,
mes yeux inquiets cherchaient encore à démêler, dans ses traits nobles et gracieux, les
signes révélateurs du génie.

Cependant la santé de cet être fragile et
bien-aimé nous donnait souvent de vives alarmes : trois mois après notre arrivée en Bretagne,
il fut attaqué d'une maladie grave et de convulsions dangereuses; nous sacrifiâmes le reste
de nos économies pour nous procurer les secours de l'art, et il fallut ensuite recourir à
ma plume. J'écrivis quelques articles pour le

journal de M. Dufresne, et je les adressai à Adolphe. Mon travail se ressentait sans doute des misères de ma situation, ou bien il faut croire qu'Adolphe désespérant de ma fortune, mit peu de zèle à me servir; car ses réponses furent point encourageantes, et je ne reçus qu'un fort modique salaire de mes peines. J'écrivis aussi pour la feuille du département, j'ouvris chez moi un bureau d'écriture; de temps en temps je copiais un mémoire, je donnais une consultation, je plaidais une cause; mais ces travaux étaient rares et infiniment peu lucratifs. Je pris alors une résolution désespérée : il me fallait, à tout prix, un peu d'or, et, plutôt que d'imposer un nouveau sacrifice à mon pauvre père, je domptai mon orgueil et ma rancune, je m'adressai à mon oncle André, en alléguant la maladie de mon fils et les frais considérables de la procédure; je lui demandai une avance de mille écus au taux qu'il fixerait lui-même; je m'engageais à retourner à Nantes avec ma famille, si le jugement devait m'être contraire; enfin je le suppliais de laisser ignorer à mon père ma situation. Au bout de huit jours je reçus la réponse suivante :

« Ainsi donc, mon cher neveu, tu commences à voir qu'après tout ce n'est pas le Pérou que le métier d'avocat, et que la gloire est une

denrée qui sonne diantrement creux. Parbleu,
je ne suis pas trop fâché que tu aies appris par
expérience que ton oncle ne radote point encore; et que son état de commerçant en vaut
bien un autre. Je te l'avais bien dit, mon cher
neveu, que tu choisissais mal, que tu t'en mor-
drais les pouces, et que c'est folie de courir
après des ombres lorsqu'on a son pain tout
cuit chez soi, et qu'on appartient à une maison
aussi honorablement connue que la maison
Sauval et compagnie. J'arrive maintenant au
point essentiel de ta lettre : tu as besoin d'argent, ce qui est très-fâcheux, et tu crois que
j'ai là mille écus tout prêts pour toi, ce qui
n'est pas aussi clair que tu veux bien le penser.
Prends-tu, par hasard, ton oncle pour une vache
à lait, et crois-tu donc qu'il n'ait rien de mieux
à faire qu'à réparer tes sottises ? C'est beaucoup
d'argent, mille écus, et surtout dans un temps
aussi dur que celui-ci ; et, si après avoir jeté
aujourd'hui mon argent par les fenêtres, je me
marie prochainement, comme j'en ai très-sé-
rieusement la pensée, avec quoi ferai-je les frais
de la noce, s'il te plaît ? Cependant, ta cause
me paraissant bonne, il serait triste de la perdre
faute de quelque argent, et je tiens à te prouver
toute mon affection; je te prête donc ces mille
écus au denier cinq, sous la condition expresse

que, si tu perds ta cause, tu reviendras sur-le-
champ à Nantes, et que tu ne négligeras rien
pour me rembourser le capital et les intérêts
le plus promptement possible. Je n'ai rien dit
à Jérôme : le pauvre cher homme ! cela lui aurait fait trop de peine ; il a, comme qui dirait,
une petite fièvre, et il ne faudrait pas grand'-
chose pour lui faire du mal ; c'est visible. Du
reste, toute la famille se porte bien, Dieu
merci. Mme Louchet a un gros poupon qui est
le vivant portrait de monsieur son père, un
très-bel homme, ma foi! et ta cousine Jeannette
épouse, la semaine qui vient, M. Martin, le
marchand de vin de la rue des Carmes ; c'est
un bon parti, il y a 20,000 francs comptant et
de belles espérances. A propos, j'oubliais de te
dire que nous avons eu la mission ces jours
passés : ils sont venus les missionnaires, avec
des barbes et des paroles de l'autre monde ; ça
a presque fait une révolution et mis la guerre
entre les femmes et les maris. On a crié : *A bas
la calotte;* il y a eu un bruit du diable, et,
sans les gendarmes et le préfet, qui est un
noble et un vieux royaliste, par conséquent
ami du gouvernement et des missionnaires,
ceux-ci auraient dû plier bagage avec quelques
écorchures sur les épaules. Le préfet est furieux ; il a fait mettre plusieurs de nos jeunes

gens en prison, et dit que nous sommes tous
de la canaille et des jacobins. C'est bon; moi
je ne dis rien, mais nous verrons aux élections.
Adieu, mon cher neveu, je t'embrasse et Geneviève aussi. Ménagez-bien votre argent : on dit
qu'on vit pour rien là-bas où vous êtes, et je
vous en fais mon compliment. Quand vous re-
viendrez, prenez la voiture du *Phénix*, les
banquettes ne sont pas très-douces et on a les
côtes un peu serrées ; du reste, on est presque
aussi bien que dans les messageries, et il y a
3 fr. 50 cent. par place à gagner. — Ton oncle
affectionné

André Sauval. »

Je tordis cette lettre avec colère dans mes
mains, et je faillis la mettre en lambeaux : il
semblait qu'un mauvais génie y eût rassemblé
tout ce qui était le plus propre à m'irriter.
Oh! combien je sentis profondément toutes les
angoisses de ma situation ! Vingt fois je fus
tenté de renvoyer à mon oncle les secours qu'il
me faisait payer si cher; mais la nécessité impérieuse et l'intérêt de ma femme et de mon
enfant combattaient ce violent désir, et je re-
cueillis cet argent avec un frémissement de
rage : il me semblait, en y touchant, qu'il
brûlait ma main. L'état de mon père m'affecta

beaucoup, et je me promis de l'aller voir aussitôt que la santé de mon fils et mes affaires me le permettraient. Celles-ci prenaient chaque jour une tournure plus triste, et tout contribuait à assombrir mes pensées ; mes jours étaient remplis de mille soins fâcheux, et rarement un sommeil bienfaisant visitait mes paupières et donnait du calme à mon cœur.

Dans une belle nuit de septembre, en partie consacrée à un travail ingrat, j'ouvris ma fenêtre et regardai tristement le beau spectacle que j'avais sous les yeux. Le repos enchanteur de la nature contrastait avec le trouble de mon ame. La vague, qui d'ordinaire battait en grondant le pied de la haute falaise, expirait mollement sur les écueils, et le bruit de son léger remous montait à peine jusqu'à moi. La lune brillait dans son plein, presque au-dessus de ma tête ; mais de légers nuages projetaient, de distance en distance, leurs grandes ombres sur la surface de la mer, qui scintillait au loin et se déroulait à perte de vue, comme une nappe étincelante de clartés magiques.

Cette scène, dont le calme silencieux n'était interrompu de temps en temps que par la chute lointaine et monotone des rames d'un pêcheur, le doux bruissement des eaux, le souffle frais de la brise qui rafraîchissait mon front et ap-

portait les exhalaisons marines à mes sens avi-
des : tout me rappelait les jours de ma première jeunesse, cette époque d'illusions où mes
espérances étaient sans limites comme cette mer
majestueuse, où la vie s'offrait à mon imagination, belle, éclatante de gloire, semblable à cet
horizon lumineux où se perdaient mes regards.
C'en était fait maintenant : je ne retrouvais plus
en moi que découragement et ténèbres ; je
souffrais comme si un esprit infernal eût appuyé
un sceau brûlant sur mon cœur.

Je quittai la fenêtre, et, retombant sur mon
siége, le premier objet qui frappa mes regards
fut la lettre entr'ouverte de mon oncle : je la
relus ; et mon sein se gonfla de désespoir et de
colère. Auprès de cette lettre il y en avait une
autre qu'un de mes anciens camarades de collége m'avait tout récemment écrite. Il était
question pour lui d'un mariage avec une
femme d'un mérite fort ordinaire et dont il se
souciait peu, mais dont la fortune lui promettait une honnête aisance. Cet ami me demandait conseil : à la vue de sa lettre, dans un
semblable moment, la douleur qui m'oppres-
sait avait trouvé une issue, et j'écrivis ces
lignes :

« Tu es jeune, ardent et ambitieux, Salvator, et tu demandes si tu fais bien de pren-

dre femme! Que ne demandes-tu plutôt si le
coursier libre et indompté doit tendre volontai-
rement sa bouche au frein qui l'ensanglante, et
présenter ses flancs à l'aiguillon qui les déchire?
Eh quoi! si Dieu te donnait des ailes, com-
mencerais-tu par te charger de chaînes pour
essayer ton vol? L'homme ambitieux, Salvator,
doit vivre seul, sans être retenu par aucun lien,
sans avoir à trembler pour personne; il faut
qu'il puisse présenter intrépidement sa poitrine
nue aux ouragans et bondir sur les abîmes; il
faut qu'il meure ou qu'il arrive au but. Quelque fortune, dis-tu, seconde ses projets? Pas
toujours, Salvator; et bien souvent une fortune médiocre, semblable à celle que tu con-
voites, arrête l'homme qui la possède par la
crainte de la perdre, bien plus qu'elle ne le
porte en avant par les facilités qu'elle lui donne.
La richesse, d'ailleurs, est, de sa nature, chose
mobile et incertaine, et si un de ces hasards
malheureux, comme il s'en rencontre dans le
monde, te dépouille tout à coup, que devien-
dras-tu, chargé d'une famille? Quelle sera ton
existence? Je te le dirai, moi : écoute. L'ambition que tu croiras étouffée se réveillera plus
ardente : un feu secret, un feu inextinguible,
consumera jusqu'à la moelle de tes os; tu t'é-
lanceras vers ton but avec la frénésie du délire,

tandis qu'une nécessité d'airain te clouera sur la place où le malheur t'aura jeté. Alors les brillantes illusions de ta jeunesse s'évanouiront au sein d'une coterie de village ; tes rêves de gloire et de félicité aboutiront à l'existence d'un copiste obscur ou d'un scribe mercenaire : alors, semblable au bœuf, tu ouvriras chaque jour un pénible sillon ; tu recueilleras, pour unique fruit de ta peine, un pain amer, trempé d'ennui et de larmes, et tu souhaiteras de n'être pas né. »

J'achevais de tracer ces lignes, lorsqu'un cri déchirant se fit entendre dans la pièce au-dessous de celle que j'occupais. Je rejetai aussitôt ce fragment de lettre dans mes papiers, et, descendant rapidement l'escalier, je m'élançai vers la porte de Geneviève, dont j'avais cru reconnaître la voix.

VII

Le Gouffre.

Je trouvai Geneviève hors de son lit, et assise échevelée, auprès de celui d'Emile. Elle cherchait à retenir l'enfant sur ses genoux ; elle avait le regard fixe, et la terreur se peignait sur ses traits bouleversés. Emile était agité par d'horribles convulsions : j'accourus à lui ; je le pris dans mes bras, et, le replaçant sur sa couche, je parvins, à force de soins et de peine, à mettre un terme à cette crise douloureuse.

L'enfant avait perdu connaissance pendant
ses accès convulsifs : lorsqu'il fut plus calme et
qu'il eut repris ses sens, il nous tendit sa petite
main, et pressant celle de sa mère sur ses lèvres :

—Dormez maintenant, nous dit-il, dormez,
je n'ai plus de mal.

Quelques instans après il s'assoupit; mais son
sommeil fut pénible. Nous le veillâmes toute la
nuit, et, au point du jour, je mandai le méde-
cin, dont les paroles évasives me firent frémir.
Je lus notre arrêt sur son visage, et, le prenant
à part, j'appris en effet que la maladie de mon
fils était mortelle, et qu'elle touchait à son dernier période. J'étouffai ma douleur, et la re-
foulai dans mon sein, pour avoir la force de
préparer une mère au plus affreux malheur.
Tout conspirait à rendre ma situation plus
cruelle. Geneviève semblait calme et pleine de
sécurité : était-ce de sa part aveuglement ma-
ternel, ou faisait-elle sur elle-même un violent
effort pour ne point envisager la réalité dans
toute son horreur, je l'ignore; mais elle voyait
moins un signe de décadence dans l'affaiblisse-
ment graduel de l'enfant qu'un symptôme de
convalescence prochaine dans ces couleurs mobiles qui, par l'effet de la maladie, se montraient momentanément sur ses joues. Chaque
fois que ce signe trompeur m'avertissait des ra-

pides progrès du mal, Geneviève reprenait courage.

—Regarde, mon ami, disait-elle, regarde : les couleurs lui reviennent; les forces viendrout ensuite. Aussitôt qu'il pourra supporter le voyage, nous irons à Nantes, n'est-ce pas, mon ami? et l'air natal lui fera du bien. Nous ferons ensemble de douces promenades dans les prairies où il essaya ses premiers pas...... Il cueillera encore les fleurs des champs.... Oh oui, oui, disait cette mère infortunée en s'efforçant de se pénétrer de la vérité de ses rêves, il y aura encore pour nous des jours heureux.

Après avoir parlé ainsi, elle joignait les mains, tombait à genoux, et priait Dieu avec une brûlante ferveur. Aucune angoisse ne m'était épargnée.

A mesure que la vie abandonnait le corps de mon fils, il semblait qu'elle se réfugiait toute dans sa précoce intelligence, qu'elle donnait de l'énergie aux plus nobles facultés de son ame : il n'avait pas encore quatre ans, et me disait des mots d'une tendresse déchirante. Jamais je n'avais mieux compris qu'à la veille de le perdre tout ce que je possédais en cet enfant, et je voyais dans mon malheur un châtiment que m'infligeait le sort dont je n'avais point accepté

les dons. Mais c'est trop m'arrêter sur cet affreux tableau.

Le dernier jour, l'enfant paraissait reposer
doucement ; il ne se plaignait pas : la vie se
retirait avec la souffrance. Qu'il était beau dans
ces derniers instans où la douleur ne contractait plus ses traits ! Son visage commençait
à prendre cette sérénité céleste qu'une ame
pure et prête à s'envoler transmet souvent à
son enveloppe matérielle comme un souvenir
d'elle-même , empreinte sacrée que la mort
respecte quelque temps sur le front de l'innocence. Déjà le cher ange ne pouvait plus exprimer ses pensées par la parole ; mais ses yeux
bleus et doux paraissaient encore chercher les
nôtres avec un regard qui nous remerciait de
nos soins et compâtissait à nos douleurs. Je
posai un dernier baiser sur sa bouche légèrement entr'ouverte. Geneviève après moi toucha
de ses levres les lèvres déjà froides de son fils ;
puis tout à coup elle poussa un cri terrible , en
se roulant sur son corps et en l'enlaçant de ses
bras. Tout était consommé : il ne respirait
plus.

Pendant plusieurs jours je ne m'occupai que
d'elle ; pleurer ensemble devint le seul adoucissement possible à nos peines mutuelles.
Bientôt cette triste consolation nous fut enlevée :

il fallut nous partager entre ces émotions et
les soins pénibles que réclamaient nos intérêts
de fortune. Geneviève, depuis cet horrible
événement, était restée près de quinze jours
dans une morne stupeur; elle se faisait violence pour soutenir sa vie, et rarement elle
répondait aux tendres et consolantes paroles
que je lui adressais. Une fois cependant elle
leva les yeux, me regarda fixement, et, sortant de son accablement pour se jeter à mon
cou d'un élan spontané :

« Dis-tu vrai, s'écria-t-elle, en me pressant
avec force contre son cœur; est-il bien vrai
que tu m'aimes ? Oh ! ne me détrompe pas : que
je puisse seulement le croire ! »

Elle retomba ensuite dans sa langueur, et
tous mes efforts furent impuissans pour l'en
distraire. Le danger d'une ruine complète fut
seul capable de la ranimer : lorsqu'elle sut que
notre procès allait être jugé, elle déploya une
énergie qui stimula la mienne et confondit ma
raison. Voyant que je m'en étonnais, elle me
dit un jour, d'un ton profondément triste :

« Christophe, j'en atteste le ciel, jamais je
n'aurais accepté ta main, si je n'avais cru qu'il
serait en mon pouvoir d'assurer ton bonheur.
Avant de m'unir à toi, j'ai fait vœu, à genoux,
de contribuer par tous les moyens possibles à

1. 15

te rendre heureux et de sacrifier tout autre
désir à celui-là seul : tu sais que la pauvreté
n'a rien qui m'effraie pour moi-même ; mais
je sais aussi que la fortune t'est nécessaire, indispensable, et si je désire ardemment conserver la mienne, c'est pour toi, Christophe, pour
toi seul. »

Après un instant de silence, elle reprit : .

« Là perte que nous avons faite est horrible,
et il faut être mère pour la comprendre, et
pourtant j'en conçois une plus cruelle encore...
O mon Dieu, épargnez-la moi ! »

Il y avait dans sa voix et dans son regard
quelque chose de si morne et de si déchirant
que je frissonnai sans avoir le courage de rani-
mer ses espérances ; on eût dit qu'un secret instinct l'avertissait alors qu'en perdant sa fortune, elle perdrait tout pouvoir de contribuer
à ma félicité. Le succès ne couronna point nos
efforts, et l'arrêt du tribunal nous enleva toute
espérance.

Cette nouvelle rejeta Geneviève dans l'accablement dont elle n'était sortie que par une excita-
tion violente et extraordinaire, et son abattement se manifesta en raison directe de l'énergie
qu'elle avait déployée. Aucune plainte, aucun
murmure ne lui échappa contre la Providence :
toujours humble, toujours résignée, elle était

constamment disposée à s'accuser elle – même
de ses afflictions : « Mon Dieu, disait-elle souvent tout bas, comme si elle répondait à sa
propre pensée, je n'ai donc point mérité que
vous me fassiez cette grace ! »

Quand j'évoque ces souvenirs, je m'étonne
de n'avoir point reconnu dans le morne désespoir empreint sur les traits de Geneviève,
dans ses étranges distractions, dans sa réserve
même et dans le timbre sourd de sa voix, les
symptômes précurseurs d'une résolution grave
et terrible. Je ne vis dans ses manières et dans
son langage, qu'un effet de sa situation, et je
ne craignis pas de me séparer d'elle pendant
quelques jours. Les biens sur lesquels nous
avions droit de recours étaient, comme je l'ai
dit, beaucoup moins considérables que nous
ne le pensions d'abord ; les frais judiciaires en
avaient absorbé une partie, et il ne restait
plus à partager, entre les créanciers, que le
capital d'une maison, sise à Quimper, et dont
la valeur était fort contestée. D'après l'esti-
mation d'un grand nombre, la part qui aurait
pu m'échoir de ce bien, eût à peine suffi
pour couvrir les frais d'une nouvelle procédure. Avant donc d'en appeler en cour royale,
il était indispensable de savoir quels avantages
je pouvais attendre du succès de cette démar-

che, et je voulus m'en instruire par mes propres yeux. Geneviève elle-même me pressa de me rendre à Quimper, et je la quittai en la confiant aux soins d'une pauvre femme employée par nous à la journée.

· Je fis le voyage en toute hâte : je reconnus promptement qu'il nous serait peu avantageux d'appeler de la sentence des premiers juges, et je revins après une absence de trois jours. Un violent orage avait éclaté la veille, et lorsque je quittai la grande route pour gagner à pied ma demeure, par un chemin de traverse, je reconnus difficilement les lieux que je parcourais, tant avaient été grands les ravages de la tempête. Une demi-heure s'était à peine écoulée depuis le lever du soleil, et je pensai arriver avant le réveil de Geneviève. En découvrant de loin la maison, je fus étonné d'en voir tous les volets ouverts : j'approchai avec un saisissement dont il m'était impossible de me rendre compte, et je frappai. La femme de journée accourut m'ouvrir : l'effroi était empreint sur son visage.

— Oh ! monsieur, monsieur ! me dit-elle en joignant les mains sans pouvoir achever.

L'épouvante me gagna.

— Geneviève ! m'écriai-je en m'élançant sur l'escalier.

La vieille mit son bras sur le mien et m'arrêta.

— Madame n'y est pas, dit-elle ; je viens d'arriver et j'ai cherché partout : madame est partie.

Un affreux soupçon traversa ma pensée. Je demeurai immobile d'épouvante, et ne pus qu'ordonner à cette femme d'achever son récit et de m'instruire.

— Oh! dit-elle en sanglottant, pourquoi madame ne m'a-t-elle pas permis de passer la nuit auprès d'elle? Ce malheur peut-être ne serait pas arrivé; mais elle n'a pas voulu; elle m'a renvoyée auprès de mes enfans.

— Mais hier, hier, repris-je exaspéré, vous l'avez vue? Que s'est-il passé?

— Hier, monsieur, lorsqu'il commençait à tonner si fort, et que le vent soufflait dans toute la maison, madame me dit : « Montons chez monsieur et fermons les fenêtres. » Nous entrâmes dans votre chambre et vîmes vos papiers qui volaient dans tous les coins. Madame et moi nous courûmes après pour les ramasser. Madame en prit un, se mit à le lire, et tout aussitôt elle fit un grand cri, et se laissa tomber sur un siége avec des soupirs et des sanglots à fendre le cœur.

Je me frappai le front en entendant ces mots,

qui furent pour moi un trait de lumière : l'é-
bauche de ma lettre à Salvator me revint à la
pensée. Sans doute les yeux de Geneviève
avaient rencontré cet écrit oublié dans mes
papiers, et le désespoir s'était emparé d'elle.
Je me précipitai dans mon cabinet comme un
insensé : une lettre de Geneviève était sur la
table :

« Christophe, disait-elle, adieu..... Il est
donc vrai ! c'est moi qui suis la cause involontaire de tes maux... moi... moi qui ne pouvais
vivre sans ton amour ! Ne vois pas un reproche
dans ma mort. O si tu savais combien j'ai besoin de repos ! combien je souffre ! Non, Christophe, non, je ne t'accuse pas ; merci pour
quelques beaux jours que tu m'as donnés...
merci pour beaucoup de jours de tendres soins
et d'indulgence.... Sois heureux, pauvre ami !
Adieu... adieu... »

Après avoir plutôt deviné que lu cette lettre,
je m'élançai comme en délire hors de la maison, et mon instinct me guida sur la pointe des
rochers, vers l'abîme où il était présumable
que Geneviève avait trouvé la mort. Un groupe
nombreux était rassemblé sur un roc qui do-
minait le gouffre où la mer encore agitée tour-

billonnait avec fureur. Un châle déchiré, souillé
de vase, avait été trouvé par des pêcheurs, à
la marée basse, sur des écueils semés à l'entrée
du gouffre, et servait de texte à des conjectures
sinistres. Un enfant assurait avoir vu la veille
au soir, à la lueur des éclairs, une femme
courir sur les rochers, et descendre de leurs
sommets aigus vers le précipice : il l'avait prise
pour une apparition, et s'était enfui épouvanté.
Quelques momens après, en regardant derrière
lui avec effroi, il avait reconnu cette même
femme à genoux au pied de la croix suspendue
sur l'abîme : puis il n'avait plus rien vu; mais,
dans un moment où la tempête se taisait, il
avait cru entendre des cris lamentables. On
disait, quand j'approchai de ce groupe, qu'une
femme s'était noyée la veille, et que le châle
trouvé par les pêcheurs lui avait appartenu.
Aussitôt que mes yeux rencontrèrent cet objet,
je le reconnus, je le portai à mes lèvres en ap-
pelant Geneviève à grands cris, et en mesu-
rant le gouffre d'un regard désespéré. Les pêcheurs m'entourèrent, et leurs rapports ne coïn-
cidant que trop avec la lettre fatale que je tenais
à la main, je ne pus douter que Geneviève ne
se fût précipitée dans l'abîme, et que son corps
mutilé par les pointes aiguës des rochers n'y
eût été englouti. Je la nommai avec des excla-

mations frénétiques, et, dans la double angoisse de la douleur et du remords, je tombai
sur le roc sans connaissance. La femme qui
nous avait servis était accourue sur mes pas;
elle guida les pêcheurs, qui me rapportèrent
évanoui dans ma maison.

Le lendemain, peu d'instans après mon douloureux réveil, un magistrat vint recevoir ma
déclaration, il dressa l'acte constatant le décès
présumé de Geneviève, et ce fut un bruit général dans le pays qu'une femme en délire s'é-
tait donné la mort en se précipitant du haut
des rochers au milieu de la tempête.

s la double amords, je tombai
e. La femme qui
ue sur mes pas;
an me rapportèrent

uns après mon douat vint recevoir ma
nstatant le décès
ce fut un bruit gémme en délire s'écipitant du haut
mée.

LIVRE III.

La mort, en frappant des êtres aimés, exerce sur ceux qui leur survivent un droit redoutable. A peine nous sont-ils ravis pour toujours que leurs imperfections s'évanouissent soudain de notre souvenir ; ils ne se montrent plus à nous que parés des charmes ou des vertus qui nous les rendaient chers ; alors, des qualités que nous avions à peine devinées en eux, sont reconnues, mais trop tard, et ils sont sou-

vent trop vengés de nos négligences coupables
par cette puissance terrible qui nous les rend le
plus désirables en même temps qu'elle nous sépare d'eux à jamais. Christophe en fit l'épreuve
cruelle. L'amour si tendre et l'incomparable
dévouement de Geneviève se représentèrent
sous les couleurs les plus vives à sa pensée
pour lui infliger mille tourmens, et le complet
isolement où il tomba tout à coup rendit ses
remords plus vifs et ses regrets plus déchirans.
Il éprouva cependant que le cœur de l'homme,
soit par une grace divine, soit par la faiblesse
de sa nature, n'a qu'un pouvoir limité même
pour la souffrance; le sien s'ouvrit par degrés
à des impressions nouvelles, et l'importance
toujours croissante des débats politiques parvint, à la longue, à le distraire de sa douleur.

Le ministère Villèle touchait à son terme et su-
bissait les conséquences funestes de la position
fausse qu'il avait acceptée; il se laissait pousser
dans une voie fatale dont il voyait les périls
sans oser s'en écarter, tenu qu'il était de céder
à l'influence d'un parti qui voulait donner pour
base à l'édifice social des institutions vieillies et
des principes décrédités. De là naissait l'impérieuse nécessité de refouler l'opinion publique
et de tendre tous les ressorts du gouvernement
en sens contraire du mouvement général des

esprits ; de là tous les actes anti-nationaux qui
se succédèrent dans ces derniers temps avec une
si effrayante rapidité, et accumulèrent des res-
sentimens si formidables. Il suffisait alors que
la France exprimât un vœu pour que ce vœu
fût condamné par la cour; il suffisait que l'opinion se déclarât en faveur d'un magistrat, d'un
orateur, d'un guerrier , pour qu'aux yeux du
pouvoir il fût aussitôt marqué d'une tache in-
délébile. Le cercueil mutilé du vertueux Lian-
court attestait que l'aveugle proscription qui
poursuivait les hommes politiques chers à la
France, ne s'arrêtait point aux limites de la
vie. L'élite du pays venait d'être frappée dans
la garde nationale de Paris et déclarée suspecte
au prince : c'est ainsi que l'autorité tendait
chaque jour à s'isoler du peuple, et le moment
approchait où elle allait se rencontrer face à
face avec lui. Le parti libéral, qui embrassait
presque toute la France, agissait avec ensemble
et unité ; car toutes ses nuances se confondaient, toutes ses volontés se réunissaient en
apparence en une seule qui était le maintien
de la Charte. Les hommes qui combattaient au
premier rang contre un pouvoir aveugle, mar-
chaient environnés d'une auréole de gloire, et
toujours Christophe avait ardemment ambi-
tionné d'associer ses efforts aux leurs, et d'ac-

quérir des droits honorables à la reconnaissance publique. Il se dit que le moment était venu, pour tout homme de cœur, de se vouer avec ardeur au salut de la patrie; qu'il fallait qu'il fît violence à ses regrets, et qu'enfin l'imminence du danger lui assignait son poste à Paris.

Avant de quitter la Bretagne un devoir sacré l'appelait à Nantes auprès de son père souffrant, et qui déjà plusieurs fois avait tendrement exprimé le vœu de le revoir. Mais il y a une pitié insultante beaucoup plus difficile à supporter qu'un dédain déclaré, et l'orgueil de Christophe lui avait suscité tant d'ennemis dans sa ville natale, qu'il éprouvait la plus forte répugnance à s'exposer à leurs regards, pauvre et sans crédit, après avoir été pour eux un objet d'envie. Ce qu'il redoutait par-dessus tout à Nantes, c'étaient les propos ironiques de son oncle André, qui se croirait d'autant plus en droit de l'accabler de ses traits mordans, que Christophe s'était constitué son débiteur. Celui-ci savait que son oncle abuserait cruellement de ses avantages, et il sentit qu'il lui serait impossible de le voir avant d'avoir recouvré son indépendance en acquittant sa dette. Dégagé de tout autre soin, il espérait pouvoir acquérir en peu de temps, et par son travail, une position honorable dans le monde, et reparaître alors parmi les siens sans que personne s'arrogeât le droit de le blâmer ou de le plaindre. Il ajourna donc encore une fois son voyage à Nantes, et après avoir dit un triste et long adieu aux lieux où il laissait une partie de lui-même, il hâta son retour à Paris.

Il y fut d'abord froidement accueilli de la plupart de ses anciennes connaissances. Ce n'était point mauvais vouloir, mais indifférence et oubli ; car en aucun lieu du monde on n'est oublié plus vite et plus complètement qu'à Paris, et nulle part le proverbe qui condamne les absens ne reçoit une application plus fréquente et plus juste. Et puis le malheur est une mauvaise note dans cette ville où le plaisir reçoit un culte : Christophe était ruiné ; cela suffisait pour qu'on s'éloignât de lui, et son petit cousin Maxime Corbin lui-même, oublia quelque temps de lui rappeler leur parenté. Ce fut bien pis encore chez les hommes politiques avec lesquels il voulut renouer des relations interrompues : six mois d'éloignement et quelques articles péniblement écrits du fond de la province au milieu d'afflictions domestiques, lui avaient fait un tort incalculable dans leur esprit. Ces messieurs ne s'étaient pas donné la peine de songer à l'influence de circonstances fâcheuses

sur son talent. Le mérite de Christophe était
donc fortement soupçonné d'avoir subi une
baisse considérable, et malheur à l'homme
public sur lequel l'opinion a prononcé une fois
cette fatale sentence : *Il baisse!* Il n'y a point
d'anathême plus terrible.

Ce nouveau début était peu encourageant,
et Christophe cherchait avec inquiétude par
quelle voie il pourrait regagner le terrain qu'il
avait perdu, lorsque Adolphe Ledoux, qui était
absent de Paris au moment de son retour, vint
lui rendre visite. Christophe n'avait nullement
besoin d'exposer ses embarras à son confrère;
celui-ci connaissait sa situation et il en comprenait à merveille les difficultés.

— Sauval, lui dit-il, tu n'es pas le seul dont
le talent ait aujourd'hui de nombreux obstacles
à vaincre avant d'être apprécié ce qu'il vaut.
J'ai à te proposer deux moyens pour te faire
jour et te frayer un passage à travers les mille
et une ambitions sans capacité qui s'interpo-
sent entre ton but et toi.

— Parle : j'écoute.

— Nous sommes, reprit-il, dans le siècle
des associations, et tu as éprouvé toi-même
combien il est difficile de parvenir en ne s'é-
tayant que de ses propres forces. Il est donc in-

dispensable que les honnêtes gens comme nous s'entendent, et je te propose de t'associer à quelques hommes politiques et fort habiles de ma connaissance, sous l'unique condition de nous prêter mutuellement toute l'assistance en notre pouvoir, et de nous soutenir envers et contre tous *unguibus et rostro*. Voici la liste.

Christophe parcourut des yeux cette liste où figuraient plusieurs noms qui lui étaient tout-à-fait inconnus, et quelques autres pour lesquels il n'avait qu'une médiocre estime, et il dit à son confrère :

— Si quelque membre de cette association commet une faute, les autres s'engagent-ils d'avance à l'en féliciter, et à donner à la sottise les éloges qui ne sont dus qu'au mérite?

— Eh! mon Dieu! reprit Adolphe, qui parle de cela? Peux-tu me citer une chose au monde qui n'ait son bon et son mauvais côté, et qui ne puisse être envisagée diversement suivant qu'on la considère sous l'une ou l'autre face? Il s'agira tout simplement entre nous de masquer réciproquement les parties faibles de nos œuvres et de mettre les beaux côtés en relief, en un mot de taire ou d'atténuer le mal et de prôner le bien. Es-tu des nôtres?

— L'autre moyen? demanda Christophe en évitant de donner une réponse directe.

— Le second moyen, répondit Adolphe, n'est qu'une conséquence du premier. Il nous faut un lien puissant, une arme redoutée : quoi de mieux que de créer un journal politique pour lequel deux maisons de Paris offrent les premiers fonds ? Voilà enfin la chambre des trois cents dissoute; la presse est libre : c'est le moment ou jamais de faire du bruit, et nous en ferons. Oui, morbleu! nous ferons un tintamare de tous les diables.

— Mais pour rédiger un journal, dit Christophe [1], il faut beaucoup de connaissances et des hommes spéciaux en divers genres.

— Amen! répondit Adolphe d'un ton nasillard. Mais de quoi diable t'inquiètes-tu? Ne t'ai-je pas assuré qu'il y aura parmi nous des gens fort habiles? D'ailleurs, crois-tu donc que ce soit la mer à boire que la composition d'un journal dans un temps de fièvre comme celui-ci? Qu'est-il besoin de discussion profonde lorsqu'on est assuré d'être bien venu en

---

[1] L'auteur désavoue formellement toute pensée hostile à la presse périodique; non-seulement il a une estime profonde pour les hommes qui font un noble usage de cet admirable instrument de civilisation, de cette arme, la plus puissante des temps modernes; il les regarde encore comme remplissant une mission providentielle, un véritable sacerdoce, et il ne croit pas qu'aucun d'eux puisse se méprendre à cet égard sur ses intentions.

hurlant toujours? Le grand point pour nous, et je te le dis en conscience, sera d'adopter à l'égard du gouvernement une conduite absolument contraire à celle que nous tiendrons vis-à-vis de nous-mêmes. Nous mettrons en lumière le côté vicieux de ses actes, et, tu peux m'en croire, lors même que ceux-ci seront irréprochables dans leurs effets, nous serons bien malheureux ou bien maladroits si nous ne trouvons à gloser sur les motifs.

— Il faut, dit Christophe, quelque chose de plus dans un journal.

— Eh! mon cher, la matière est riche. Oublie-tu donc les abus d'autorité des préfets et des gendarmes, l'intolérance des curés, les sottises des missionnaires? Et, pour pendant au tableau, le compte-rendu des sociétés philantropiques, les harangues du baron Plumet, les miracles de l'enseignement mutuel? N'avons-nous point encore la politique étrangère, les perfides machinations de la Sainte-Alliance, les revues du roi de Prusse et, par-dessus le marché, la chronique funèbre et scandaleuse du royaume, le chapitre des suicides, des grêles, des inondations et des meurtres? C'est là, comme dirait le bon Lafontaine, c'est là un fonds qui ne manque jamais, un trésor que l'imagination accroît au besoin.

— Comment donc? interrompit Christophe, est-il d'usage d'inventer ces choses-là?

— Hé! mon cher, reprit l'autre, où serait le mal en semblable invention? Et pourquoi refuser d'innocentes satisfactions à son lecteur? La soif des émotions est devenue une espèce de rage qui s'empare des plus bénévoles, et c'est une bonne fortune pour eux de rencontrer le matin dans leur journal quelque aventure diabolique. Un assassinat enjolivé de circonstances aggravantes, un tremblement de terre qui a jeté bas la moitié d'une ville, c'est terrible; eh bien! ça fait toujours plaisir, surtout quand on se dit que ce n'est pas un conte, et cela assaisonne merveilleusement un déjeuner.

Christophe était confondu de l'assurance de son confrère. Il sentait parfaitement toute l'importance de l'appui qu'Adolphe était venu lui offrir; cependant il aurait rougi de prendre sur-le-champ des engagemens politiques qui répugnaient à ses principes de délicatesse et d'honneur: il demanda vingt-quatre heures pour réfléchir, et promit de répondre le lendemain.

Les propositions qui lui étaient faites le jetèrent dans une perplexité extrême, et d'abord il rejeta bien loin la pensée d'engager d'avance son appui à des hommes dont les bonnes in-

tentions étaient douteuses et le talent inconnu:
il se dit qu'un pareil métier serait indigne de
lui. Bientôt le raisonnement modifia ces dispositions d'un cœur droit et honnête, et il finit, à force de réfléchir, par envisager la question d'une manière toute différente. Pouvait-il
prendre une autre voie que celle qui se présentait à lui, et fallait-il que des principes exagé-
rés d'honneur retinssent toujours en dehors du
mouvement des affaires des hommes remplis
d'intentions pures et loyales ? Ces hommes de-
meureraient-ils ainsi, à tout jamais, dans l'im-
possibilité de donner une bonne impulsion à la
chose publique? Christophe, en refusant l'offre
qui lui était faite, se nuirait à lui-même sans
qu'il en résultât aucun bien pour personne,
tandis qu'en l'acceptant, au contraire, il pourrait empêcher beaucoup de mal et contribuer
au bien de tous ; et puis, n'y avait-il pas mille
moyens de rester fidèle à sa conscience au sein
de l'association projetée. Il saurait, se disait-
il, garder le silence lorsque son approbation
ne pourrait être sincère, et ne vanter que ce qui
serait vraiment digne de son estime. Après tout,
il ne contractait en aucune façon un engagement perpétuel, et il se promettait bien de
rompre avec ses associés futurs aussitôt qu'il
serait libre de le faire impunément et pourrait

voler de ses propres ailes. Il écrivit donc à
Adolphe que ses propositions étaient agréées.

Ils eurent bientôt fondé un journal qui fit
son entrée dans le monde politique sous le
nom de l'*Oracle;* Christophe publia, en outre,
à l'occasion des élections prochaines, quelques
pamphlets violens auxquels ses nouveaux amis
prodiguèrent les plus grands éloges. Ces succès
lui valurent plusieurs causes, et ses plaidoyers
furent aussi vantés que ses écrits : on lui attri-
bua une part honorable dans les triomphes
électoraux qui renouvelèrent la chambre, por-
tèrent un coup mortel au cabinet et donnèrent
naissance au ministère Martignac. Mais il avait
chèrement payé sa célébrité naissante; car à
mesure qu'il s'élevait aux yeux des autres, il
s'abaissait aux siens, et il ne comprit toute la
gravité de sa situation, et tout le poids des
obligations auxquelles il lui serait impossible
de se soustraire, que lorsqu'il était trop tard
pour reculer. Il ne voulait pas sans doute faire
l'éloge de ce qu'il savait être mal, ou blâmer
ce qui lui semblait juste, il n'agissait pas, en
un mot, ouvertement contre sa conscience;
mais il maudissait le bon sens qui l'éclairait
trop bien. Il s'appliqua, en conséquence, à
voir les choses sous le jour où il avait intérêt
à les considérer, et il s'attacha aux détails

beaucoup plus qu'à l'ensemble ; c'est ainsi qu'il parvint le plus souvent à se faire illusion, à être convaincu de ce qu'il était d'avance déterminé à croire : quelquefois, cependant, la vérité reprenait tout son empire, et s'il arrivait que Christophe fût entraîné malgré lui, il se pénétrait alors de l'importance de la mission sociale qu'il avait à remplir; et, cherchant son excuse dans la droiture de ses intentions et dans la nécessité, il déguisait, autant que possible par la grandeur du but, la petitesse des moyens mis en œuvre pour l'atteindre.

Sa réputation grandit rapidement, et il se vit recherché par chacun. Les hommes de la finance honorèrent sa personne d'une attention toute particulière : le baron Plumet le combla de politesses obséquieuses, et le petit cousin Maxime, ébloui par tant d'éclat, ressentit de nouveau l'invincible puissance des liens du sang. Christophe vit de plus près, et mieux qu'il ne l'avait fait encore, cette société qui ne poursuivait que des satisfactions personnelles en faisant parade de sentimens généreux. Maxime l'aidait à la bien connaître : celui-ci, presque au sortir de l'adolescence, dévoré de la soif de la renommée et des richesses, se vengeait de la nullité forcée de sa position, en étudiant les travers de ceux dont il enviait la fortune; il les découvrait avec une sagacité remarquable, et les flétrissait par des traits envenimés.

« Vois-tu, disait-il à Christophe, ce gros homme trapu, au front bas et à la face épaisse? C'est un riche manufacturier qui vient ici se faire honneur de sa compassion et de sa charité pour les pauvres, et qui dans sa fabrique est aussi détesté qu'aucun despote dans son royaume : il n'a qu'une passion et qu'un but, *gagner*, toujours *gagner*. Nul ne sait mieux en France le pouvoir d'un écu, et jamais on ne lui fera comprendre que le mérite et l'esprit ne puissent s'acquérir comme autre chose à beaux deniers comptans. Regarde maintenant ce vieux général boudeur, cloué, en quelque sorte, dans l'hôtel du baron, et qui jure et tempête pour la Charte comme il ferait pour une maîtresse ; on dit que, dans l'occasion, il tranche à merveille du petit souverain, et, quant à la Charte, il n'est pas bien sûr qu'il l'ait jamais lue; mais, en défendant la liberté, il croit faire preuve de haine contre les Bourbons et d'adoration pour feu l'Empereur ; la liberté c'est son mot d'ordre aujourd'hui, et s'il la comprend peu, il n'y a point à lui en vouloir, il s'y attache en aveugle comme un soldat à sa consigne : et ce petit homme maigre, au teint jaune et au front ridé, si tranchant dans ses discours, et qui semble avoir épuisé toutes les formules de malédiction contre le gouvernement, c'est un homme de lettres, jadis censeur sous l'empire : on prétend que ce n'est pas sa faute s'il n'a point conservé ses honorables fonctions sous la restauration; on dit même qu'il ne s'est pris d'une belle passion pour la liberté que du jour où il a perdu le pouvoir de lui faire du mal. »

Christophe était à la gêne dans les cercles où il se voyait l'objet des déférences les plus flatteuses. Hélas ! il comprenait le néant de la gloire humaine avant même de l'avoir obtenue, et cependant il marchait toujours, il courait, il s'élançait vers ce fantôme comme le cavalier, qui, voyant l'abîme où se précipite le cheval indompté qui l'emporte, se cramponne à ses crins flottans pour y périr avec lui.

Angoisses du coeur.

———

Le bon Jérôme ne cessait de faire des vœux,
sinon pour que Christophe revînt s'établir à
Nantes, du moins pour l'y revoir et l'embrasser de temps en temps. Celui-ci savait son père
fort souffrant, et, malgré son propre désir, il
n'avait pu depuis plusieurs mois trouver assez
de loisir pour l'aller voir. Déjà il avait reçu de
Marthe, la vieille gouvernante de Jérôme,
quelques lettres d'un style brusque et naïf,

où de justes reproches ne lui étaient pas épargnés. Il lui tardait de partir ; mais ses occupations croissant avec sa renommée, il remettait son voyage de jour en jour. Il apprit enfin que son père était sérieusement indisposé ; il devait, le lendemain, porter la parole dans une cause politique de la plus haute importance : il comptait sur un succès immense ; il avait, d'ailleurs, à défendre des droits sacrés, et il différa son départ jusqu'après le jugement de cette affaire, à laquelle la France entière prenait un vif intérêt. Il gagna sa cause : son triomphe fut complet, son nom porté aux nues, et, dès ce jour, il fut véritablement célèbre. Il était encore dans l'ivresse de sa victoire, lorsqu'en rentrant chez lui le premier objet qui frappa ses yeux fut une lettre de l'écriture de Marthe, et scellée d'un cachet noir. Il l'ouvrit avec un affreux serrement de cœur, et lut ces lignes :

« Hélas ! M. Christophe, il est arrivé, ce grand malheur que je vous avais tant prédit. Vous n'avez plus de père : il est mort, le pauvre cher homme, comme un saint, et le bon Dieu bien sûr lui fera miséricorde à cause de son angélique douceur et des chagrins de ses vieux jours. Ah ! M. Christophe, qui aurait dit cela lorsque le bon M. Jérôme se réjouissait

tant, le jour de votre naissance, que ce serait
une pauvre servante comme moi qui lui fer-
merait les yeux, et que son fils ne serait point
là? Ecoutez; car il faut que vous sachiez tout.
M. Jérôme était malade au lit depuis plusieurs
jours avec une fièvre d'intermittence, comme je
vous ai raconté dans ma dernière, quand tout à
coup, le vendredi dans la soirée, il se plaignit
de grandes douleurs : il me dit qu'il sentait bien
qu'il allait mourir. Le docteur Guillemot était
là à ce moment, qui lui dit de prendre courage et qu'il reviendrait dans la journée; puis
il s'en va, en me faisant un signe de tête qui
signifiait : « C'est fini, il n'y a plus d'espoir. »
Jésus ! Seigneur ! que je dis en pleurant, mon
pauvre maître, mon cher maître ! Et j'envoie
chercher tout de suite l'abbé Grandin, qui n'é-
tait pas chez lui. Pendant ce temps-là votre père
me dit avec ce ton de voix que vous savez bien :
—Ma bonne Marthe, je mourrai demain, j'en
suis sûr... Quelle heure est-il? —Je regardai la
pendule, et je répondis que six heures allaient
sonner. — La voiture de Paris doit être arrivée, continua M. Jérôme. Mets-toi à la fenêtre,
Marthe, et dis-moi si tu ne vois rien. —C'est à
vous qu'il pensait, M. Christophe. Je l'assurai
que non, que je ne voyais rien, et j'ajoutai
que c'était bien mal à vous de l'abandonner. Il

fit un grand soupir et me dit :— Non, non,
Marthe, ne parle pas ainsi; il viendra.... il
viendra. —Et il me demanda, quelque temps
après, de lui réciter des prières. J'étais encore à
genoux près de son lit, quand il fit un petit mouvement:—Marthe, dit-il, il me semble qu'on a
frappé à la porte de la rue. Va ouvrir, va vite.
— J'y fus tout de suite; mais ce n'était que
le voisin Simon qui venait, comme d'habitude,
avec le journal. Mon bon maître fit encore un
autre soupir à fendre le cœur. Je vis votre nom
imprimé dans le journal, et je compris en lisant
que vous aviez un grand discours à réciter
pour le lendemain, et que vous ne pouviez pas
venir. Quand votre pauvre père entendit cela,
il joignit les mains ensemble et regarda le bon
Dieu sur le crucifix au pied de son lit. Puis il
me dit qu'il était faible, bien faible, et qu'il
voulait reposer un peu. Il s'endormit, et, deux
heures après il ouvrit les yeux et me demanda
s'il n'était pas venu de lettres. Je répondis qu'il
n'était rien venu du tout, et je vis bien qu'il
souffrait beaucoup, mais qu'il dissimulait sa
douleur pour ne pas me faire trop de peine. Il
me pria pour lors de prendre, sous son oreiller,
un gros portefeuille tout plein de vos lettres,
M. Christophe, et de vos écritures dans les journaux. — Ma bonne Marthe, me dit votre père,

ouvre ce portefeuille et lis–moi quelque chose.
Je commençai à lire dans l'imprimé un beau
discours que vous avez récité dans une grande
assemblée, et qui vous a fait bien de l'honneur.
— Non, Marthe, non, pas cela, me dit le
cher vieux homme; lis–moi plutôt une lettre
que Christophe m'écrivit quand il était encore
tout petit, et que nous étions séparés pour la
première fois. Je relus cette lettre, M. Christophe : elle était bien gentille, bien tendre et
d'un bon fils. Je vis qu'en l'écoutant les larmes
coulaient des yeux de votre père, et qu'il n'a-
vait pas la force de les essuyer, je me mis à san-
glotter aussi :—Ah! mon cher maître, lui dis-
je pour lors, il ne sait pas quel bon père il a ,
car. s'il le savait, il quitterait tout pour vous
voir, il n'aurait pas abandonné votre vieillesse.
— Ne l'accuse pas, répondit-il si doucement
que je pouvais à peine l'entendre. Le pauvre
enfant! ce n'est pas sa faute s'il a de l'ambition:
c'est ma faute, Marthe. Il a bon cœur, je te dis
qu'il a bon cœur et· qu'il m'aime... j'en suis
sûr. Mets là sa lettre à côté de moi, et ne lui
dis ·pas que j'ai pleuré : promets-le moi. —
J'ai. promis de ne pas vous parler de ça quand
je vous verrais ; mais il faut que je vous l'é-
crive, car c'est le cri de la vérité qui est dans
ma plume. Non, M. Christophe, non, vous ne

savez pas quel père vous avez perdu. J'achève
de tout vous dire. Il était dix heures du soir :
M. l'abbé Grandin est venu ; il est resté long-
temps tout seul avec mon maître, et lui a donné
les sacremens. Quand il est sorti, il m'a dit
comme ça : « C'est un ange que ce bon M. Jérôme. Laissez-le reposer maintenant jusqu'à ce
que le docteur revienne. » Je me suis tenue
tranquille dans le cabinet pendant le reste de
la nuit, et, au point du jour, je m'approchai
tout doucement du lit de mon maitre. Il était
mort, M. Christophe, il était dans la paix du
ciel, et il serrait encore dans sa main un petit
papier : c'était votre gentille lettre que je lui
avais lue, et qu'il pressait sur sa poitrine.

» M. André Sauval, qui est absent pour son
commerce, vient d'écrire qu'il sera ici dans la
journée, et c'est lui qui arrangera tout pour la
cérémonie et le convoi...... Adieu, M. Christophe ! Dieu vous bénisse maintenant ! et vous
pouvez me croire quand je vous répète que
vous avez perdu le meilleur des pères. »

Cette lettre fut un coup de foudre pour Christophe ; chacun des mots qu'elle renfermait
était comme un poignard à deux tranchans enfoncé dans son cœur : le souvenir de la douce
tendresse et de l'angélique bonté de Jérôme lui
arracha des torrens de larmes : il se dit qu'il

n'était pas digne de tant d'amour, que son
ambition avait été fatale à son père comme à
Geneviève, et cette affreuse pensée lui causa
d'intolérables douleurs.

Son désespoir fut un peu calmé par une lettre
qu'il reçut quelques jours plus tard de son oncle
André : il fut surpris du ton presque affectueux
de ce billet. Son oncle lui disait qu'il partageait son affliction, et paraissait convaincu
de l'impérieuse nécessité qui avait retenu Christophe éloigné du lit de mort de son père. Il
avait, ajoutait-il, ordonné la cérémonie funèbre
de la manière la plus décente, et espérait revoir
bientôt Christophe pour régler quelques petits
comptes avec lui. Il terminait en se félicitant
d'avoir un neveu qui fît tant d'honneur à sa famille.

Pour comprendre un ton si amical, il faut
savoir que la blessure faite jadis, par le refus
de Christophe, à l'orgueil de son oncle, n'avait
point été la seule cause des procédés offensans
de celui-ci à l'égard de son neveu. André
Sauval était de ceux pour qui le mot *pauvreté*
est presque synonyme du mot *vice;* il craignait
qu'en suivant une carrière aventureuse; Christophe n'eût bientôt besoin de secours ; que
le chemin de la gloire, en un mot, ne fût le
chemin de son coffre-fort, et notre industriel

ne se souciait ni de tenir son coffre ouvert
pour son neveu, ni de voir végéter celui-ci
dans un état voisin de la misère et peu honorable pour la famille. La promptitude avec
laquelle Christophe, de retour à Paris, parvint à se libérer de sa dette, opéra dans les
dispositions essentiellement mobiles du bonhomme André une révolution toute favorable;
il dit, en donnant quittance de la somme prêtée,
que son neveu était un garçon de mérite et qu'il
n'en avait jamais douté : les éloges prodigués
à Christophe par certains journaux, fortifièrent
bientôt cette bonne opinion, car l'honorable
fabricant était pour le moins aussi vain que
cupide : il se fit honneur de la réputation de
son neveu, et fut tout ébloui d'avance de l'éelat
qui en rejaillirait indubitablement sur la maison Sauval et compagnie.

Christophe éprouva donc quelque soulage-
ment de la lettre de son oncle, car nous avons
tous un certain penchant à trouver des armes
contre les reproches secrets de notre conscience
dans l'opinion flatteuse qu'expriment les autres
à notre égard; et Christophe se dit qu'il s'était
peut-être condamné trop sévèrement lui-même,
puisqu'un homme aussi peu disposé à l'indulgence que son oncle André, ne trouvait rien
à reprendre dans sa conduite. C'est ainsi qu'il

parvint par degrés à calmer un peu l'amertume
de ses souvenirs; mais il était dans sa destinée
de n'échapper à une douleur que pour en ressentir d'autres avec une intensité plus grande.

Il avait toujours espéré qu'en atteignant à
la célébrité, but de ses plus ardens désirs, il
pourrait rompre des engagemens où il voyait
un sujet d'humiliation. Illusion fatale! Ses
associés regardaient sa réputation comme leur
ouvrage, comme un bien qui leur appartenait en propre, et plus son nom grandissait,
plus ils comptaient l'exploiter à leur profit.
Christophe avait appris à connaître la légèreté
des amitiés qui croissent ou faiblissent en raison des succès ou des disgraces, la mobilité
de l'opinion de la foule, le danger des médi-
sances et des calomnies, et il reconnut avec
une espèce de rage que ceux qui avaient contribué à rallier l'opinion publique à son nom,
pouvaient plus promptement encore l'en détacher : il était dans leur dépendance, et tous ses
efforts pour s'y soustraire furent impuissans : il
ressemblait à un homme chargé de liens, et
qui, à chaque vaine secousse pour les briser, les
enfonce plus avant dans ses chairs; il était comme
Hercule essayant d'arracher de ses épaules sanglantes la robe de Déjanire; et il vit trop tard
que lorsqu'on entre dans un parti politique,

on est en péril de se donner corps et ame à ce
parti ou de s'en faire écraser, d'en être à jamais ou l'instrument ou la victime.

En vain il voulut alors se retirer de la tour-
mente des affaires publiques : son ambition
était plus forte encore que ses dégoûts, et, à
mesure qu'il avançait dans sa voie, l'horizon
reculait devant lui : en vain il demanda des
distractions aux plaisirs du monde : tout se
changeait en cendres sous ses mains. L'image
douce et mélancolique de son père abandonné
le poursuivait encore jusque dans son sommeil;
souvent aussi l'ombre de Geneviève, pâle et
voilée de tristesse, se présentait devant lui,
tenant son fils entre ses bras. Christophe l'é-
cartait de sa pensée comme on éloigne un souvenir vengeur; il sentait que c'était auprès de
cette femme trop dédaignée qu'il aurait dû
trouver le bonheur; il souffrait par sa propre
faute; il se voyait justement puni. Cependant il
ne pouvait, si jeune, renoncer à toute félicité;
il appelait encore une fois l'illusion à son secours, et s'étourdissait en se créant de nouvelles et brillantes chimères; mais quand les gracieux fantômes de son imagination avaient dis-
paru, quand il se retrouvait seul, il souffrait
mille angoisses : souvent alors il sortait, quit-
tait Paris et marchait rapidement dans la cam-

pagne; car il avait besoin d'une agitation extérieure pour calmer celle de son ame.

Un jour qu'il suivait les bords de la Marne
dans une de ces promenades solitaires, des cris
de détresse l'arrachèrent à sa rêverie. Ces cris
paraissaient être proférés à deux cents pas de
lui environ, et sortir du milieu de la rivière. Il
accourut, et jetant les yeux dans cette direction, il distingua, au-dessus de l'eau, la tête
d'un cheval, et à quelque distance au-delà il
vit un homme qui luttait avec peine contre le
courant, et qui appelait du secours. Christophe
se dépouilla aussitôt de son habit, et, s'élançant
dans la rivière, il eut le bonheur de joindre
l'infortuné au moment où il allait disparaître,
et le ramena sain et sauf sur la rive. Quelques
paysans étaient accourus comme lui, et voyant
le cavalier en sûreté, ils songèrent au cheval
qu'ils tirèrent de péril et ramenèrent à son
maître. Celui-ci était un très-jeune homme et
parut fort reconnaissant : il dit à Christophe
qu'il avait cru pouvoir, comme de coutume,
passer la rivière à gué, sans songer à l'abondance des dernières pluies; son cheval avait
promptement perdu pied, et s'était presque
aussitôt débarrassé de sa charge. Le jeune cavalier demanda l'adresse de Christophe, en lui
annonçant sa visite pour le lendemain; puis il

sauta légèrement à cheval, donna sa bourse aux paysans, prit congé d'une manière affable, et disparut avant que Sauval eût pensé à s'informer de son nom.

Le lendemain de bon matin il tint parole : il entra chez l'avocat sans se faire annoncer, et exprima de nouveau toute sa reconnaissance. Il avait un extérieur fort remarquable; sa taille était svelte et très-bien prise; un léger duvet, blond comme ses cheveux, ombrageait à peine ses lèvres; la teinte azurée de ses yeux tempérait le feu de ses regards; son ton et ses manières annonçaient une éducation distinguée; sa politesse était parfaite, et il fallait l'observer de bien près pour démêler quelques traces de hauteur ou d'orgueil dans la légère contraction de sa lèvre inférieure. Il dit à Sauval que son père l'aurait accompagné chez lui si une indisposition ne l'obligeait à garder la chambre : toute sa famille, ajoutait-il, serait heureuse de lui offrir ses remercîmens, et Christophe fut si instamment prié d'accéder à ce désir, qu'il promit de le satisfaire le lendemain.

— A merveille, dit le jeune étranger, je viendrai vous prendre dans la soirée.

— Volontiers, reprit Christophe; mais veuillez me dire maintenant à qui j'ai l'honneur de parler.

— C'est juste, répondit l'autre en présentant sa carte à son tour; voici mon adresse et mon nom.

Christophe jeta les yeux sur la carte, et resta frappé d'étonnement.

— Alfred de Kérolais! s'écria-t-il : Quoi! vous seriez fils du comte de Kérolais! est-il possible?

— Sans doute, reprit le jeune homme en souriant; vous avez, je le vois, entendu compter ma famille dans les rangs du parti opposé au vôtre; mais la reconnaissance n'adopte point de drapeau, et vous êtes sûr d'être reçu par nous tous à bras ouverts. Mon père et mes sœurs sont impatiens de vous voir, et il est maintenant trop tard pour vous dédire : à demain donc! »

Christophe s'inclina en signe d'assentiment; Alfred serra sa main et sortit avant que Sauval fût entièrement remis de sa surprise.

Tout ce que Christophe avait entendu dire de la famille Kérolais se reproduisit vivement alors dans sa pensée. Il avait sauvé le fils d'un homme qui méprisait Pierre Renaud et qui en était haï : ne serait-ce point manquer à son oncle que de mettre le pied dans cette maison? Non, non, se dit-il, j'ai acquis des droits à la reconnaissance de cette famille orgueilleuse; le comte de Kérolais est mon obligé ; je recevrai les remercîmens de ces aristocrates si fiers , et j'en jouirai doublement lorsqu'ils sauront qui je suis... Il me tarde de les voir... J'irai.

La famille de Kérolais.

Nous invitons le lecteur à se transporter avec nous de la place Victoire, où demeurait Christophe Sauval, à la rue de Grenelle–Saint-Germain, et de nous suivre dans une chambre simplement décorée, sise au deuxième étage d'un hôtel de belle apparence. Là, le jour même où le jeune Alfred devait présenter Christophe à sa famille, un homme âgé, quoique vigoureux encore, était assis dans un vieux fauteuil : il avait la tête couverte d'un bonnet de velours vert à filets d'or blanchis par le temps, et portait une ample robe de chambre à ramages. Une propreté recherchée se remarquait sur toute sa personne. Il tenait à la main un journal, et paraissait donner beaucoup d'attention à sa lecture. Ce personnage, que le lecteur a déjà nommé sans doute, était le comte de Kérolais, gentilhomme d'une très-noble famille de Bretagne, illustrée par plusieurs alliances avec les anciens souverains de cette province.

La nature ne l'avait appelé en aucune manière à jouer un rôle politique. Joignant à un caractère franc et loyal un esprit de peu de portée, il était également incapable de bien comprendre la diversité des mesures réclamées par des circonstances différentes et de parvenir à une haute influence en suivant les voies tortueuses par lesquelles l'ambitieux marche à son but. Il y avait en lui deux natures qui semblent devoir s'exclure mutuellement et qui néanmoins se rencontraient fréquemment unies autrefois dans les hommes de sa caste : en effet, quoiqu'il eût beaucoup d'orgueil et une extrême susceptibilité, ces dispositions demeurèrent long-temps comme ensevelies et voilées à tous les yeux, sous les dehors d'une bienveil-

La famille de Kérolais.

Nous invons le lecteur à se transporter avec nous de la lace Victoire, où demeurait Christophe Sauvl, à la rue de Grenelle-Saint-Germain, et e nous suivre dans une chambre simplemen décorée, sise au deuxième étage d'un hôtel le belle apparence. Là, le jour même où le eune Alfred devait présenter Christophe à sa mille, un homme âgé vigoureux acore, était assis

fauteuil : il avait la tête couverte dın bonnet
de velours vert à filets d'or blanois par le
temps, et portait une ample robe d chambre .
à ramages. Une propreté recherchéese remarquait sur toute sa personne. Il tenaià la main
un journal, et paraissait donner beavoup d'attention à sa lecture. Ce personnage, ue le lecteur a déjà nommé sans doute, étai le comte
de Kérolais, gentilhomme d'une trèsnoble famille de Bretagne, illustrée par pluieurs alliances avec les anciens souverainsde cette
province.

La nature ne l'avait appelé en auaue manière à jouer un rôle politique. Joignnt à un
caractère franc et loyal un esprit c peu de
portée, il était également incapable de bien
comprendre la diversité des mesures rclamées
par des circonstances différentes et deɔarvenir,
à une haute influence en suivant les vies tortueuses par lesquelles l'ambitieux marue à son
but. Il y avait en lui deux natures qi semblent devoir s'exclure mutuellemen et qui
néanmoins se rencontraient fréquemmat unies
autrefois dans les homm   caste
fet, quoiqu'il eût be   rgue
extrême susceptibil   ositi
rèren   -tem   se

lance affable et sincère. Doué d'une humeur vive et enjouée, le comte Henri se concilia, dans sa première jeunesse, l'affection de tous ceux qui l'approchaient. Mais autant il était aimable et poli lorsque les priviléges de son ordre et ses droits héréditaires n'étaient pas mis en question, autant il se montrait dur et altier à ceux qui paraissaient disposés à les contester; car il se croyait de très-bonne foi pétri d'un autre limon que les hommes sans naissance, et sa bienveillance à l'égard de ses pauvres vassaux provenait beaucoup moins de son estime pour eux que d'un naturel compatissant, et ressemblait à la charité de ces honnêtes planteurs qui traitent avec douceur leurs esclaves sans cesser de les regarder comme d'une espèce fort inférieure à la leur, et tenant le miliéu entre l'homme et la bête.

Il est facile de concevoir le choc terrible que ressentit un esprit de cette trempe en entendant proclamer les principes de l'égalité sociale. Les profondes blessures qu'ils infligèrent à son amour-propre modifièrent étrangement ses dispositions à l'égard de la classe nombreuse : il ne vit que des rebelles dans tous ceux qui réclamaient des droits : son cœur s'endurcit, et une haine violente y grandit envers eux, en même temps que le respect pour l'autorité

royale. Les succès des révolutionnaires portè-
rent bientôt ce dernier sentiment jusqu'à l'enthousiasme : M. de Kérolais vit dans le roi le
chef de la féodalité, le premier gentilhomme
de France, le représentant visible d'un principe auquel se rattachaient toutes ses affections,
tous ses préjugés : dès-lors son dévouement
pour la cause royale n'eut plus de hornes. Il
fut un des premiers à tirer l'épée dans la Vendée, où il combattit à côté des Lescure, des la
Rochejacquelein, des Charrette, et il fut arra-
ché malgré lui de ce sol sanglant où il s'était
promis de vaincre ou de mourir.

Il vécut 18 ans émigré en Angleterre, où il
était à peine arrivé qu'il perdit sa première
femme, dont il n'avait eu qu'une fille. Quelques années plus tard il contracta un second
mariage avec une jeune anglaise presque sans
fortune, qui mourut elle-même après avoir
donné le jour à deux enfans. Pendant toute la
durée de l'empire, le comte resta sourd aux
pressantes instances qui lui furent faites de
rentrer dans un pays où il aurait pu recouvrer
une partie non vendue de ses biens. Il en fit
le sacrifice pour être dispensé de rendre grace
à Napoléon et de reconnaître en lui quelque
chose de mieux qu'un soldat parvenu, qu'un
usurpateur. Enfin quand la France fut róu-

verte aux Bourbons, le cœur du vieux gentil‑
homme tressaillit; il salua en espoir le retour
d'un régime auquel se rattachaient tous ses sou‑
venirs de bonheur, et rêva le rétablissement de
sa propre maison dans son ancien lustre. Son
illusion dura peu, et la promulgation de la
Charte fut pour lui un coup foudroyant; car il
vit en elle une œuvre du mauvais génie auquel
la France avait été abandonnée pendant 25 ans.
Il ne tarda point à éprouver de nouveaux
chagrins aussi profonds et plus personnels.
Ayant perdu tous ses biens, il avait tourné
ses espérances vers la cour, avec la conviction
être qu'en ce lieu ses sacrifices lui seraient
comptés, et qu'il suffirait de s'y présenter pour
obtenir de l'emploi; mais il reçut un froid ac‑
cueil et de vagues promesses, tandis qu'un
grand nombre d'hommes nouveaux étaient
l'objet des attentions du monarque et parta‑
geaient ses faveurs avec de vieux gentilshommes
qui n'avaient rien fait pour les mériter. Lors‑
qu'il ne put douter que le prix dû aux services
et à la fidélité était dévolu à la révolte ou à
l'intrigue, il cessa sur‑le‑champ toutes ses
poursuites. Les idées du vieux Vendéen furent
bouleversées; sa fortitude l'abandonna et avec
elle les restes d'une gaîté que tant de malheurs
n'avaient pu complètement abattre, aussi long‑

temps qu'un peu d'espérance l'avait soutenue.
Maintenant tout était dit : il désespérait de l'a-
venir de la France, du bonheur de sa famille
et du sien. Le monde qu'il avait aimé lui devint
odieux : il concentra ses dernières affections
sur ses enfans, ne demandant qu'à finir auprès
d'eux ses jours dans la solitude, et il ne céda
qu'avec une répugnance extrême aux instances
que lui fit sa sœur, la baronne d'Orgeval, pour
qu'il acceptât un appartement dans son splen-
dide hôtel du faubourg Saint-Germain; il ne
fallait pas moins, pour l'y déterminer, que la
crainte d'offenser la baronne par un refus et
l'obligation d'une grande économie dans l'intérêt de ses enfans.

La loi sur l'indemnité des émigrés fut pour
le vieux comte un dernier sourire de la fortune;
mais à peine commençait-il à reporter ses regards vers le vieux manoir de ses ancêtres, que
d'anciens créanciers se présentèrent : la créance
de l'un d'eux, hypothéquée sur le domaine de
Kérolais, et plus que doublée par les intérêts
accumulés depuis vingt-cinq ans, aurait seule
absorbé presque toute la part de l'indemnité à
laquelle le comte avait droit; heureusement
elle était contestable, et un premier jugement
avait résolu la question en faveur du comte.
L'affaire avait pourtant pris, depuis lors, une

face toute nouvelle à la faveur des longs délais obtenus par la partie adverse, et le résultat du jugement définitif paraissait fort douteux.

Telle était la situation du comte Henri. de Kérolais au moment où nous l'avons présenté au lecteur, le corps enfoncé dans son fauteuil et l'esprit absorbé par la lecture de son journal, qui censurait amèrement la politique du nouveau ministère. M. de Kérolais, tout en lisant le compte rendu de la dernière séance de la Chambre des Députés, donnait par momens un signe d'impatience ou faisait une exclamation de pitié sans paraître s'apercevoir que le vieux Bertrand, son valet-de-chambre, venait d'entrer et posait son déjeuner sur la table. Bertrand allait et venait derrière son maître qu'il regardait de temps en temps à la dérobée et dont il respectait la préoccupation. Ancien garde-chasse des domaines de M. de Kérolais, il lui était attaché depuis quarante ans, et l'avait suivi dans ses campagnes de la Vendée, où il reçut une blessure à ses côtés; il refusa obstinément ensuite de se séparer de lui dans l'émigration, quoique le comte fût hors d'état de lui payer ses gages. Il ne partageait pas cependant, à beaucoup près, en politique, les idées exaltées de son maître. Doué d'un sens fort juste, il avait dans ses voyages beaucoup vu, écouté, com-

paré ; de plus, une partie de sa famille devait à
la révolution une position supérieure à celle qui
eût été son lot sous l'ancien régime ; il avait
pourvu son fils d'un emploi de commis ; il allait
marier sa fille à un petit industriel, et, ce qui
est plus concluant encore que tout cela, il n'a-
vait pas de blason à défendre. Sa foi politique
s'était, de cette manière, singulièrement mo-
difiée ; mais Bertrand avait aussi voué une
espèce de culte à son maître, dont toutes les
volontés lui étaient sacrées : il avait vu naître
ses enfans, les avait bercés dans ses bras aux
refrains des chansons vendéennes : il était à
eux corps et ame, à la vie et à la mort, et
souvent même il allait jusqu'à se reprocher
d'avoir des opinions politiques quelque peu
différentes des leurs. Le comte, touché de ce
dévoûment aussi désintéressé qu'inaltérable,
oubliait pour Bertrand seul la démarcation
établie par l'hiérarchie sociale, et le regardait moins comme un serviteur que comme
un ami. Bertrand s'était fait long-temps une
douce habitude de tutoyer les enfans de son
maître, de leur parler comme un père parle à
son enfant, et ce fut un cruel moment que celui
où les convenances exigèrent qu'il tînt avec eux
un autre langage : il eut une peine extrême à
s'y accoutumer ; et, après bien des années, il

lui arrivait encore de se tromper et de faire, en leur parlant, une confusion bizarre d'expressions tendres et respectueuses ; bref, il y avait en lui sous un double rapport, soit dans ses opinions, soit dans ses paroles, lutte, contradiction perpétuelle entre son cœur et sa raison.

Nous l'avons laissé, faisant sans bruit les apprêts du déjeuner de son maître, marchant derrière lui aussi légèrement que le permettait sa jambe droite qu'une ancienne blessure et une récente attaque de goutte affligeaient d'une double calamité. Il achevait de servir le déjeuner de son maître, quand celui-ci, laissant tout à coup retomber la main qui tenait son journal, et levant l'autre au ciel, dit en se parlant à lui-même d'un ton amer :

« Pauvre pays ! pauvre France ! faut-il que tu sois descendue si bas que deux ou trois cents bavards te fassent aujourd'hui la loi ! Qu'est-ce que tout cela deviendra, grand Dieu ? »

Tandis qu'il parlait, Bertrand, immobile et les mains appuyées sur le dossier d'un fauteuil, le regardait et exprimait par sa physionomie et par un léger mouvement d'épaule une sympathie compatissante pour les chagrins de son maître.

Lorsqu'enfin M. de Kérolais eut repris son journal, Bertrand crut pouvoir rompre le silence, et s'avançant, la serviette sous le bras, de manière à en être vu, il le prévint qu'il était servi.

—Ah! tu étais là Bertrand? dit M. de Kérolais.

Bertrand fit une inclination de tête et dit respectueusement :

— M. le comte se porte-t-il mieux aujourd'hui?

— Merci, mon vieux, je me sens assez bien, j'espère même quitter la chambre ce soir; et toi, Bertrand, comment cela va-t-il? tu m'as désobéi, car je t'avais défendu de te lever avant midi, et je me suis coiffé moi-même : tu as donc chassé cette maudite goutte?

— Un peu, Monsieur le comte; et si ce n'était cette chienne de blessure, ajouta-t-il en frottant son pied boiteux, je ne désespérerais pas d'ouvrir le bal à la noce de Marianne.

— Hé! en effet, reprit le comte en se levant pour se mettre à table, c'est dans huit jours, je crois, que ta fille se marie? Et tu dis donc qu'elle épouse un bon parti?

— Dame, Monsieur le comte, ce parti-là a bonne façon jusqu'à présent : le futur travaille dans les cotonnades; il est établi à Paris, et il est électeur, ajouta Bertrand en se rengorgeant d'un air satisfait.

—Ah! le futur est électeur! dit le comte
avec une légère ironie, eh bien, mon vieux
Bertrand, s'il me prend un jour fantaisie de
m'asseoir à la Chambre, je demanderai ta protection et celle de Marianne... Et vote-t-il du
bon côté, monsieur ton gendre? »

Bertrand, qui pendant cet entretien se tenait
derrière la chaise de son maître pour le servir,
se mordit les lèvres et se reprocha le mouvement
de vanité qui le jetait dans un pas difficile.

— Je ne vous dirai point, Monsieur le
comte, reprit-il avec quelque hésitation, pour
qui Jean-Michel a voté la dernière fois; mais
ce qu'il y a de sûr c'est qu'il a voté en conscience.

— Mais enfin, interrompit vivement M. de
Kérolais, Jean-Michel est-il royaliste ou libéral?

—Tenez, monsieur, vrai comme je le pense,
c'est un bon enfant.

— Ah! Bertrand, reprit le comte d'un ton
qui exprimait un mélange de tristesse et de
pitié, parle franchement, mon vieux, dis la
vérité; dis-moi que tu as donné ta fille à un jacobin. Ah! l'aurais-je pu croire il y a trente
ans, quand tu combattais à mes côtés contre
les bleus, qu'il y aurait alliance un jour entre
toi et ces coquins-là?

Bertrand aurait voulu être bien loin; car il était dans la position de ceux qui, en essayant de se tirer d'un endroit fangeux, s'y enfoncent davantage par les efforts même qu'ils font pour en sortir.

— Faites excuse, M. le comte, dit-il tandis que la rougeur couvrait son honnête figure, faites excuse. Je pense, sauf votre respect, qu'il peut y avoir de braves gens dans tous les partis, et que les libéraux ne sont pas tous aussi enragés que vous le croyez bien.

— Tais-toi, Bertrand, tais-toi, dit le comte en élevant la voix. Quand j'entends l'éloge de ces gens-là dans la bouche d'un des leurs, l'impatience me gagne; mais cela me fend le cœur, cela me déchire l'ame de les entendre vanter par un vieux ami comme toi.

— Cependant, M. le comte, dit Bertrand, qui, sans perdre tout à fait courage, se retranchait, par une inspiration subite, sur un meilleur terrain, permettez-moi de dire que c'est un libéral qui a sauvé M. Alfred. Si M. Sauval ne se fût pas trouvé là tout juste sur le bord de l'eau avant-hier, peut-être bien n'auriez-vous plus de fils maintenant.

— Oui, répondit le comte d'un ton plus bas, tu as raison, Bertrand, et Alfred a contracté là une lourde dette.

Il se tut, puis il murmura entre ses dents :

— Pourquoi s'avisait-il aussi de passer à gué cette maudite rivière, et qu'avait-il à faire de ce côté-là ?

— Il nous quitte donc bientôt ce bon M. Alfred ? demanda Bertrand sans répondre-aux derniers mots de son maître. Ce cher enfant, ce brave jeune homme, est-il bien vrai qu'il va partir ces jours-ci pour rejoindre son corps ?

— Oui, cela est vrai, répondit le comte.

— Toute la maison va être triste sans lui, ajouta Bertrand, car tout le monde l'aime, M. Alfred : c'est un cœur d'or, et un père doit être fier de cet eufant-là.

Une larme brilla dans les yeux du comte ; mais il réprima son émotion, et dit en se levant de table :

— Donne-moi mon habit, Bertrand. Alfred va venir et nous avons à causer ensemble.

Bertrand obéit, et quitta la chambre après avoir habillé son maître.

Le comte demeuré seul, se promena quelques instans dans son appartement, rêvant à l'exhortation qu'il avait dessein de faire à son fils ; car il voulait que cette entrevue eût quelque chose de solennel. Enfin il ouvrit une armoire, dont il tira un livre et une vieille épée, et, après avoir examiné celle-ci avec intérêt,

il posa les deux objets sur la table, puis s'assit
et tisonna son feu jusqu'à ce qu'il eût entendu
la voix d'Alfred sur l'escalier.

Alfred, ardent, généreux, plein de préjugés et fier de sa noblesse, était à dix-huit ans
ce qu'à son âge avait été son père. L'esprit toujours préoccupé des récits du vieux temps et
nourri d'aventures chevaleresques, non-seulement il s'adonnait peu à l'étude, il avait encore
un secret dédain pour les travaux pénibles de
l'intelligence. Il se livrait en revanche avec ardeur aux exercices du corps, et, passé maître
en escrime et en équitation, il avait coutume
de dire qu'il suffisait à Duguesclin de savoir
signer son nom avec la pointe de son épée sur
le visage de ses ennemis. Il sortait de l'école
militaire, et aspirait avec une impatience sans
égale à rejoindre son régiment.

Aussitôt qu'il fut entré dans la chambre il
embrassa tendrement son père qui lui montra
un siège à côté de lui, en l'invitant à s'y asseoir; puis, après un court préambule, il lui
dit :

—Mon fils, avant de nous séparer, je crois
devoir te rappeler en peu de mots la conduite
que j'ai toujours tenue envers toi : j'ai dérogé,
en un point essentiel, aux habitudes sévères de
nos aïeux; j'ai souffert qu'il s'établît entre mes

enfans et moi une familiarité qui ne se voyait
pas jadis au sein des familles ; car, moi qui
te parle, mon fils, je m'asseyais rarement devant mon père sans qu'il me l'eût permis, et
tous les soirs, je demandais à genoux la bénédiction de mon aïeule. Ces mœurs sont chan-
gées. Dieu veuille qu'il n'en résulte aucun mal !
J'avoue que j'ai été assez faible pour ne point
me garantir, à cet égard, de la contagion du
siècle, pour désirer gagner de la part de mes
enfans, en tendresse, ce que je risquais de perdre en autorité.

Alfred interrompit son père, et, lui baisant
la main, il s'écria :

— Mon bon père, ne parlez point ainsi :
pouvez-vous penser que la tendresse fasse tort
en mon cœur à l'obéissance. Dieu sait que je
vous révère comme je vous aime.

— Je te crois, mon enfant, dit le comte attendri, je ne me repens pas de ce que j'ai fait,
je ne me reprocherai jamais mon indulgence,
et ta piété filiale ne se démentira point ; n'est-ce
pas, mon fils ?

Alfred ne répondit qu'en se jetant au cou
de son père, et le vieux comte le pressa fortement, et dans une muette étreinte, contre sa
poitrine. Quand Alfred se fut dégagé des bras
de son père, celui-ci ajouta :

«Nous allons nous quitter, mon enfant; puisse l'éxemple de tes ancêtres te guider dans la carrière de l'honneur! N'oublie jamais ce que tu dois à ton Dieu, à ta patrie, à ton prince. Nous vivons dans des temps difficiles, car notre monarque chéri est égaré lui-même par des conseillers perfides. C'est en de telles circonstances, mon enfant, c'est lorsque la foule des méchans marche à découvert et ne déguise plus ses vœux régicides, qu'il convient que les bons se rallient autour du trône et balancent le nombre par l'union et le dévouement. Tu es de ceux-là, mon fils, et j'en crois mon cœur; ton bras et ton sang ne feront pas faute à ton roi. »

— Non, mon père, non, je le jure, et, s'il plaît à Dieu, je le prouverai.

— Prends donc cette épée dit le comte, en se levant, et s'avançant vers la table : ton grand-père la portait à la journée de Fontenoy, et je l'ai portée loyalement après lui dans nos troubles civils; elle est devenue mon seul patrimoine : prends-la, mon fils, elle ne dégénérera point en tes mains.

Alfred s'en saisit, et tirant à demi la lame du fourreau, il l'examina d'un œil curieux, tandis que son père ajoutait :

— Les meilleures règles de conduite que je

puisse te donner, mon fils, sont toutes dans le livre où sont décrits les faits et gestes du guerrier le plus accompli qui fût en aucun temps, du chevalier sans peur et sans reproche. Reçois donc ce livre, mon fils, et ne t'en sépare jamais.

— Je le sais par cœur, mon père, dit Alfred, en le recevant.

La poitrine du vieux gentilhomme se gonfla de joie, il se rassit exalté par cette scène, et, se croyant presque revenu au temps du bon chevalier Bayard, il dit :

— Ecoute, mon fils, j'ai un dernier avis à te donner : que ton titre de gentilhomme te soit toujours sacré, n'oublie jamais que le roi de France lui-même s'honore de ce titre, et que la noblesse fut toujours et est encore le plus ferme soutien de sa couronne ; souviens-toi que l'ordre entier est solidaire des fautes de chacun de ses membres ; évite donc soigneusement, mon fils, de rien faire qui puisse en ternir l'éclat. Toutefois, en respectant ta propre dignité, garde-toi bien d'un autre écueil : ne te prévaux jamais de ton rang pour te dispenser vis-à-vis tes inférieurs des égards qui leur sont dus ; car celui-là est indigne du nom de gentilhomme qui ne cherche point à outre-passer les autres en courtoisie, autant qu'il est au-dessus d'eux par sa naissance.

C'est ainsi que le vieux comte cherchait à garantir son fils de dangers peut-être imaginaires, et lui en préparait à son insu de réels, en l'instruisant comme s'il était appelé à vivre bien moins dans le temps présent que dans celui où avaient vécu ses pères.

Leur entretien fut interrompu par un léger bruit à la porte

— Etes-vous visible, mon frère? demandait une voix.

— Entrez, ma sœur, dit le comte, et Alfred ouvrit à la baronne d'Orgeval.

Cette dame, plus âgée que son frère, était veuve d'un écuyer cavalcadour de Louis XVI : elle avait passé le plus beau temps de sa vie au château de Versailles, qui, à l'époque de l'émigration, devint pour elle ce que le paradis fut sans doute pour Adam après son exil de ce lieu de délices. Elle conserva des coutumes de cet heureux temps un respect pour l'étiquette presque superstitieux et qui faisait le tourment de tous ceux qui approchaient de sa personne; car elle voyait une des causes principales de la révolution dans les modifications apportées au cérémonial de la cour, et trouvait certains rapprochemens tout-à-fait curieux entre l'abolition des paniers et la chute du trône. Il est inutile de dire qu'elle partageait l'horreur de son frère pour le nouveau régime; mais, avec autant d'orgueil que le comte, elle avait dans l'ame moins de grandeur et de désintéressement. Malgré son mépris superbe pour les hommes de la révolution, elle ne put résister à la tentation de rentrer par eux en possession d'une brillante fortune, elle revint donc en France sous l'empire, et se résigna douloureusement, à la jouissance de 50,000 livres de rentes qui lui furent rendues par l'usurpateur et dont elle avait hérité de son mari. Elle souffrit même que son fils Edmond prît alors du service et qu'il reçût sa part des faveurs impériales. Il est vrai, que depuis 1814, elle avait trouvé un argument fort heureux pour alléger la dette de la reconnaissance. Buonaparte, disait-elle, lui avait gâté son fils : en effet, le colonel Edmond, qui était avec son régiment en Morée à l'époque où nous avons fait faire connaissance au lecteur avec sa famille, acheva son éducation à la fumée des bivouacs; il rapporta de ses campagnes certaines habitudes qui rappelaient peu les antichambres de Versailles, et qui mettaient quelquefois la baronne au désespoir. Cependant il rachetait, à ses yeux, ce tort immense par son dévouement absolu au roi et par des prétentions aristocratiques qui ne cédaient en rien à celles de sa mère.

Bref, il réunissait en sa personne les défauts caractéristiques de l'ancienne et de la nouvelle France, sans aucune des qualités qui les auraient rendus supportables ; mais c'était assez qu'il protestât d'un amour sans bornes pour ses princes, d'une haine à toute épreuve envers leurs ennemis, pour que sa mère fermât les yeux sur ses imperfections : car, lorsqu'il s'agissait de porter aux nues les premiers et de maudire les autres, la bonne dame perdait véritablement le sens, et sur ce point seulement, elle était sujette à sortir des bornes imposées par les convenances les plus sévères.

Ce fut avec une ardeur tout-à-fait édifiante qu'elle alla au-devant des sourires de ses princes bien aimés, et les paroles bienveillantes qu'ils daignèrent lui adresser tombèrent sur son cœur dévoué comme une rosée céleste. A ses yeux, la faveur royale était le bien par excellence, c'était comme un nouveau baptême qui purifiait les ames, qui avait le don d'effacer toutes les faiblesses des mauvais jours et tous les actes dont la fidélité avait eu à gémir. Aussi croyait-elle sincèrement qu'il était du devoir de tout loyal sujet de solliciter les bonnes graces de la cour, et si M. de Kérolais avait été scandalisé jadis de l'empressement de sa sœur à recevoir les bienfaits de l'usurpation, madame d'Orgeval ne l'était pas moins de la négligence de son frère à capter les faveurs de la légitimité.

Elle s'était jetée ouvertement dans la religion depuis son retour en France, et, en cela encore, elle différait de son frère, qui, peut-être par le souvenir de l'ancienne rivalité de la noblesse et du clergé, aimait peu les prêtres et n'avait aucune inclination à la vie dévote. Ce n'était pas à dire qu'il méprisât la religion ; tout au contraire, il se piquait d'être bon catholique, allait à la messe. tous les dimanches et observait quelques autres pratiques de son culte, sans jamais s'être mis en peine d'en approfondir les dogmes ou de les comparer à ceux des diverses communions chrétiennes. Pour ne point douter que son église fût la meilleure, il lui suffisait d'être persuadé qu'elle était la plus ancienne, car la religion était pour lui peut-être encore plus une affaire d'honneur qu'une affaire de foi ; et il aurait cru faire quelque chose de déloyal, commettre en quelque sorte un acte de félonie en abandonnant le culte de ses pères : mais il voyait avec peine le roi s'appuyer sur les prêtres plus que sur la noblesse, et tranformer les questions d'état en questions de sacristie. L'ambition du clergé lui était odieuse, et il détestait souverainement toutes les intrigues de la congrégation ; aussi témoignait-il

un dépit extrême de l'accueil fait dans l'hôtel
d'Orgeval au parti congréganiste : il souffrait
de voir celui-ci s'emparer chaque jour davantage de l'oreille de sa fille aînée et de la baronne, et il s'élevait quelquefois, à ce sujet, de
vives contestations entre le frère et la sœur.

Aussitôt que le comte eut vu madame d'Orgeval entrer dans sa chambre, il s'avança vers
elle et lui baisa la main tandis qu'elle s'informait de sa santé. Elle était à peine assise, et
Alfred se disposait à refermer la porte, lorsqu'une voix bien connue lui enjoignit gaîment
de n'en rien faire. Il leva les yeux et aperçut, à
l'extrémité du corridor, ses deux sœurs Amélie
d'Orfeuil et Alice, qui, se tenant par le bras,
venaient aussi rendre visite à leur père. Elles
demandèrent de ses nouvelles avec le plus tendre intérêt, et, après avoir présenté tour à tour
leur front aux lèvres paternelles, elles s'assi-
rent, Amélie auprès de sa tante, et Alice à côté
de son père, qui garda une main de sa fille chérie dans les siennes.

Amélie d'Orfeuil, fille aînée du comte et issue
du premier lit, était encore remarquablement
belle ; quoiqu'elle approchât du terme de la
jeunesse. Elle était grande, avait la taille élé-
gante et bien prise, et son visage, d'une parfaite
régularité, se distinguait encore par une expres-

sion de dignité modeste. Elle avait à peine quatre ans lorsqu'elle perdit sa mère à Londres, par
suite de l'effroi que causèrent à madame de
Kérolais les scènes sanglantes de la guerre civile, et la jeune Amélie n'entendit parler autour d'elle, dans son enfance, que des fléaux
qui avaient accablé sa famille. Son imagination
fut ébranlée par les tableaux terribles qui lui
étaient sans cesse présentés : l'impression qu'elle
en ressentit accrut sa timidité naturelle, et disposa son cœur à une piété fervente.

Elle avait épousé, au retour de l'émigration,
le vicomte d'Orfeuil, homme d'un cœur sec et
d'un esprit astucieux, et qui sous une fausse
affabilité cachait beaucoup d'orgueil et d'é-
goïsme. Il se croyait impartial en politique,
parce qu'il s'abstenait de faire ouvertement des
vœux pour le retour de l'ancien régime, et con-
stitutionnel, parce qu'il regardait la Charte
comme un mal nécessaire. Possesseur de vastes
domaines dans le département de Seine-et-Oise,
il visait aux honneurs de la députation aussitôt
que son âge lui donnerait accès dans là chambre, et, comptant peu dans son arrondissement
sur l'influence du parti royaliste, il prenait d'a-
vance ses précautions en prodiguant des coups
de chapeau et de bonnes paroles aux électeurs
du parti opposé : il se donnait même le mérite

auprès d'eux de médire tout bas des opinions politiques de son beau-père et de la religion de sa femme, et, sans renoncer à passer pour royaliste, il ambitionnait la réputation d'ami du peuple et d'homme exempt de préjugés.

Aucun lien de sympathie morale n'existait entre madame d'Orfeuil et son mari : ils n'avaient pas d'enfans, et ce double malheur porta cette jeune femme à chercher toutes ses consolations en Dieu. C'est ainsi qu'elle devint dévote et rigoriste pour elle-même, sans cesser d'être indulgente pour les autres et de compâtir avec une bonté angélique à leurs faiblesses ou à leurs infortunes.

Alice, moins régulièrement belle que sa sœur, paraissait cependant plus jolie, à cause de l'expression charmante et animée de sa physionomie, et son caractère offrait un contraste piquant avec celui de Madame d'Orfeuil. Alice avait perdu comme elle en bas âge sa mère, qui la confia en mourant aux soins d'une tante, exigeant du comte la promesse formelle qu'il ne retirerait point sa fille de chez elle jusqu'à ce que son éducation fût terminée. Au retour d'émigration, en 1814, M. de Kérolais, fidèle à sa promesse, laissa la jeune Alice en Angleterre, et la vit rarement jusqu'à ce qu'elle eût atteint sa dix-septième année. Il la rappela au-

près de lui alors, et elle était à peine en France
depuis quelques mois lorsqu'eut lieu l'événement qui mit Christophe en rapport avec sa
famille. Elle unissait à une humeur enjouée,
une sensibilité exquise, et l'extrême mobilité
de son imagination donnait souvent une apparence de légèreté à ses actes et à ses discours.
Alice avait en outre reçu de la nature un penchant à l'indépendance, qui ne fut point contrarié dans un pays où les jeunes personnes
jouissent d'une liberté presque aussi grande
que celle qui est accordée parmi nous aux
femmes mariées. Aussi se plia-t-elle fort difficilement, sur ce point, aux coutumes françaises,
où elle crut reconnaître une méfiance inju-
rieuse pour son sexe, et, malgré sa déférence
aux avis de madame d'Orgeval, il se passait
peu de jours sans que cette respectable dame,
qui maudissait comme une onzième plaie d'E-
gypte l'émancipation de la jeunesse française,
ne trouvât un sujet de scandale dans l'indépendance aimable et toute charmante des manières
de sa nièce.

M. de Kérolais aimait tendrement madame
d'Orfeuil; il voyait avec orgueil dans Alfred l'héritier de son nom et de ses préjugés ; mais Alice
était l'objet des tendres prédilections de son
père. Elle exerçait sur lui un pouvoir merveil-

leux, et le puisait tout entier dans sa tendresse filiale, dans la pureté de son ame, dans la vivacité gracieuse et enjouée de son esprit. Le comte rentrait-il harassé d'une longue promenade, elle courait au devant de lui, mettait son bras sous le sien, et il ne sentait plus sa fatigue; avait-il un sujet de tristesse, ses traits prenaient-ils une expression sombre, elle posait ses lèvres sur son front, et leur doux contact y rappelait la sérénité. Partout où était Alice, l'œil de son père la suivait : elle était son bien le plus doux, le plus précieux, le tendre objet auquel se rattachaient ses pensées les plus intimes et ses plus chères espérances. Aussi supportait-il impatiemment que l'on parlât d'elle autrement qu'avec enthousiasme, et reçut-il fort mal quelques observations que madame d'Orgeval se permit de lui adresser sur la liberté dont il laissait jouir Alice. Lorsqu'il croyait avoir quelque léger reproche à faire à l'enfant de son cœur, il avait à peine prononcé un mot de censure, qu'Alice l'apaisait en lui touchant doucement l'épaule, en baisant ses mains, et en lui faisant une petite moue ravissante de contrition et de tendresse. Le vieux gentilhomme oubliait aussitôt de gronder pour attirer sa fille sur son cœur et la combler de caresses passionnées.

Quand toute la famille fut réunie dans la chambre de M. de Kérolais, la baronne lui dit :-

—Eh bien! mon frère, c'est donc ce soir qu'Alfred nous présentera sa nouvelle connaissance, son M. Sauval?

— Oui, ma sœur, si M. Sauval nous tient parole.

— Pendant qu'il sera ici ne seriez‑vous pas d'avis que je fisse condamner ma porte?

— Ma tante, interrompit vivement Alfred, M. Sauval est un galant homme; il m'a sauvé la vie, hésiterions-nous à en convenir devant le monde?

— C'est votre père que j'interroge, répondit d'un ton sec madame d'Orgeval.

— Ma sœur, dit le comte, veuillez excuser une réponse un peu vive en faveur du mouvement qui l'a dictée : je pense comme Alfred qu'il ne nous convient pas de mettre du mystère dans la réception de M. Sauval. D'ailleurs, peut-être n'aurez-vous personne ce soir.

— Pardonnez-moi, mon frère, c'est aujourd‑d'hui mardi, mon jour de réception; il peut venir beaucoup de monde et je n'ai pas encore eu le temps de conter cette malheureuse aventure. Demain tout Paris apprendra que nous recevons M. Sauval : on ne s'informera point du motif de cet accueil, bien peu de gens le sauront, et vous verrez que mon hôtel passera pour une caverne de libéraux : c'est infiniment désagréable.

— Il serait encore plus fâcheux, reprit le comte avec dignité, qu'on pût dire que nous avons contracté une dette immense envers cet homme, et que nous avons rougi de l'avouer publiquement.

La baronne s'abstint d'exprimer son dépit.

—Vous m'obligerez du moins, dit-elle à son neveu, d'être de bonne heure ce soir à votre rendez-vous, afin que la présentation soit faite et la visite terminée avant l'heure où je reçois mon monde.

— Je n'y vois pas d'inconvénient, dit le comte, et cette précaution est bonne à prendre par égard pour M. Sauval lui-même qui pourrait être contrarié de trouver ici trop nombreuse compagnie.

— Voilà qui est bien entendu, répliqua la baronne, Alfred nous l'amènera avant huit heures.

— Oui, ma tante, j'y ferai mon possible, répondit celui-ci.

— Mon père, dit à son tour Alice avec une aimable ingénuité, depuis six mois que je suis en France, je n'entends parler que des libé-

raux, et je ne sais pas encore bien ce qu'on
entend par là , car je ne lis jamais le journal.
Veuillez donc me dire au juste ce que c'est
qu'un libéral ?

— C'est un ennemi du roi , ma fille.

— Et ajoutez un ennemi de Dieu , dit la baronne.

— Quoi, ma tante, un libéral ne croit pas
en Dieu , en êtes-vous bien sûre ?

— En doutez-vous, ma nièce, après tout ce
qu'ils ont fait quand ils étaient les maîtres ?
N'ont-ils pas incendié les autels, spolié l'église,
guillotiné les prêtres, renié Dieu enfin ? Combien de fois faudra-t-il vous le répéter pour
que vous le sachiez ?

— Mais, ma chère tante, reprit Alice , ce
sont les jacobins qui ont fait tout cela.

— Eh bien, ma nièce , les jacobins et les
libéraux ne font qu'un.

— A peu de chose près, ajouta le comte.

— Est-il possible ? dit Alice épouvantée.

Madame d'Orfeuil qui crut voir évoquées
devant-elle toutes les ombres des septembri-
seurs et des terroristes, leva les yeux au ciel et
fit un profond gémissement. Alfred réclama
seul contre l'arrêt prononcé par la baronne,
et dit :

— Il serait injuste de les condamner tous : il

y a sans doute des hommes égarés parmi eux,
et M. Sauval, par exemple....

— Le meilleur n'en vaut rien, interrompit
la baronne.

— Cependant, reprit Alice, M. Sauval s'est
montré vraiment généreux envers mon frère,
il a risqué sa vie pour sauver la sienne.

— Peut-être ne l'eût-il pas fait, répliqua
aigrement madame d'Orgeval, s'il l'eût connu
pour bon royaliste. Croyez-moi, ma nièce,
tous ces gens-là sont à fuir.

— Et à plaindre aussi, répondit Alice à demi-
voix : ce pauvre M. Sauval, il doit être bien
malheureux !

IV

—

Présentation.

———

A huit d'heures du soir toute la famille du
comte était réunie dans le salon de la baronne
à l'exception d'Afred : celui-ci avait été prendre Christophe à son domicile ainsi qu'il en
était convenu la veille. On aurait entendu voler
une mouche dans l'appartement, car chacun
avait l'esprit préoccupé de la visite qu'on allait
recevoir. Le comte, qui se promenait, pensif,
les mains derrière le dos, ne pouvait s'empê-

cher de regretter que l'homme envers qui sa famille avait contracté une si grande obligation,
appartînt à un parti qu'il détestait : la baronne
lisait le journal, et de temps en temps regardait
la pendule, inquiète de voir l'aiguille avancer
sans qu'Alfred et Sauval en arrivassent plus
vite : Alice se demandait tout bas quelle figure
pouvait avoir un jacobin, et il n'eût certes pas
tenu à sa tante, qu'à cet égard sa curiosité ne
fût mélangée de quelque crainte : peut-être,
pensait madame d'Orfeuil, M. Sauval allait
être introduit dans sa famille par un décret
spécial de la providence, et elle voyait déjà
dans ce rapprochement le présage d'une heureuse conversion : quant à son mari qui badinait avec une jeune levrette sur le canapé,
affectant la plus parfaite indifférence au sujet
de cette entrevue, il rêvait dès-lors au meilleur moyen de tirer avantage pour lui-même
des relations établies entre sa famille et l'un
des hommes influens du parti opposé. Cependant celui-ci n'arrivait pas, soit qu'une
affaire imprévue l'eût retenu, soit qu'Alfred
eût été retardé lui-même; et le silence qui
régnait dans le salon n'était interrompu que
par quelques brèves paroles où perçaient l'impatience et le dépit de la baronne.

Enfin un bruit de pas se fit entendre au-de-

hors, la porte s'ouvrit, et Alfred entra suivi
de Christophe qu'il s'empressa de présenter à
sa famille, sans épargner les expressions d'une
vive reconnaissance. Le comte, au moment où
entrait son fils, était à l'extrémité opposée du
salon : il s'avança promptement vers Sauval,
tandis que celui-ci achevait de saluer la baronne, et il lui tendit la main en le remerciant
avec cordialité. Mais à peine le jeune avocat
eut-il envisagé M. de Kérolais, qu'il fit un geste
de surprise et demeura muet et comme interdit : il avait reconnu le vieux royaliste assis
auprès de lui l'année précédente sous le maronnier des Tuileries. Cet homme dont chaque
parole avait provoqué son indignation et sa
colère, cet homme qu'il avait cordialement
détesté avant de le connaître était là, devant
lui, et Christophe était obligé de lui serrer la
main. Pourtant, après un premier mouvement
involontaire, Sauval s'efforça de déguiser son
agitation intérieure dont personne ne parut
s'être aperçu : entouré d'ailleurs, comme il
l'était alors de toute la famille, il se pouvait
que son trouble n'eût pas été remarqué. Madame d'Orgeval fit taire toutes ses répugnances
en lui adressant la parole du ton le plus
convenable à la circonstance présente. « Étourdi, nous donneras-tu encore de semblables

frayeurs, dit madame d'Orfeuil à son frère, en lui touchant légèrement la joue du bout de son éventail : M. Sauval ne sera pas toujours là sur ton chemin pour te tirer de peine ». M. d'Orfeuil ne fut pas le moins empressé auprès de Christophe et lui parlait avec chaleur, lorsque M. de Kérolais, prenant par la main Alice qui était restée en arrière, debout auprès de la cheminée, dit sans façon à Christophe :

— Voici ma fille Alice, M. Sauval, et je vous réponds, qu'elle n'a pas été la moins touchée de ce que vous avez fait pour son frère.

Alice salua et allait dire quelques mots, lorsqu'elle rencontra le regard froid et sévère de sa tante. Elle rougit aussitôt, baissa les yeux et se tut. Quiconque aurait pu lire en cet instant dans le cœur de Christophe, y aurait remarqué une émotion plus grande encore que celle qu'il avait manifestée en reconnaissant le comte, tant était vive l'impression qu'avaient produite sur lui, au premier coup d'œil, les graces incomparables d'Alice.

On s'assit, et Sauval prit un siége à côté de M. de Kérolais; celui-ci, cherchant un sujet d'entretien qui mît chacun à l'aise, dit à Christophe :

— Si je suis bien informé, monsieur, vous êtes de la Bretagne, et nous sommes compatriotes.

Sauval ayant répondu affirmativement, M. de Kérolais ajouta :

— Il y avait, avant la révolution, des magistrats de votre nom au parlement de Rennes : seriez-vous parens ?

Sauval ne savait pas précisément de qui le comte entendait parler ; toutefois il se souvint qu'un de ses grands oncles paternels avait été membre du parlement de Bretagne, et, se faisant honneur de cette honorable parenté, il répondit qu'en effet il avait pour oncle un ancien magistrat.

— Vous appartenez, reprit le comte, à une famille fort respectable.

Sauval confus garda le silence, car il ne se dissimula pas que si sa famille eût été un peu mieux connue du comte, cette découverte ne lui aurait pas valu un semblable compliment.

Après un quart d'heure d'une conversation froide et embarrassée, il songeait à se retirer, et madame d'Orgeval attendait le terme de sa visite avec une extrême impatience, lorsqu'un incident qui avait échappé à toutes les prévisions renouvela l'inquiétude et les vives alarmes de la baronne. Un domestique apporta le thé au salon à l'heure habituelle. Madame d'Orgeval frémit en le voyant entrer, car elle comprit aussitôt ce que la bienséance exigeait, et son frère ne put se dispenser d'inviter Christophe à prendre le thé en famille. Celui-ci songeait à s'en excuser; mais ses yeux tombèrent sur le charmant visage d'Alice, et il accepta l'invitation.

— Nous avons contracté cette habitude dans l'émigration, continua le comte, et nous n'avons pu nous en défaire au retour.

— C'est une mode maintenant fort répandue en France, répondit Sauval; nous la devons à l'Angleterre.

La baronne était sur les épines, et fut heureuse de trouver un mot amer pour exhaler son dépit.

— Oui, monsieur, dit-elle, c'est un fait incontestable; et plût à Dieu que notre fièvre d'imitation se fût arrêtée là !

Christophe la comprit à merveille, et répondit en souriant :

— Les avis, madame, pourraient être partagés sur ce point.

L'arrivée de la marquise d'Olbreuse coupa la parole à madame d'Orgeval. De toutes les personnes dont elle redoutait en ce moment la visite, il n'y en avait aucune qui lui inspirât plus de crainte que la marquise. Cette dame, dont le neveu occupait un emploi brillant à la cour, était âgée d'environ cinquante ans. Elle avait la manie de protéger tout le monde, de faire parade de son crédit et grand fracas de son dévouement à ses princes légitimes : aussi était-elle également recherchée et redoutée des gens en place, et passait sa vie chez les ministres, qu'elle mettait au désespoir par des importunités à l'épreuve de tout refus.

Le meilleur parti qu'en cette circonstance aurait pu prendre la baronne d'Orgeval eût été d'informer la marquise, à voix basse, de la présence de Christophe et des motifs qui l'avaient forcée à le recevoir. Elle aurait coupé court, par ce moyen, à tout fâcheux commentaire, et détourné la conversation d'un terrain dangereux ; mais, lors même que tel eût été son projet, elle l'eût difficilement exécuté, car à peine madame d'Olbreuse fut-elle assise, qu'elle se répandit en invectives violentes contre le nouveau ministère, et son arrivée fut presque immédiatement suivie de celle de plusieurs personnes qui n'étaient pas avec la famille de madame d'Orgeval sur le pied d'une intimité parfaite, et devant lesquelles toute explication eût été fort désagréable pour la baronne. Il vint aussi ce soir-là quelques familiers de l'hôtel, et entre autres le chevalier de Gournac et l'abbé Chorrin.

Christophe reconnut dans le chevalier l'interlocuteur du comte au jardin des Tuileries. Ce gentilhomme avait follement dissipé en quelques années une belle fortune; mais le malheur ne l'avait point corrigé, car il avouait en riant qu'il se sentait disposé à dévorer autant d'héritages qu'il plairait au ciel de lui en départir, et qu'il mourrait dans l'impénitence finale. Son couvert était mis tous les jours dans plusieurs hôtels du faubourg Saint-Germain, et la belle saison lui suffisait à peine pour visiter tour à tour les châteaux de ses nombreux amis. Bien accueilli, fêté, choyé partout, il avait coutume de dire, à la fin de sa tournée départementale, qu'il ne concevait pas de quoi on se plaignait en France, ni ce qu'on entendait par les misères du pauvre peuple. C'étaient là, disait-il, inventions toutes pures et déclamations du jacobinisme; car il affirmait sérieusement n'avoir rencontré sur sa route, qu'abondance et prospérité : le peuple était donc heureux, très-heureux, trop heureux.... L'égoïsme du bon chevalier passait toute mesure.

M. de Kérolais lui était surtout attaché par le pouvoir de l'habitude, et, bien que les principes moraux du personnage fussent de nature

à scandaliser une dévote omme la baronne,
il y avait entre eux, su tout autre point,
conformité si parfaite d'oinions et de sentimens, qu'il était toujour bien venu auprès
d'elle. Madame d'Orgeval rêtait en revanche,
et comme par compensatin, une oreille fort
docile à l'abbé Chorrin, canoine de la cathé-
drale, et l'un des membre les plus zélés de la
congrégation. Nous ne povons mieux le faire
connaître qu'en disant qul jouissait d'autant
d'influence et de considéition à la cour qu'à
Montrouge.

« Vous me voyez outréc c'est horrible, disait madame d'Olbreuse ; la baronne. Croi-
riez – vous bien, madaic, que je n'ai pu
obtenir pour M. de La Fœst, pour un jeune
homme charmant, la diection qui m'avait
été formellement promise »

— Et qui donc lui a--on préféré ? demanda la baronne.

— Un homme de bas éage, que personne
ne connaît et qui l'empoie parce qu'il a,
dit-on, vingt ans de servce ; c'est affreux.

Christophe inclina la tée vers l'oreille du
comte, et lui demanda à emi-voix si M. de
La Forest était le fils du énéral de ce nom
tué à Wagram. La marɑise entendit cette
question et répondit aussɩt :

« Mioux que cela, monsieur, infiniment mieux ; I. de La Forest, dont je parle, est un homme omme il faut, c'est le fils d'un maître de la gzde-robe de Louis XVI. Il semble en vérité ae le gouvernement ait pris à tâche de dégoûte du service du roi tous les honnêtes gens ; rais aussi que peut-on attendre d'un ministèz jacobin ? »

Chrisophe rougit et se mordit les lèvres.

Alice qui, assise à peu de distance, se disposa à verser le thé, jeta un regard sur lui, et cvinant aussitôt ce qu'il devait souffrir du langge de la marquise, elle se sentit émue à son gard d'une sympathie compatissante, et, s'effrçant de donner le change à son attention et le lui offrir une réparation pour les paroles u'il venait d'entendre, elle mit beaucoup d grace à lui proposer une tasse de thé qu'il acepta. L'entretien continuait cependant sur le rême ton.

« On parle beaucoup, dit la baronne à l'abbé horrin, d'un projet de loi sur les petits sminaires ; en avez-vous appris quelque chose ?

Mdame, répondit l'abbé, ce projet sape le culte par sa base, et s'il est exécuté, nous n'auron plus de religion en France.

— Cst ce que chacun dit, ajouta la mar-

à scandaliser une dévote comme la baronne,
il y avait entre eux, sur tout autre point,
conformité si parfaite d'opinions et de sentimens, qu'il était toujours bien venu auprès
d'elle. Madame d'Orgeval prêtait en revanche,
et comme par compensation, une oreille fort
docile à l'abbé Chorrin, chanoine de la cathé-
drale, et l'un des membres les plus zélés de la
congrégation. Nous ne pouvons mieux le faire
connaître qu'en disant qu'il jouissait d'autant
d'influence et de considération à la cour qu'à
Montrouge.

« Vous me voyez outrée; c'est horrible, disait madame d'Olbreuse à la baronne. Croi-
riez – vous bien, madame, que je n'ai pu
obtenir .pour M. de La Forest., pour un jeune
homme charmant, la direction qui m'avait
été formellement promise ? »

— Et qui donc lui a-t-on préféré ? demanda la baronne.

— Un homme de bas étage, que personne
ne connaît et qui l'emporte parce qu'il a,
dit-on, vingt ans de service; c'est affreux.

Christophe inclina la tête vers l'oreille du
comte, et lui demanda à demi-voix si M. de
La Forest était le fils du général de ce nom
tué à Wagram. La marquise entendit cette
question et répondit aussitôt :

« Mieux que cela, monsieur, infiniment mieux; M. de La Forest, dont je parle, est un homme comme il faut, c'est le fils d'un maître de la garde-robe de Louis XVI. Il semble en vérité que le gouvernement ait pris à tâche de dégoûter du service du roi tous les honnêtes gens; mais aussi que peut-on attendre d'un ministère jacobin ? »

Christophe rougit et se mordit les lèvres.

Alice, qui, assise à peu de distance, se disposait à verser le thé, jeta un regard sur lui, et devinant aussitôt ce qu'il devait souffrir du langage de la marquise, elle se sentit émue à son égard d'une sympathie compatissante, et, s'efforçant de donner le change à son attention et de lui offrir une réparation pour les paroles qu'il venait d'entendre, elle mit beaucoup de grace à lui proposer une tasse de thé qu'il accepta. L'entretien continuait cependant sur le même ton.

« On parle beaucoup, dit la baronne à l'abbé Chorrin, d'un projet de loi sur les petits séminaires; en avez-vous appris quelque chose ? «

— Madame, répondit l'abbé, ce projet sape le culte par sa base, et s'il est exécuté, nous n'aurons plus de religion en France.

— C'est ce que chacun dit, ajouta la mar-

quise, l'autel commençait à se relever, et voilà
que nous nous arrêtons en beau chemin pour
le bon plaisir d'une chambre factieuse : c'est
une clameur générale parmi les honnêtes gens,
l'armée elle-même est indignement traitée ; on
repousse tous les bons sujets : le colonel Flipot,
un homme exemplaire, vient encore d'être sacrifié.

— Le colonel Flipot ! dit avec ironie le
chevalier de Gournac ; une vieille moustache
d'Austerlitz !

— Il s'est converti, reprit vivement la baronne.

— Il a eu, l'année dernière, trois cents communions dans son régiment, dit la marquise.

— Il devait passer maréchal-de-camp, répliqua madame d'Orgeval ; il avait la parole
du ministre pour la prochaine promotion.

— Et on parle de l'envoyer avec son régiment en Morée ! ajouta madame d'Olbreuse
indignée.

— Pour un homme si dévot, dit Christophe
à M. d'Orfeuil qui était venu s'asseoir à sa
droite, le colonel Flipot ne doit pas se plaindre
d'aller en Grèce ; il aura là une belle occasion
de se faire tuer pour des chrétiens.

— Dites, monsieur, pour des hérétiques,
pour des schismatiques, interrompit encore

une fois la marquise ; nous allons là soutenir des factieux, des ennemis du pape et de leur souverain légitime. Quel exemple nous donnons à l'Europe ! Voilà les fruits de cet abominable combat de Navarin !

Christophe fut dispensé de répondre par l'arrivée d'un petit monsieur, mince, fluet, et dont toute la personne était pimponnée et tirée à quatre épingles. Il marchait presque sur la pointe du pied pour se donner des graces, tenait la tête droite et haute sur une cravate bien empesée, et la remuait, tout d'une pièce avec les épaules, en faisant la révérence. C'était un des familiers de l'hôtel : il se nommait Darci; mais, au moyen d'une apostrophe adroitement glissée entre les deux premières lettres, il avait fait subir une légère transformation à son nom. Il s'était long-temps efforcé de racheter par son dévouement au Sacré-Cœur et par un zèle incroyable pour les intérêts monarchiques, ce qui pouvait lui manquer, au dire des gens malintentionnés, du côté de la naissance; et, à force de fréquenter les salons de la noblesse, il avait fini par se croire lui-même gentil-homme de la vieille roche. Il avait eu un jour d'héroïsme dans sa vie : c'était le 12 avril 1814 Il se vantait de s'être attelé, ce jour-là, sur la place Vendôme, à la corde qui descendit la

1.

statue de l'usurpateur, et d'avoir promené la
croix d'honneur dans Paris à la queue de son
cheval. Cela n'empêcha point qu'il ne baisât
plus tard cette même croix avec transport,
lorsqu'il l'obtint après dix-huit mois de solli-
citations infinies, peut-être en récompense de
ses prouesses du 12 avril : il est vrai qu'elle ne
portait plus l'effigie du tyran.

— Madame la baronne, dit-il, savez-vous
la nouvelle du jour ? On annonce une promotion de chevaliers du Saint-Esprit, et devinez
qui l'on désigne entre autres... Je vous le donne
en cent mille... C'est M. Perrot, jadis mince
avocat de Toulouse. Pour ma part, ajouta
M. d'Arci en portant la main à son jabot et
se donnant des grâces infinies, du train dont
vont les choses, je ne désespère pas de voir un
de ces jours mon bottier cordon-bleu.

D'Orfeuil s'efforçait de détourner l'attention
de Christophe de l'entretien général, en cau-
sant avec lui de choses indifférentes ; mais
Christophe n'en perdait pas un mot, et sa situation devenait de plus en plus embarrassante. Il accepta une seconde tasse sans
bien savoir ce qu'il faisait, et il faillit, en
la recevant d'une main tremblante, en répandre une partie. La conversation prenait
un tour si hostile à ses opinions, que la ba-

ronne à chaque instant craignait qu'il ne fit
un éclat par une réponse un peu vive. Elle
crut devoir conjurer l'orage, et dit à voix basse
quelques mots à l'oreille de la marquise : Alfred
n'avait pas attendu l'exemple de sa tante pour
divulguer son aventure et désigner Christophe
comme son bon génie : madame d'Orfeuil enfin
venait d'en faire autant ; car son ame compatissante était touchée de la gêne cruelle du
malheureux avocat. Il y eut donc, en ce moment, des chuchottemens dans l'assemblée et
un échange de regards significatifs.

Cependant le Chevalier de Gournac, qui
d'habitude avait besoin d'entendre répéter deux
ou trois fois une chose pour la comprendre à peu
près, et qui ne savait pas encore ce dont il s'a-
gissait, répondit à l'épigramme lancée par d'Arci
contre les nouveaux chevaliers du Saint-Esprit :

— En vérité, comment s'étonner que des
avocats, qui sont nos maîtres aujourd'hui,
soient décorés des ordres du roi, quand les
marchands de cassonnade se font gros seigneurs.
La Gazette disait ce matin que le beau domaine de Creuilly est devenu la propriété de
la bande noire : une partie des bâtimens sera
détruite ; un fabricant de sucre a acheté le
reste.

— Et l'on raffinera des betteraves dans l'an-

tique demeure des Montmorency, s'écria madame d'Olbreuse avec indignation.

Il y eut alors un murmure général.

— Quel vandalisme ! dit une voix.

— La société est décidément à l'envers, reprit une autre.

Le comte à son tour se pencha vers Christophe, et lui dit d'un ton affable et conciliant :

— Vous n'êtes pas de notre avis, sans doute,
sur bien des choses, M. Sauval, et c'est tout
simple. Je ne vous en fais pas un reproche ;
mais, en présence de tels faits, vous ne pouvez
nier que nous ne marchions à l'anarchie.

Christophe exposa les conséquences naturel-
les de la loi des partages, qui, en diminuant
les grandes fortunes, devait tendre à rendre
l'aisance plus générale.

— Fort bien, monsieur, répliqua la baronne ;
mais, lorsque tout le monde possédera quelque chose, nous finirons, vous et moi, par ne
plus trouver personne qui nous fasse des sou-
liers.

— Madame, dit Christophe avec un sang-
froid parfait, le plus grand mal que je puisse
y voir, c'est qu'alors nous les paierons un peu
plus cher.

Plusieurs personnes étaient déjà sorties, et
Sauval se disposait à en faire autant, lorsque

le comte le prit à part, lui dit quelques paroles affectueuses, et lui exprima le désir de le revoir souvent.

Alfred sortit avec Christophe, et le conduisit jusqu'à l'escalier. Il était aux regrets, disait-il, que la conversation eût pris un tour politique ; les amis de sa famille ignoraient qu'il se trouvât ce jour-là dans le salon de madame d'Orgeval quelqu'un qui ne partageait point leurs opinions : lorsque Sauval en serait connu, il ne trouverait auprès d'eux que l'estime et les égards auxquels il avait droit, et il était instamment supplié d'en faire bientôt et fréquemment l'épreuve.

Tandis qu'Alfred reconduisait Christophe, celui-ci était l'objet de l'entretien de quelques intimes demeurés au salon.

— Ainsi donc, disait la marquise, M. Alfred a failli se noyer, et c'est M. Sauval qui l'a tiré d'affaire ?

—Oui, répondit la baronne d'un ton léger, il lui a tendu la main.

— Oh ! ma tante, reprit vivement Alice, il a fait mieux que cela, il s'est jeté à l'eau, il a failli se noyer lui-même pour le secourir.

— Qu'y a-t-il là de si étonnant, demanda la baronne, s'il ne l'eût pas fait, il eût été un monstre.

— Avant peu, dit d'Arci, nous le verrons sans doute à la chambre, au conseil-d'état, que sais-je moi, au ministère?

— Oui, répondit en gémissant madame d'Olbreuse, voilà précisément ce qui a perdu la monarchie.

— S'il a du mérite, dit d'Orfeuil avec affectation, je trouve tout naturel qu'il fasse son chemin.

— Eh mon Dieu, reprit la marquise, tout le monde en a du mérite : c'est comme on veut l'entendre; mais dès-lors que le mérite a suffi pour mener à tout, l'ambition a tourné les têtes, et cela nous a valu Robespierre.

— Ce garçon-là, dit le chevalier de Gournac, est assez bien tourné : il n'a pas trop mauvaise façon pour un avocat.

— Pourtant, ajouta la baronne, il manque d'aisance dans les manières, et l'on voit bien qu'il a peu fréquenté la bonne compagnie.

— Vous êtes trop sévère, ma tante, répondit Alfred, qui venait de rentrer au salon, il est tout simple que M. Sauval ait été un peu gêné dans un cercle où il était admis pour la première fois, et où plusieurs choses ont été dites dont il a dû se sentir blessé.

— Oui, reprit d'Orfeuil, et je pense qu'il a

fait preuve d'esprit et de savoir vivre en paraissant y prêter peu d'attention.

— Je pense comme vous, dit le comte, qui jusqu'alors n'avait exprimé aucune opinion : M. Sauval a de bonnes manières : il est vraiment fort bien.... c'est dommage qu'il ne soit pas de notre bord.

Après que chacun se fut séparé pour se retirer chez soi, la baronne retint Alice au moment où celle-ci lui souhaitait le bon soir, et lui reprocha comme une haute inconvenance le propos qu'elle avait tenu à la marquise au sujet du dévouement de Christophe.

— Ma tante, répondit Alice piquée, je n'ai dit que la vérité.

— Et quand cela serait, répliqua la baronne, vous seriez encore à blâmer.

— Quoi ! ma tante, les choses les plus évidentes, les plus raisonnables !

— Oui, ma nièce, sachez qu'en France une demoiselle bien élevée ne dit point ces choses-là.

— Que doit-elle donc faire lorsqu'elle croit entendre une erreur ?

— Ce qu'il faut qu'elle fasse, mademoiselle ? je vous le dirai en deux mots : écouter et se taire.

La baronne tourna en même temps le dos à

sà nièce qui se retira pensive ; et peut être
celle-ci s'étonnait-elle qu'un ennemi de Dieu
et du roi , qu'un jacobin eût des traits si nobles
et un son de voix si doux.

CHRISTOPHE sortit fort agité de chez la baronne : les propos qu'il avait entendus, bien qu'ils eussent été tenus sans intention de l'offenser ; et , avant même qu'on eût été informé de sa présence, lui donnaient la mesure des dédains qu'on a pour les hommes de sa condition dans certaines régions de la société. Il était mécontent des autres et de lui-même, il aurait dû se faire connaître, disait-il, et couper

court de cette manière à des discours si hostiles
à ses principes : il jurait sous cette impression
pénible, de ne plus remettre le pied dans
l'hôtel ; mais une vision fascinante le troublait
et combattait ses intentions premières : Alice
s'offrait sans cesse à son souvenir, il la voyait,
conduite par son père, s'avancer légèrement
vers lui, dans tout l'éclat de la jeunesse et de
la beauté : il se rappelait son regard si pur et
sa voix enchanteresse, où il avait cru reconnaître un intérêt réel et compatissant pour les
souffrances qu'il endurait : c'était assez pour
lui inspirer le plus violent désir de la revoir, et
loin de pouvoir fuir cette maison, il s'y sentait
ramené par une attraction invincible.

Le lendemain de sa visite à l'hôtel d'Orgeval
il reçut celle de d'Orfeuil, et le jour suivant,
M. de Kérolais vint lui-même avec son fils dont
le départ pour son corps avait été différé. Tous
deux le prièrent instamment d'assister à un
repas de famille et il se laissa entraîner. Il
n'eut pas cette fois à se plaindre de l'entretien,
et reçut de ses hôtes mille politesses. D'Orfeuil
lui fit à son tour plusieurs invitations qui furent
également acceptées, et il parut attacher beaucoup de prix à cultiver la connaissance du
jeune avocat : celui-ci devint peu à peu com-
mensal de la maison, chacun le comblait de pré-

venances, et la baronne elle-même se montrait
aimable, et se faisait violence pour écarter
devant lui tout sujet de discussion orageuse.
Cependant, quelque soigneux que l'on fût de
ménager sa susceptibilité chatouilleuse, il était
impossible que Christophe n'eût de temps en
temps quelque humiliante mortification à subir : en effet, lorsqu'une certaine intimité s'éta-
blit entre des personnes nées dans une condition différente, la meilleure intention, le plus
parfait savoir vivre chez les uns, ne suffit
pas toujours pour mettre les autres à l'abri
d'une parole blessante. Christophe en fit l'é-
preuve, et il rougit plus d'une fois en écoutant
les termes dont cette famille faisait usage en
parlant de certains parvenus; car il comprenait
trop, en comparant sa naissance à la leur, que
les traits piquans qui tombaient sur eux auraient
pu tout aussi bien le frapper lui-même; et il
était humilié du silence qu'il se croyait obligé
de garder sur sa famille, surtout en songeant
aux anciens rapports de son oncle Renaud avec
M. de Kérolais : mais le charme qui l'éblouis-
sait était trop puissant pour être détruit par des
considérations de cette nature; la plus grande
de toutes les peines pour lui était la crainte
de ne plus voir, de ne plus entendre Alice : au
seul souvenir de cette adorable fille il oubliait

ses, plus fermes résolutions, il s'étourdissait lui-
même, et s'abandonnait à une enivrante séduction, sans réflexion, sans-arrière pensée, sans
avoir même la conscience de l'énergie de sa
passion naissante.

— Il est temps d'instruire le lecteur d'une révolution qui s'était opérée dans l'esprit de la
baronne d'Orgeval à l'égard de Christophe.
Ce que n'avait pu gagner, ni un juste sentiment de reconnaissance, ni la déférence aux
vœux de toute une famille, ni même le respect
des convenances si sacrées pour cette dame,
fut obtenu par une conception dévote et monarchique; et l'espoir d'une conversion brill-
lante, triompha d'une répugnance qui s'annonçait comme invincible. La mesure parfaite
observée par Sauval dans le salon de la baronne, le désir de conciliation qui perçait dans
la plupart de ses réponses, et enfin un certain
trouble produit par la violence de ses combats
intérieurs et qui fut attribué à une indécision
de principes, avaient inspiré de saintes pensées
à certaines personnes admises dans l'intimité
de madame d'Orgeval; elles conclurent de la
modération du langage de Christophe en leur
présence, qu'il serait facile de le convertir aux
bons principes, et, plus il avait acquis de

considération dans son parti, plus il paraissait avantageux de l'en détacher.

L'abbé Chorrin ouvrit cet avis. que la baronne accueillit avidement ! la conversion de Sauval ferait du bruit, elle serait d'un merveilleux exemple, le succès promettait beaucoup d'honneur à ceux qui l'auraient tenté, on ne pouvait donc trop faire pour l'obtenir. L'excellente madame d'Orfeuil vit dans ce projet une preuve de plus à l'appui de ses religieux pressentimens; c'était Dieu qui avait, à coup sûr, conduit M. Sauval dans sa famille pour son bonheur éternel, pour toucher par son exemple les ennemis acharnés de l'autel et du trône. Alice embrassa cette espérance avec enthousiasme, et se promit bien tout bas de ne point rester en arrière dans l'exécution d'une œuvre aussi édifiante : la reconnaissance, à défaut de tout autre motif, lui en faisait un devoir, se disait-elle, et en s'intéressant ainsi vivement au salut de Christophe, elle s'abusait, pour son propre malheur, sur la nature réelle de ses sentimens intimes; car elle possédait au suprême degré cette céleste pitié qui semble un attribut particulier de son sexe, et son imagination vive était facile à exalter.

Frappée du service immense rendu par Christophe à son frère, elle crut d'abord, en s'affligeant de ses erreurs et en s'efforçant de les détruire, n'écouter qu'un sentiment partagé par sa famille; elle ne reconnut point la nécessité de se défier de ses propres forces, de se tenir en garde contre elle-même, et lorsqu'elle vit enfin le danger qui résultait de cette disposition de son cœur et de sa situation délicate à l'égard de Saúval, il n'était plus temps de s'y soustraire. Elle était encore loin de l'apercevoir lorsqu'elle résolut de seconder les tentatives de madame d'Orgeval pour gagner Christophe à Dieu et au roi; tâche périlleuse pour Alice, et que sa tante entreprit avec ardeur dès que la pensée lui en fut suggérée par un homme aussi avant dans ses bonnes graces, aussi dévoué aux intérêts du ciel et de la monarchie que le digne abbé Chorrin...

Ce fut merveille que la révolution subite opérée dans les jugemens de cette dame sur Christophe. Il ne fut plus pour elle l'homme du commun, le petit avocat libéral; mais il devint tout à coup un personnage dont la conversion importait à la monarchie : anticipant sur l'avenir, elle goûtait déjà, en songeant à lui, l'heureux fruit de ses pieuses manœuvres, et se complaisait dans l'admiration de son ouvrage; autant elle redoutait d'admettre Christophe dans sa société, lorsqu'elle voyait en cela

un scandale pour ses amis., autant elle s'empressa de l'y accueillir lorsqu'elle fut certaine
que cette condescendance était comprise et
considérée comme digne d'éloge par tous ceux
dont l'approbation méritait d'être recherchée.
Elle entreprit d'assiéger Christophe dans les
règles ; ses plus intimes amis furent mis dans
sa confidence, il y eut conspiration générale ;
chacun voulut prendre part à une œuvre si
méritoire ; mais la baronne se réserva de diri-
ger les opérations et de frapper les coups dé-
cisifs de concert avec l'abbé Chorrin.

Deux personnes cependant parmi ses proches se tinrent dans la plus stricte neutralité :
l'une était le comte de Kérolais, soit qu'il re-
gardât le succès comme impossible, soit qu'il
eût de la répugnance à entrer dans une intrigue
ourdie par le parti-prêtre. D'Orfeuil non plus
ne voulut prendre aucune part au succès de
l'entreprise ; car plus il faisait de fond, pour
son propre compte, sur le crédit de Christophe
dans le parti libéral, moins il lui convenait de
chercher à l'affaiblir.

Il s'offrit bientôt une circonstance favorable
aux desseins de la baronne. L'homme de loi
chargé du procès du comte tomba dangereu-
sement malade, et, prévoyant que sa convalescence serait longue, il invita son client à

confier ses intérêts à un autre avocat. Le choix
de M. de Kérolaïs et de tous les siens tomba sur
Christophe, qui fut heureux de saisir une semblable occasion de multiplier ses rapports avec
cette famille, sans que ces relations pussent
donner de l'ombrage à personne. La baronne
avait le projet de le circonvenir d'abord d'une
manière imperceptible, et elle réservait toute
son éloquence pour les longs loisirs de la campagne; car elle comptait passer une partie de
l'été dans la terre de M. d'Orfeuil, et se proposait d'y faire inviter Christophe. Il lui fut, à
son grand regret, impossible de s'y rendre
aussitôt que sa famille, qui partit pour cette
résidence dans les premiers jours du mois de
mai, tandis que des affaires importantes rete-
naient madame d'Orgeval à Paris.

Les intérêts du comte appelaient souvent
Christophe au château d'Orfeuil, éloigné de
quelques lieues seulement de la capitale. Obligé
de compulser des masses énormes de papiers,
il y passait quelquefois des journées entières, et
plus ses relations avec la famille du comte
étaient fréquentes, plus elles devenaient intimes.

Abusé par la bienveillance que lui marquait
M. de Kérolais et par le ton parfaitement poli
de ses paroles, Christophe s'applaudissait des

rapides progrès qu'il croyait avoir faits dans ses bonnes graces. Déjà même son imagination, excitée par la fougue des désirs, se repaissait d'illusions et nourrissait de folles espérances ; et pourtant il aurait pu reconnaître à plus d'un signe combien celles-ci étaient téméraires. Si par hasard l'entretien tombait sur la révolution française, l'œil gris du comte s'animait tout à coup ; les muscles de son visage se contractaient, et sa physionomie prenait une expression rapide de dédain et de colère qui révélait la plaie profonde et incurable de son ame. Quelques paroles qui lui échappaient involontairement trahissaient encore mieux ses dispositions secrètes. Voyant un jour, pour la première fois, une nouvelle calèche achetée par d'Orfeuil, il critiqua fort amèrement la caisse légère suspendue derrière la voiture et réservée d'après l'usage anglais pour les domestiques. Sur l'observation qu'on lui fit que cette calèche était destinée à d'assez longues excursions dans les lieux environnans, par des chemins difficiles, et que les domestiques auraient de la peine à se tenir si long-temps sur leurs jambes :

— Ils s'y tenaient bien avant la révolution, reprit-il aigrement. Tous ces usages anglais sont détestables et n'ont pas le sens commun. Les domestiques perdent le respect en prenant

leurs aises auprès de leurs maîtres : autrefois
ces gaillards-là savaient rester debout ou bien
ils grimpaient sur le siége, qui n'était non plus
monté sur des ressorts ni si bien rembourré
qu'aujourd'hui, et tout n'en allait que mieux.

Une autre fois, un vieux garde dénonçait à
d'Orfeuil des paysans qui détruisaient le gibier
sur ses terres :

« Si l'on pendait pour l'exemple, dit le
comte, ou si l'on envoyait aux galères, comme
jadis, quelques-uns de ces drôles, les autres n'y .
reviendraient plus. »

Ces paroles prouvaient suffisamment que
l'homme le plus digne de respect peut avoir
deux poids et deux mesures lorsqu'il cède à la
voix des préjugés. Le comte les prononçait sans
avoir la conscience de leur portée ; elles lui
échappaient comme, dans une calme et belle
soirée d'été, l'éclair brille tout à coup et en-
flamme l'horizon.

Cependant Christophe trouvait de nombreuses occasions de s'entretenir seul avec Alice ; car
souvent M. de Kérolais se rendait à Paris auprès de sa sœur. Son gendre donnait de longues
heures à la gestion de ses biens, et madame
d'Orfeuil en consacrait autant à de religieux
devoirs. L'aimable Alice, entièrement occupée
du salut de celui qui avait sauvé son frère, se

livrait avec zèle à cette pieuse tâche : elle y mettait d'autant plus d'abandon, que son éducation tout anglaise lui permettait une certaine liberté vis-à-vis d'un homme ouvertement accueilli par sa famille.

Avec quel ravissement Christophe écoutait ses douces paroles, s'enivrait de ses regards, dont elle ignorait elle-même la puissante expression ! Comme il tressaillait, quand, le matin, arrivé le premier au salon où la famille se réunissait avant le déjeuner, il entendait de loin le bruit de son pas discret et le léger frôlement de ses vêtemens ! Avec quelle violence battait son cœur, lorsqu'après avoir entr'ouvert doucement la porte, elle paraissait devant lui dans sa simple robe de mousseline blanche, sans autre coiffure que ses beaux cheveux châtains nattés avec élégance au-dessus de sa tête, et d'où s'exhalait un parfum de jeunesse et de pureté. Une pudique rougeur colorait ses joues tandis qu'elle répondait aux premiers mots qu'il lui adressait ; et, quand elle gardait le silence, il s'échappait à son insu de vives clartés de ses yeux bleus, qui, à demi voilés sous les longs cils de ses paupières, en disaient mille fois plus que n'auraient pu dire les paroles les plus éloquentes. Les nuances les plus fugitives de ses émotions se peignaient sur sa physiono-

mie, et lorsque celle-ci s'animait sous l'influence d'un sentiment tendre et généreux, elle
communiquait à tous ses traits le divin caractère que l'on prête à ceux des anges.

Quelquefois Alice acceptait le bras de Christophe pour la promenade, et il sentait, déli-
rant d'amour et de joie, ce bras charmant
trembler sous le contact de son cœur : elle
glissait, pensive et légère, à ses côtés, et son
pas effleurait à peine le sol. Souvent ils s'arrêtaient pour admirer ensemble les beautés de la
nature, et toujours elle saisissait ces instans
pour parler du créateur, pour s'étendre sur les
divines perfections de ses œuvres en essayant
d'attirer Christophe vers lui par les charmes
de la plus douce persuasion.

Il se laissait aller à la séduction des paroles
d'Alice; toute son ame était comme suspendue
à ses lèvres : jamais sermons ne furent plus
avidement écoutés que les siens. Tandis qu'elle
parlait, il pensait comme elle; il aurait cru volontiers tout ce qu'elle l'eût invité à croire, et,
lorsqu'il la voyait en secret s'applaudir du succès de ses pieuses exhortations, il se serait fait
scrupule de la détromper. Il pouvait d'ailleurs
agir de la sorte en conscience; car Alice, d'a-
près le portrait qu'on lui avait tracé d'un libéral, jugeait mal Christophe et lui supposait des

principes qu'il condamnait lui-même. Il était facile de démêler, à travers les voiles délicats dont elle gazait ses paroles timides, qu'elle n'estimait guère, en politique et en religion, les doctrines du jeune avocat au-dessus de celles d'un païen ou d'un démocrate de 92. Elle prêchait avec tant de grace, il trouvait un si grand charme dans leurs douces et longues causeries, il était si heureux en écoutant les épanchemens de sa tendre et touchante ferveur, qu'il mit d'abord peu d'empressement à éclairer Alice sur ses dispositions véritables; il prit même plaisir à prolonger son erreur, afin qu'elle se fît un mérite de sa conversion, et la joie qu'elle ressentit bientôt de ce qu'elle appelait son triomphe donna une vive jouissance à Christophe.

L'innocente et aimable fille était étrangère aux sources réelles des divisions politiques, aux passions des divers partis, et elle croyait ingénument que, pour rallier Sauval à celui de sa famille, l'essentiel était d'obtenir qu'il crût en Dieu et qu'il fût soumis au roi. La victoire lui parut certaine lorsqu'il lui eut donné gain de cause sur ces deux points fondamentaux; elle eut hâte d'instruire sa sœur de son triomphe, de lui dire que Sauval était animé des meilleurs sentimens. « Encore quelques efforts, dit-elle, sa conversion sera entière et son salut assuré.

Madame d'Orfeuil, ravie de cette bonne découverte, et n'ayant rien appris par elle-même qui la lui rendît douteuse, s'empressa d'en faire part à madame d'Orgeval. « Je vous annonce, écrivit-elle à sa tante, une heureuse nouvelle, et qui vous donnera beaucoup de satisfaction. M. Sauval s'amende, et la grace divine opère en lui : décidément il entre dans la bonne voie. »

Suite du précédent.

———

La bonne nouvelle que madame d'Orfeuil
s'était empressée d'annoncer à sa tante ne fut
pas en tout point aussi agréable à celle-ci que
l'imaginait sa nièce, et eut pour résultat de
hâter l'arrivée de la baronne au château. Cette
vénérable dame, en effet, avait la première fait
vœu de gagner Christophe à la bonne cause;
et, après avoir prié le ciel pour la conversion
du jeune libéral, elle craignit tout-à-coup que

la vertu divine n'eût opéré trop tôt : car la chère baronne n'entendait nullement qu'on lui dérobât le mérite d'un si beau succès ; et l'abbé Chorrin, neveu d'un cardinal qui avait l'oreille du roi, était la seule personne avec qui elle voulût bien en partager l'honneur.

Elle arriva donc bientôt à Orfeuil en compagnie du chevalier de Gournac et de son épagneul favori, qui, malgré son nom de *Charmant*, était bien la plus laide, la plus maussade et odieuse petite bête qu'il fût possible de voir.

A peine la baronne fut-elle installée au château, que tout y prit une face nouvelle. A la liberté, au sans-façon commode qui donne tant de charme à la vie de campagne, madame d'Orgeval substitua la gêne de l'étiquette : celle-ci amena l'ennui à sa suite; et, pour comble de malheur, une pluie presque continuelle rendit la promenade impossible, au grand déplaisir de Christophe.

Chaque jour de mauvais temps ramenait invariablement les mêmes occupations au château. Madame d'Orgeval achevait une magnifique chasuble pour l'abbé Chorrin; madame d'Orfeuil travaillait en silence auprès d'elle à un métier de tapisserie; Alice brodait, craintive sous le regard de sa tante, comme le jeune oiseau sous celui du faucon; d'Orfeuil parcourait les journaux, et s'il en citait à haute voix quelques phrases sur la marche des événemens, cette citation était presque toujours suivie, de la part de la baronne et de madame d'Orfeuil, d'un concert de gémissemens et de lamentations qui présageaient la fin du monde, ou, pour le moins, un nouveau déluge ; puis ce petit cercle retombait de nouveau dans un silence glacial. A quelque distance se tenaient le comte et quelques gentilshommes du voisinage : leur conversation, fort peu animée, parce que tous étaient d'accord, roulait presque exclusivement sur les campagnes de l'armée de Condé, ou des Vendéens et des chouans; ensuite venaient les alliances et généalogies des familles, et il était rare que l'entretien se terminât sans quelques regrets au passé ou quelques malédictions au présent.

Que la baronne était heureuse! Comme son visage sec et ridé s'animait quand l'occasion se présentait de citer devant Sauval quelque trait de vandalisme révolutionnaire. « Nous avons vu cela, lui disait-elle ; nous savons ce que c'est, croyez-en notre vieille expérience. » Puis elle trouvait toujours moyen d'arriver à Versailles ; et, une fois là, il y avait entre elle et le chevalier de Gournac comme un assaut de réminiscences : la corde la plus sensible de leurs deux cœurs était touchée ; on passait en revue toutes les merveilles de l'ancienne cour ; Christophe apprenait comment s'habillaient et mangeaient mesdames Louise et Victoire, combien le roi Louis XVI avait de piqueurs, d'écuyers et de pages, et le nombre de pièces qu'il abattait avant son dîner ; petits-levers, réceptions, détails d'ameublemens, de toilettes et d'équipages, rien n'était épargné ; du pauvre peuple, pas un mot ; toute la France était enfermée dans Versailles, tous les miracles de la création se rencontraient entre les quatre murs de la résidence royale. D'innombrables regrets étaient donnés à tant de belles choses, et à coup sûr il fallait être jacobin pour ne les point partager.

Christophe s'observait avec le plus grand soin pendant ces longs récits ; il regardait Alice en feignant d'écouter, et c'était avec effort qu'il retenait un sourire méprisant sur ses lèvres.

Il se sentait chaque jour plus à la gêne dans cette société, car il avait horreur de l'hypocrisie et de la dissimulation ; toutefois, sans afficher des opinions qui n'étaient pas les siennes, il croyait devoir à ceux qui l'admettaient dans leur intimité de ne blesser en rien leurs sentimens ou leurs préjugés, de les respecter même, et d'éviter tout sujet de contradiction directe ;

et il arrivait de la sorte qu'il donnait souvent à la crainte d'une rupture ce qu'il croyait n'ac-corder qu'aux exigences de la politesse.

Tant de prudence parut de bon augure à madame d'Orgeval; et, comme on croit aisé-ment ce qu'on espère, elle vit dans le sourire aimable et dans la réserve avec laquelle Chris-tophe répondait à toutes ses paroles, un signe d'assentiment, une heureuse confirmation des rapports favorables de sa nièce. Elle était d'au-tant mieux disposée à en juger ainsi, qu'elle commençait à avoir pour lui quelque estime, et qu'il lui était également impossible de com-prendre qu'un libéral ne fût pas un monstre, et d'imaginer que tout honnête homme pût être autre chose qu'un ultra-royaliste.

Cependant la baronne n'avait eu encore au-cun entretien particulier avec l'avocat, et elle n'était point femme à se contenter du premier pas de Christophe dans la voie du salut; on pou-vait même compter qu'elle ne se tiendrait point pour satisfaite, à moins d'une abjuration pu-blique, d'une désertion en bonne forme qui fût un scandale pour les uns tout aussi bien qu'un triomphe pour les autres. C'était là qu'elle en voulait venir, et elle avait ouvert à cet effet une correspondance active avec l'abbé Chorrin; car, malgré tout son zèle, l'excellente dame se reconnaissait encore novice dans le grand art des conversions; tandis que le chanoine y avait acquis une réputation prodigieuse; et quoique madame d'Orgeval ne fût pas toujours de son avis sur les meilleures voies de persuasion, elle avait une si haute idée des lumières et de l'habileté du personnage, qu'elle résolut, dans la circonstance actuelle, de lui confier la direction des dernières manœuvres. Peut-être fut-elle encore inspirée en cela par un autre motif, et il est permis de croire que la grande influence dont jouissait à la cour le vénérable cardinal, oncle de l'abbé Chorrin, la décida pour le moins autant que le mérite du chanoine à partager avec celui-ci la gloire de son entreprise.

L'abbé conçut un dernier plan d'attaque tout-à-fait digne de son savoir-faire. Il arrangea les choses de manière à conduire l'œuvre à bonne et utile fin; il fit même si bien, que les intérêts temporels de Christophe parurent merveilleusement d'accord avec ses intérêts spirituels pour le conduire au but. Ce n'était pas assurément que le digne abbé doutât du pouvoir de la grace divine : *mais*, disait-il souvent, *le monde est bien méchant*; et le bon chanoine avait pour principe qu'il fallait venir quelque peu en aide aux opérations de la grace.

Madame d'Orgeval attendait donc avec impatience ce saint personnage pour frapper les grands coups, et, lorsque l'abbé eut enfin dressé ses batteries, il écrivit à la baronne qu'il se proposait de passer une journée à Orfeuil et qu'il serait heureux d'y rencontrer M. Sauval : une circonstance favorable se présente, ajoutait-il ; le moment d'agir est venu.

Christophe cependant, pour des motifs que nous ferons bientôt connaître, avait suspendu ses visites au château, alléguant un voyage de huit jours ; déjà le double de ce temps s'était écoulé sans qu'il eût reparu ou donné de ses nouvelles. Alice ne fut pas seule à s'affliger de cette absence qui inquiéta beaucoup aussi la baronne lorsqu'elle eut parcouru la lettre du chanoine ; car elle craignit que son triomphe ne fût ajourné ou que son projet n'avortât si elle laissait échapper l'occasion propice. Fort heureusement d'Orfeuil se disposait alors à partir pour Paris avec Alfred qui avait obtenu un congé de peu de jours. Madame d'Orgeval supplia le premier de s'informer au domicile de Sauval de l'époque précise de son retour, et de l'inviter, au cas qu'il fût revenu, à passer quelque temps au château, de manière à s'y rencontrer avec l'abbé Chorrin.

D'Orfeuil promit, par déférence pour la ba—

ronne, de se conformer à ses désirs, quoique
ce message fût peu de son goût, et il salua sa
tante avec un sourire où elle eût assurément
reconnu un mauvais présage, si elle eût voulu
le comprendre.

Alice, alarmée de l'absence de Christophe,
souffrait surtout d'en ignorer la cause : elle
aurait volontiers prié Alfred de s'en instruire,
et lui eût donné quelques recommandations à
l'appui de celles de la baronne; mais la parole
expira sur ses lèvres au moment où elle allait
prononcer le nom de Christophe. Elle accompagna ses frères en pensée auprès de lui, et ne
confia qu'à Dieu seul le secret de ses vœux
pour le succès de leur rapide voyage.

CE n'était pas seulement au sein de la famille Kérolais que Christophe se trouvait à la gêne ; il n'avait pas moins à souffrir dans ses rapports avec la sienne. Sa situation était également fausse et pénible dans l'une et dans l'autre ; et, depuis quelque temps surtout, il gémissait comme accablé sous une série d'inévitables tribulations.

Il y a des êtres que la Providence, en les

jetant sur notre chemin , prœstine sans doute
à l'accomplissement de quœques-uns de ses
mystérieux desseins à notre éard , soit en nous
faisant expier nos infractions ux lois éternelles
par le supplice qu'ils nous nfligent , soit en
tenant éveillé sans cesse au ind de notre conscience un sentiment vengeu de nos fautes. Il
semble qu'ils ne puissent ni arler, ni se taire,
ni faire un mouvement , uı signe, sans qu'il
y ait dans leurs regards leurs discours,
leur silence ou leurs moinres gestes, quelque chose qui nous blesse eı ıette notre cœur
à la gêne. Tel était pour Cristophe son petit
cousin Maxime Corbin , qu, le voyant jouir
dans le monde d'une posion brillante, le
supplia de le prendre pouısecrétaire. Christophe ne le connaissait enøre que pour un
jeune homme doué d'une sagacité rare ; il
lui croyait de l'attachement pour sa personne
et souscrivit à sa demande autant en considération de leur parenté qu'en raison de l'o-
pinion favorable qu'il avait conçue de lui. Il
ignorait, à cette époque, qe les saillies mor-
dantes et spirituelles qui chappaient à son
cousin sur certains membrε de la société du
baron Plumet , jaillissaien beaucoup moins
d'une raison supérieure qued'une envie basse
et haineuse.

u, s'était fait homme
sez d'esprit pour obte-
onorable, s'il eût joint
une instruction solide;
tait égale à son défaut
tait de la stérilité de ses
rriver à son but en s'en-
telques esprits brillans et
ndonnaient les chemins
ent capables d'y obtenir
laxime, au contraire, se-
e règle par l'impuissance
t ettant : perdant tout es-
r n observant les principes
ic maîtres, il déversa sur
riicule, il voua un culte à
cede corrompre le goût du
amoer à fléchir le genou de-
Ce it merveille comme en
enta sa manuscrits sur manu-
ebau tes de drames, de con-
en vrs. Il travaillait dans le
aisemlances ; le sol était fécond
Plusiurs de ces bizarres pro-
t le jor pour mourir dans un
; quelues-unes obtinrent de
dans dux ou trois feuilles obs-
it précisément les plus folles. En-

jetant sur notre chemin, prédestine sans doute
à l'accomplissement de quelques-uns de ses
mystérieux desseins à notre égard, soit en nous
faisant expier nos infractions aux lois éternelles
par le supplice qu'ils nous infligent, soit en
tenant éveillé sans cesse au fond de notre conscience un sentiment vengeur de nos fautes. Il
semble qu'ils ne puissent ni parler, ni se taire,
ni faire un mouvement, un signe, sans qu'il
y ait dans leurs regards, leurs discours,
leur silence ou leurs moindres gestes, quelque chose qui nous blesse et mette notre cœur
à la gêne. Tel était pour Christophe son petit
cousin Maxime Corbin, qui, le voyant jouir
dans le monde d'une position brillante, le
supplia de le prendre pour secrétaire. Christophe ne le connaissait encore que pour un
jeune homme doué d'une sagacité rare ; il
lui croyait de l'attachement pour sa personne
et souscrivit à sa demande, autant en considération de leur parenté qu'en raison de l'o-
pinion favorable qu'il avait conçue de lui. Il
ignorait, à cette époque, que les saillies mor-
dantes et spirituelles qui échappaient à son
cousin sur certains membres de la société du
baron Plumet, jaillissaient beaucoup moins
d'une raison supérieure que d'une envie basse
et haineuse.

Maxime, depuis peu, s'était fait homme
de lettres : il avait assez d'esprit pour obtenir une réputation honorable, s'il eût joint
l'amour du travail à une instruction solide;
mais son ignorance était égale à son défaut
d'application. Il s'irritait de la stérilité de ses
efforts, et se flatta d'arriver à son but en s'en-
rôlant à la suite de quelques esprits brillans et
aventureux, qui abandonnaient les chemins
frayés, quoiqu'ils fussent capables d'y obtenir
d'honorables succès; Maxime, au contraire, secouait le joug de toute règle par l'impuissance
de réussir en s'y soumettant : perdant tout espoir de se distinguer en observant les principes
établis par les grands maîtres, il déversa sur
eux le mépris et le ridicule, il voua un culte à
l'absurde, et à force de corrompre le goût du
public, il espéra l'amener à fléchir le genou devant son idole. Ce fut merveille comme en
quelques mois il entassa manuscrits sur manuscrits, informes ébauches de drames, de con-
tes en prose et en vers. Il travaillait dans le
champ des invraisemblances ; le sol était fécond
et inépuisable. Plusieurs de ces bizarres pro-
ductions virent le jour pour mourir dans un
profond oubli ; quelques-unes obtinrent de
grands éloges dans deux ou trois feuilles obs-
cures : c'étaient précisément les plus folles. En-

1.   22

fin, sur un petit théâtre du boulevard, Maxime eut un succès de vogue. Son drame offrait une si admirable profusion de coups de poignards, d'emprisonnemens et de supplices, avec un si heureux accompagnement d'adultères et d'incestes, que tout le boulevard du Temple s'en émut, et pendant trois mois le nom de Maxime Corbin fut en grande faveur parmi les grisettes et les marchandes de pommes du quartier. Dès-lors il se crut un personnage ; il oublia toutes ses disgraces, et paya d'une haine violente le mépris de son cousin pour son chef-d'œuvre. Cependant Maxime était, après André Sauval et Pierre Renaud, le plus proche parent de Christophe, et il se faisait une douce habitude de se considérer comme son héritier, quoiqu'il ne fût son cadet que de huit années. La faiblesse, plus apparente que réelle, de la constitution de son cousin justifiait jusqu'à un certain point les espérances de Maxime, qui attachait, comme de raison, beaucoup d'importance à ses bonnes graces ; mais, quoiqu'il ne négligeât rien pour le convaincre de son dévouement, il ne pouvait pas toujours réprimer près de lui les mouvemens d'une envie haineuse, et, à peine Christophe l'eut-il admis dans son intérieur, qu'il se sentit gêné par sa présence. La physionomie grotesque et sardonique de son petit

cousin faisait sur lui l'effet d'un miroir où se
reflétaient les souvenirs les plus poignans de sa
vie. Maxime saisissait avec joie toutes les occasions de lui infliger impunément quelque mortification noůvelle, et ces occasions se présentaient souvent.

Christophe vit un jour entrer brusquement
dans sa chambre un homme gros, court, les
joues ombragées de larges favoris et le nez en-
luminé. Cet homme tenait, dans une grosse
main non gantée, une casquette de loutre à
gance d'or ; d'énormes anneaux chargeaient ses
oreilles ; sa cravate, roulée autour de son cou,
retombait fixée à son jabot par une grosse épin-
gle en faux brillans, et sa longue redingote
bleue battait ses talons. Il sauta au cou de
Christophe d'un air joyeux, en lui souhaitant
le bonjour avec l'accent provincial le plus
outrageusement barbare. Christophe craignit
d'être étouffé, et, comme il reculait en essayant de se débarrasser de cette accolade :

— Hé ! dit l'autre en ricanant, tu ne me reconnais donc pas? Je te remets bien, moi,
quoique depuis quatre ou cinq ans tu ne sois
pas rajeuni. Je suis ton cousin Louchet.

Puis il resta debout, planté devant Christophe avec l'air de la plus complète satisfaction,

comme s'il supposait que ce nom magique allait faire tomber son cousin dans ses bras.

Christophe enrageait de toute son ame; il secoua cependant la main de M. Louchet, l'assura du plaisir qu'il avait à le voir, et poussa même l'obligeance jusqu'à lui offrir ses services pour terminer plus promptement ses affaires.

—Merci, mon cousin, répondit Louchet; ce n'est pas de refus, car je viens à Paris pour une affaire assez conséquente; et à propos de ça, je te dirai, cousin Sauval, que je ne suis pas content du tout de notre député, à qui j'ai écrit par la poste, il y a quinze jours, pour qu'il fasse donner au petit Nicole, mon garçon, une place dans le gouvernement. En arrivant à ce matin, je suis allé droit chez lui pour savoir pourquoi mon garçon n'était pas encore nommé.

— Et que t'a-t-il dit, ton député?

— Ce qu'il m'a dit? Rien du tout. Je n'ai pas seulement pu le voir : il était sept heures cependant bien sonnées! Son domestique, un grand niais, m'a répondu comme ça : «Monsieur est encore au lit; il ne reçoit pas si matin.» — Oh bien! ai-je dit pour lors, il me recevra tout de même, quand il saura que c'est moi, Louchet, épicier de la rue du Cheval-Blanc à Nantes. Croirais-tu bien, cousin, que

ce scélérat de domestique s'est mis à me rire au
nez. —Sachez, que je dis pour lors, sachez
que je paie patente, que j'ai l'honneur d'être
électeur, que votre maître est notre député,
que je suis son ami, que j'ai mangé à sa table,
qu'il m'a donné plus de cinquante poignées de
main. Allez lui dire que je suis là.

—Et t'a-t-il reçu enfin ?

—Il m'a fait répondre que je revienne tantôt
à midi : ce n'est pas trop poli n'est-ce pas ? Et
puis c'est qu'entre nous il n'est pas bien fameux
notre député. On nous disait comme ça qu'il
fallait nommer un grand parleur de Paris; une
célébrité, quoi! Mais je n'ai pas voulu, pas
si sot, ma foi. J'ai dit que nous avions besoin
d'un homme à nous, parce qu'un député doit-
être d'abord l'homme de sa ville, de ses com-
metteurs : j'ai donc fait nommer celui-ci qui
est de Nantes, et qui ne sait que se lever et
s'asseoir, et voilà qu'il s'avise maintenant de
faire attendre ses électeurs !

—C'est vraiment fort mal, répondit Christophe; mais il n'est pas loin de midi et je t'en-
gage à retourner chez ton député.

— Sans adieu, dit-il, je reviendrai bientôt
te présenter la cousine.

— Comment; madame Louchet est ici ?

— Sans doute; j'ai profité de l'occurrence

pour lui faire voir Paris : elle vient de débar-
quer par la voiture publique, et je te promets
de te l'amener quand elle se sera appropriée un
peu. Tu nous feras voir les curiosités de la capitale, nous comptons sur toi... à tantôt.

Il sortit et Christophe l'aurait volontiers
envoyé à mille lieues. Il se voyait obligé,
malgré lui, à de grands ménagemens, car il
visait déjà aux honneurs de la députation dans
sa ville natale. Il était en effet question d'a-
baisser à trente ans l'âge des éligibles, et,
grace au gain de quelques causes de la plus
haute importance, et au succès toujours croissant *de l'oracle* dont il possédait plusieurs
actions, Christophe espérait avoir bientôt la fortune nécessaire pour être admis dans la chambre élective : M. et madame Louchet étaient
des notabilités dans leur quartier à Nantes, où
il n'y aurait eu qu'un cri contre Sauval si ses
parens n'avaient rendu à leur retour bon témoignage de ses procédés : il dissimula donc
de son mieux, bien résolu à acquitter surtout
en belles paroles et en complimens les charges
d'une parenté onéreuse.

Il ne fut pas quitte pourtant à aussi bon
marché qu'il l'espérait; car s'il put se soustraire
à l'obligation de montrer lui-même dans Paris
à ses parens toutes les choses dont une curio-

sité provinciale et bourgeoise est avide; il ne
put également éviter d'être leur esclave dans
son intérieur. Sa maison, était pour eux une
espèce de quartier général; elle se rencontrait
toujours sur leur chemin, et ils venaient s'y
délasser sans façon de leurs courses extermi-
nantes. Ce n'eût été rien encore s'ils fussent
venus lorsqu'il était seul; mais tantôt le cousin
et la cousine lui tombaient sur les bras au milieu d'une réunion d'hommes distingués, qui
souriaient en voyant Christophe prêt à étouffer
sous le poids de leurs tendresses importunes;
tantôt lorsque Sauval était en affaire, ils for-
çaient la consigne donnée au portier, sous prétexte qu'ils avaient vu de la lumière dans sa
chambre, et que, lorsqu'on n'y est pour personne on y est toujours pour ses parens. Un
jour qu'ils avaient su que Christophe réunissait
à sa table une dixaine de ses confrères, ils
s'invitèrent eux-mêmes l'un et l'autre à dîner
chez lui, par la raison, lui dirent-ils, que lorsqu'il y avait de quoi pour dix il y en avait aussi
pour douze. Christophe vit donc à sa grande
confusion madame Louchet, grosse commère
au son de voix criard, à la face large et rubi-
conde, prendre sans façon place à ses côtés;
il eut la douleur de l'entendre se récrier sur la
beauté de ses épices, sur la bonne qualité des

viandes, et lui demander le prix de chaque chose à Paris, tandis que l'épicier mangeait comme un glouton, et ne levait le nez de dessus son assiette que pour assassiner son cousin, d'un bout de la table à l'autre, des épithètes les plus familières qu'un génie diabolique semblait lui souffler ce jour-là tout exprès pour désespérer Christophe.

Nul ne jouissait plus en ce moment de la mortification du maître du logis que son secrétaire. C'était lui, le scélérat, qui enhardissait le cousin et la cousine Louchet à prendre leurs aises avec son patron : il ne manquait aucune occasion de protester devant eux de l'attachement et de l'estime de Christophe pour leurs personnes; plus d'une fois il les assura, en présence même de celui-ci, de tout le bonheur que leur cousin Sauval avait à les voir, et il alla jusqu'à dire que le plus grand plaisir qu'ils pussent lui faire était d'user de sa maison comme de la leur. Christophe ne pouvait contredire Maxime devant eux, et, lorsque seul avec lui, il s'étonnait qu'il prît de semblables libertés sans oser toutefois trop insister sur les véritables motifs de son déplaisir, Maxime lui donnait à entendre qu'il les devinait à merveille : il était le premier à couvrir de ridicule l'épicier et l'épicière; leur accent provincial,

leur tournure commune, leur mise grotesque
étaient pour ses saillies autant de mines iné-
puisables ; il trouvait un malin plaisir à leur
prêter de nouveaux travers ; et lorsqu'il avait
redoublé l'humiliation que causait à Christophe une parenté impossible à renier, il insistait
à dessein sur le crédit dont M. et Mme Louchet
jouissaient dans le quartier de la rue du Cheval-
Blanc à Nantes, sur l'indispensable nécessité de
les bien accueillir, sur la malignité des bruits
publics ; il disait à son cousin, d'un ton insi-
dieux et flatteur, qu'il devait avant tout songer
à ses intérêts comme candidat futur à la députation de son département, et que les triomphes qui l'attendaient à la tribune, lui auraient
bientôt fait oublier quelques mortifications pas-
sagères. C'est ainsi, qu'en affectant toujours en
particulier le plus grand zèle pour l'avantage
de Christophe, il usurpait le droit de l'accabler
en public d'humiliations que savourait son ame
envieuse avec d'inexprimables délices.

Enfin les époux Louchet, déchus dans leurs
espérances pour leur garçon, fort mécontens
du gouvernement et plus encore de leur député, reprirent le chemin de Nantes à la grande
satisfaction de leur cousin. Mais à peine Christophe était-il délivré de cette affliction, qu'il
fût menacé d'une autre visite du même genre

et infiniment plus redoutable. Son oncle André lui écrivit, en termes affectueux qu'une affaire importante l'appelait à Paris, et qu'il croirait faire injure à son neveu s'il descendait ailleurs que chez lui.

Pour comprendre parfaitement la consternation de Sauval à cette nouvelle, il importe de se bien souvenir de ce qu'était son oncle dont le caractère, fidèlement reproduit par son langage, offrait un singulier mélange de finesse et de grossièreté, d'avarice et d'ostentation vaniteuse, d'égoïsme bourru et de prétention à l'amour du bien public. Plein d'estime pour lui-même, il croyait de sa dignité d'entremêler ses discours d'adages et de vieilles sentences dont il possédait un ample vocabulaire; et, s'il avait jadis si bonne opinion de sa personne, qu'en devait-il penser aujourd'hui qu'il avait joint à sa fabrique de draps un vaste établissement pour l'impression des étoffes, et que son importance s'était accrue d'une expérience de dix années, de quelques centaines de mille francs, et d'une charge de juge au tribunal de commerce? Si Christophe avait cru devoir user de si grands ménagemens à l'égard du cousin Louchet qui vivait à l'auberge; que de gêne serait-il obligé de s'imposer en recevant dans sa maison un oncle singulièrement susceptible, puissamment riche, et riche d'un bien dont il comptait hériter! Quelle disgrace pour lui si le secret d'une telle parenté venait à être connu des Kérolais, auxquels, pour tout renseignement sur sa famille, il avait donné à entendre qu'un de ses oncles était ancien membre de la magistrature française, et que son père avait exercé d'honorables fonctions administratives.

Lorsque Alfred ou d'Orfeuil venaient à Paris, ils rendaient quelquefois visite à Christophe; et voulant surtout éviter qu'ils se rencontrassent chez lui avec le bonhomme André, il leur parla d'un prétendu voyage, et mesura la longueur de son absence sur la durée présumée du séjour de son oncle.

Fidèle aux habitudes régulières de sa profession, André Sauval arriva chez son neveu au jour et à l'heure dite, en compagnie d'un commissionnaire qui portait sa malle et ses paquets. Christophe le vit venir et descendit pour aller à sa rencontre et lui souhaiter la bienvenue. André Sauval, tout en embrassant son neveu, surveilla d'un œil plein de défiance l'entrée de chacun de ses effets, et le premier événement qui signala sa présence à Paris, fut une violente dispute avec le porteur de son bagage au sujet du prix qui lui était dû, dispute qui rendit nécessaire l'intervention de

Christophe dont les deux partis furent également satisfaits, car il donna gain de cause à
son oncle et glissa secrètement dans la main du
commissionnaire le double du salaire qu'il ré-
clamait. André parut charmé de l'aventure et
dit, d'un air capable, tandis que Christophe
l'introduisait dans son appartement :

— Ce maraud-là ne voulait-il pas m'en
faire accroire ; mais il a trouvé à qui parler : il
paraît qu'il fait bon tenir la main sur sa poche
à Paris; et, à propos de ça, je te rappellerai un
vieux proverbe qui dit qu'on ne saurait trop
faire attention aux liards et que les pièces d'or
se défendent d'elles-mêmes : c'est la vraie vérité,
mon neveu ; et je fais plus de cas de cette petite
sentence-là que de tous les proverbes du roi
Salomon.

Christophe fit un excellent accueil à son
oncle et reconnut sur-le-champ que les modifications apportées à son caractère par le temps,
l'habitude et la prospérité, dépassaient toutes
ses prévisions. André Sauval tenait la tête plus
haute et plus droite; sa voix; d'accord avec
l'ensemble de sa personne, était devenue plus
altière et plus tranchante : il avait récemment
fait venir d'Angleterre une presse mécanique
dont il obtenait des résultats merveilleux dans
sa nouvelle industrie, et la joie qu'il en éprou-

vait passait toute mesure. Cette presse était
devenue son dada, sa marotte, son idée fixe.
Glorieux de sa fortune comme tous les enrichis,
il assassinait les gens en leur répétant vingt
fois comment il l'avait faite, et ne se lassait
point de les entretenir de ses spéculations
comme s'ils étaient intéressés dans ses profits.
Son amour-propre se trouvait aussi très flatté
chaque fois qu'il rencontrait avec éloge le
nom de son neveu. Christophe dans le·jour-
nal ; car il croyait à sa gazette, le brave
homme, comme dans son enfance il avait cru
au catéchisme ; et, n'ayant pas moins d'estime
pour son nom de Sauval que pour sa profession, il savait gré à son neveu de faire tant
d'honneur à sa famille, et repoussait comme d'a-
troces calomnies tous les bruits qui auraient pu
blesser sa vanité d'oncle ou inculper la véracité
de son journal quotidien. Toutefois, il laissait
peu entrevoir dans son langage et dans ses manières la considération et l'estime que lui inspirait son neveu : il affectait au contraire une
certaine brusquerie, se montrait exigeant,
difficile, impérieux, et croyait sans doute se
grandir lui-même en traitant cavalièrement un
personnage de l'importance de Christophe.

Christophe endurait tout sans se plaindre ; il
faisait preuve d'une admirable patience, et

quelle patience ne donne pas l'attente d'une riche succession ! Il supportait les boutades hautaines de son oncle, se soumettait à tous ses caprices, et prenait à tâche d'effacer dans son esprit jusqu'à l'ombre des soupçons qu'il aurait pu concevoir sur sa conduite, trop heureux encore, pensait-il, si une parenté si vulgaire demeurait un secret pour la famille Kérolais.

Christophe s'était résigné à un supplice d'un semaine ; mais il avait fait un faux calcul : son oncle, **au** lieu de huit jours qu'il avait promis de lui donner, lui en accorda quinze pour lui marquer sa satisfaction de son bon accueil. Enfin le terme de l'épreuve approchait : André Sauval avait fixé son départ au sur-lendemain, et Christophe écoutait patiemment ses interminables commentaires sur le journal de la veille, lorsqu'en regardant par la fenêtre, une apparition subite le remplit d'effroi : il avait reconnu Alfred et d'Orfeuil et descendit précipitamment pour défendre au portier de les recevoir ; mais à peine avait-il franchi quelques marches qu'il entendit frapper. Il n'était plus temps de donner la consigne ; il remonta donc sur-le-champ, et, prenant un parti décisif, il dit à son oncle qu'il avait cru reconnaître deux de ses cliens : il le pria de passer dans son cabinet, pendant qu'il allait parler affaire, et pour qu'il prît patience, il lui remit un recueil de ses meilleurs plaidoyers : « Vous trouverez là, lui dit-il, ce que vous m'avez demandé depuis long–temps. » Aussitôt qu'il eut refermé sur son oncle la porte du cabinet, il courut recevoir Alfred et son beau frère qui le grondèrent pour leur avoir laissé ignorer son retour. D'Orfeuil invita en même temps Christophe à passer quelques jours chez lui : « Ma tante, lui dit–il en souriant, est impatiente de vous voir. Tenez-vous bien ; car elle a de grands projets sur vous : je vous en avertis. Christophe, plus impatient de revoir Alice qu'alarmé des projets· de la baronne, accepta l'invitation. La visite des deux frères se prolongeait à son grand désespoir, car il savait son oncle homme à ne se point gêner et capable de rentrer sans s'inquiéter de ses désirs ou des convenances : il. vit enfin avec une indicible satisfaction Alfred remettre ses gants et se disposer à lever le siége ; mais il était dit que ce jour-là il n'échapperait point à son mauvais sort.

Maxime était entré dans le cabinet aussitôt après André Sauval ; il avait reconnu la voix d'Alfred et deviné le motif de la conduite de son cousin. Il ne songea qu'à lui jouer un tour de sa façon, et l'occasion ne tarda point à se présenter. Les yeux du respectable fabricant im-

primeur s'arrêtèrent, pour le malheur de Christophe, sur un plaidoyer que ce dernier avait
prononcé trois années auparavant. Il attaquait
alors un fils, qui, après un séjour de neuf années dans le Nouveau-Monde où il avait fait
fortune, était rentré en France sous le faux nom
de Larive, et refusait de reconnaître son père
d'une condition fort humble et dénué de toute
ressource. Cette cause fit quelque bruit à Paris :
Christophe l'avait plaidée avec succès, en tirant
adroitement parti du sujet pour vanter les conséquences de la révolution et faire une éner-
gique profession de principes.

— Voilà qui est admirable, dit tout haut
André Sauval en interrompant sa lecture. Si
Christophe n'était pas en affaire, j'irais lui dire
ma façon de penser.

— Ne vous gênez pas, répondit le perfide
Maxime, vous pouvez entrer.

—Mais il m'a dit qu'il attendait des cliens, et
il est avec eux.

— Il s'est trompé, ces cliens-là sont des
amis.... D'ailleurs ils prenaient congé quand je
suis entré ici, et doivent être partis maintenant.

André reprit son papier, et, après avoir lu
encore quelques lignes :

— Ah! par ma foi! dit-il en se levant, c'est

trop fort, je n'y tiens plus : ce cher Christophe !
il faut que je l'embrasse.

Il ouvrit aussitôt la double porte, et, à la
grande terreur de l'avocat, il fit son entrée, le
maudit papier à la main.

—Mon neveu, cria-t-il de sa voix rauque
du plus loin qu'il le vit, je te fais mon compliment.

Et presque aussitôt, s'arrêtant court au milieu de la chambre en face des deux étrangers,
qu'il n'avait point aperçus d'abord, il boutonna
sur son gros ventre sa redingote de drap gris et
dit :

— Excusez, messieurs : je ne suis pas de
trop, j'espère.

Chacun se leva, et Christophe s'empressa de
dire aux deux beaux-frères :

—Permettez que je vous présente M. Sauval.

— M. votre oncle ? reprit d'Orfeuil avec un
coup d'œil d'intelligence ; car il ne doutait pas
qu'il n'eût devant les yeux l'ancien magistrat
du parlement de Rennes dont il avait été fait
mention devant lui dans la première entrevue
du jeune avocat et de sa famille.

Christophe présenta ensuite ses deux amis à
son oncle, en les désignant par leur nom.

—Messieurs, dit André en ôtant ses lunettes

1.   23

pour les essuyer avec un pan de sa redingote, je suis charmé de faire votre connaissance.

— Vous aviez, je crois, répondit d'Orfeuil, un compliment à faire à M. votre neveu.

— Oui, vraiment, et un bien gros encore! Je viens pour t'embrasser, mon garçon. C'est toi qui as joliment défendu la révolution, et, dans ce discours-là contre M. Larive, il y a des choses qui valent de l'or. Je tenais une phrase tout à l'heure qui...

— Eh! mon oncle, interrompit brusquement Christophe en rougissant jusqu'au blanc des yeux, au nom de Larive, ne parlons pas de cela.

Puis s'adressant à d'Orfeuil :

— C'est un des plaidoyers, dit-il, par lesquels j'ai débuté : cela ne vaut pas la peine qu'on en parle.

André Sauval avait remis ses lunettes, et cherchait impitoyablement la phrase qui lui était échappée. Enfin, après avoir lu quelques lignes entre ses dents :

— J'y suis, s'écria-t-il en frappant sur le cahier et relevant fièrement le nez; et si ces messieurs veulent bien permettre...

— Mon oncle, laissons cela, de grace... c'est de la rhétorique toute pure, phrases de collége.

— Non, non, dit d'Orfeuil, nous serons
charmés d'entendre, si monsieur veut se donner
la peine de lire.

L'industriel ne se le fit pas répéter, et lut,
de sa grosse voix, ces lignes écrites à une autre
époque, et auxquelles Christophe donnait maintenant un si complet démenti :

« En nivelant les rangs, la révolution a
appris aux hommes à n'accorder qu'au mérite
personnel et à la vertu l'estime qu'auparavant
ils étaient enclins à ne donner qu'aux distinctions extérieures. Le sentiment plus profond de
la dignité humaine a puissamment contribué à
resserrer les liens de la famille : en effet, depuis
que les droits de l'homme ont été solennelle-
ment proclamés, l'union des époux est devenue
plus intime ; les frères ont cessé de vivre dans
l'état d'hostilité auquel donnait lieu l'inégalité
des partages ; dans les rapports du père avec
ses enfans, les odieuses et froides suggestions de
la vanité ont cédé au cri de la nature. Honte,
opprobre sur celui qui rougirait aujourd'hui
de ses proches ! Et s'il arrivait qu'un fils reniât
son père, il ne faudrait lui chercher des semblables que parmi les bêtes féroces. »

— Bravo, mon neveu ! dit André Sauval.
Voilà qui est bien parlé ; et, au fait, c'est la
vraie vérité, ça, ajouta-t-il en regardant Alfred

d'un air de triomphe souverainement ridicule,
tout homme qui a maintenant des écus et de la
probité n'en vaut-il pas un autre? C'est à la révolution que nous devons cela, et, avant de
nous faire marcher à reculons comme des écre-
visses, il faudrait penser d'abord à nous ôter
la mémoire... Hein! messieurs, que vous en
semble?

Alfred secouait la tête d'un air mécontent :
d'Orfeuil prévint sa réponse, et, croyant toujours parler à un ancien membre du parlement
de Bretagne, il se hâta de dire :

— Oui, sans doute, monsieur, la révolution
a eu de bons résultats ; mais vous, ancien magistrat, vous seriez plus à même que personne
de reconnaître le mal qu'elle a fait, et si à quelques égards vous avez gagné, il faut convenir
aussi que vous avez beaucoup perdu.

L'honnête industriel, en s'entendant désigner
comme magistrat, pensa aussitôt à ses fonctions
au tribunal de commerce :

— Bon, se dit-il, je suis connu ; mon neveu
aura parlé de moi.

Il reprit, avec plus de suffisance encore, en
présentant sa tabatière à la ronde.

— Que nous ayons perdu, je ne le nie pas :
d'abord, les réquisitions pour les armées, puis
le maximum; c'était-là le diable; mais nous

avons vu la fin de tout cela, notre industrie est florissante aujourd'hui, et nous n'avons presque plus rien à envier à l'Angleterre.

D'Orfeuil, dont Christophe avait à dessein distrait l'attention pendant que son oncle parlait, n'entendit que ces derniers mots, et, persévérant dans sa méprise.

— Je m'aperçois, dit-il, que vous étiez de ceux qui se sont épris des idées anglaises ? - -

— Non pas, s'il vous plaît, non parbleu pas, interrompit André, je hais les Anglais comme tous les diables, et nous réussissons mieux en beaucoup de choses ; mais, il faut être juste, et nous avons fait de ce pays-là certaines importations fort utiles.... Et tenez... par exemple, n'ont-ils pas imaginé les premiers cette presse admirable qui....

— D'accord, dit d'Orfeuil, dans l'intime persuasion qu'il s'agissait de la presse périodique, et il ajouta : « C'est la plus belle invention du monde. »

— Oh! oh! dit André en lui-même, ces messieurs savent la chose.... Mon neveu leur aura parlé de ma fameuse presse anglaise.

Et convaincu, de son côté, que son interlocuteur parlait réellement de cette machine, il gonfla ses joues, croisa ses jambes, puisa de nouveau dans sa tabatière, et, refermant la

boîte avec son coude, tandis qu'il tenait son
menton serré entre son pouce et son index.

— Eh bien, oui, dit-il, vous en penserez
tout ce que vous voudrez, messieurs, mais,
quoique Français, quand il s'agit de quelque
bonne découverte, je suis cosmopolite, moi,
voyez-vous; et cette presse est un instrument
merveilleux qu'on peut juger par ses produits.

— Eh! sans doute, reprit d'Orfeuil, elle
répand les lumières, et je n'ai garde d'en médire.

— Que de bévues aussi! interrompit Alfred
impatienté, que d'erreurs grossières!

— Comment? s'écria André avec indignation, vous parlez de ce que vous ne connaissez
pas, jeune homme... Pour les lumières, je
n'ai rien à dire, et du diantre si je sais ce que
vous entendez par là; mais les erreurs, les
bévues, s'il y en a, sont toutes corrigibles :
l'empreinte est nette, pure, ineffaçable.

D'Orfeuil et Alfred se regardèrent étonnés,
Christophe était au martyre : enfin, le premier dit, en souriant :

— Pour continuer votre métaphore, monsieur.

— Ma méta-quoi? demanda André d'une
voix criarde et en prêtant l'oreille.

— Votre métaphore à propos de la presse,

répondit poliment d'Orfeuil : mon beau-frère voulait dire que la nature de l'empreinte dépend beaucoup de ceux qui manient l'instrument.

— Et il y en a beaucoup, ajouta sur-le-champ Alfred, qui le manient fort mal.

— Hé ! ce sont des maladroits, des imbéciles, dit André ; il n'y a qu'à voir pour savoir, et c'est simple comme bonjour. Tenez, figurez-vous seulement que ceci est un brin d'étoffe...

Et, entraîné par sa prédilection pour la maudite machine, il tira son vieux mouchoir de sa poche, à la grande stupéfaction des deux beaux-frères...

« Faites attention, dit-il... on fixe les quatre coins... on imbibe légèrement... et puis... ».

— Et de quoi parlez-vous donc, monsieur ? demanda brusquement d'Orfeuil.

— Comment, de quoi je parle ? répondit l'industriel avec humeur, vous le savez bien ; de ma belle presse anglaise pour mes étoffes... admirable machine, que j'ai payée deux mille écus, et qui les vaut bien ; demandez à mon neveu... Un peu de patience, s'il vous plaît... et vous allez voir...

Alfred et d'Orfeuil se tournèrent ensemble

vers Christophe, qui eut recours alors, pour
sortir de peine, à un moyen désespéré. Il saisit
le moment où le bonhomme, échauffé par le
feu de la démonstration, était à demi étendu
sur la table, et, portant la main à son front
avec un geste de pitié :

— Il a une idée fixe... un grain de folie, dit-
il à l'oreille des deux beaux-frères.

Ceux-ci se levèrent aussitôt, et prétextant
des affaires, ils sortirent laissant l'industriel en
contemplation sur son mouchoir.

— Il est donc fou, le brave homme?. dit
d'Orfeuil à Christophe en descendant l'escalier;
que ne le disiez-vous plus tôt?

— Vous auriez pu ne pas vous en apercevoir, répondit Sauval; ses accès sont fort rares.

— Ne craignez-vous rien pour lui? Ne le
ferez-vous pas enfermer? Est-il interdit?

— Cela n'est pas nécessaire, car sauf un ou
deux sujets de conversation sur lesquels il bat
la campagne, il est aussi raisonnable que vous
et moi.

— Le pauvre homme ! dit Alfred, le garde-
rez-vous long-temps?

— Il me quitte dans deux jonrs.

— N'oubliez pas votre promesse, reprit
d'Orfeuil en serrant la main de l'avocat. Nous
comptons sur vous, et le plus tôt sera le mieux.

Christophe remonta fort confus, quoiqu'au fond, s'estimant heureux d'avoir en partie échappé à un immense ridicule. Il trouva son oncle dans une affreuse colère contre les impertinens qui s'en étaient allés au moment où il prenait tant de peine pour les instruire.

— Vois-tu beaucoup ces gens-là? dit-il : mauvaises connaissances, mon neveu. Ce sont des orgueilleux, des faquins; ils ne sont bons qu'à entraîner à de grosses dépenses ceux qui ont la sottise de les fréquenter, et; quand ils les ont mis à sec, ils les plantent là, comme des bouteilles vides. Remplis tes poches, mon ami; grossis ton coffre : c'est là l'essentiel; et moque-toi de la gentilhommerie.

Christophe essaya de calmer son oncle, et lui parla des bons procédés de la famille Kérolais à son égard.

—Compte là-dessus, reprit André. Tu es un bon enfant, ma foi! si tu crois à l'amitié de ces freluquets, qui te camperont de côté quand tu auras gagné leur cause. Parbleu! dit-il en reprenant sur la table le plaidoyer contre Larive, il faut que j'aie lu ce que j'ai lu pour ne pas enrager davantage et pour te pardonner ta folie. Tu leur as pourtant joliment dit leur fait là-dedans à ces petits messieurs qui renieraient des parens humbles et pauvres, j'en réponds,

plutôt que de leur venir en aide, et qui, Dieu
me pardonne! t'ont déjà vingt fois renié toi-
même...

Christophe enfin, après beaucoup d'efforts,
triompha de la mauvaise humeur de son oncle.
Il tâcha d'effacer ses torts secrets envers lui et
d'endormir les reproches de sa conscience en le
comblant de prévenances et de soins pendant
les deux jours qu'il passa encore dans sa maison. Il fit si bien qu'André Sauval quitta son
neveu emportant de lui non moins bonne opinion que les époux Louchet. Tous trois, à leur
retour à Nantes, chantèrent ses louanges à
l'envi, et lui firent, par vanité, une réputation
d'excellent parent, aussi bien fondée que la
plupart de celles qui reposent sur les jugemens
du monde.

Aussitôt qu'il fut libre, Christophe se rendit
à Orfeuil, où il était si impatiemment attendu.

Le lendemain de l'arrivée de Christophe au château, une importante conférence devait s'ouvrir, dans la chambre de la baronne, entre l'avocat et les deux graves personnages qui avaient entrepris de conduire à bonne fin sa conversion.

Christophe avait promis de passer chez madame d'Orgeval, et, en attendant sa venue, cette dame, assise dans un moelleuse bergère,

et l'abbé Chorrin sur un sopha, débattaient,
dans un sérieux tête-à-tête, les graves intérêts
du culte et de la monarchie. *Charmant*, l'épagneul favori de la baronne, retenu par un cordon de soie à la bergère de sa maîtresse, jouait
avec la robe du chanoine, au grand déplaisir
de celui-ci dont l'attention se trouvait de la
sorte partagée entre les maux présumés dont les
libéraux menaçaient le royaume et les injures
réelles que le maudit animal faisait subir à sa
soutane.

Dans une pièce voisine, madame d'Orfeuil
et sa sœur attendaient avec inquiétude les résultats de l'entrevue. Pour bien comprendre
l'anxiété d'Alice, il faut se rappeler que dans
son extrême ignorance de la politique et de
l'esprit des partis, elle ne pouvait juger ceux-
ci que sur le témoignage de ses proches et que
le mot *libéralisme* se rattachait dans sa pensée à des souvenirs effrayans : elle avait cru
d'abord Christophe atteint d'une maladie morale de la nature la plus dangereuse : grace
à ses douces exhortations elle le voyait aujourd'hui convalescent, et se flattait de l'espoir qu'une heureuse et complète révolution
s'était opérée dans son esprit ; cependant elle
se confiait moins à cet égard en son propre
jugement, qu'en celui de sa tante et de

l'abbé Chorrin, dont elle regardait l'opinion, en matière de foi politique et religieuse, comme à peu près infaillible. L'épreuve que Christophe allait subir, et qui était encore un secret pour elle-même, serait donc décisive; encore un moment, et elle connaîtrait si l'homme qu'elle aimait déjà, sans le savoir, de toute la puissance de son ame, était réellement digne de ses affections et de son estime. Son cœur battait avec force et elle entendait à peine ce que lui disait sa sœur, qui, témoin de l'inquiétude extrême d'Alice, de son trouble, de la rougeur qui colorait ses joues au nom de Christophe, lisait en frémissant ses sentimens secrets sur son front.

Madame d'Orgeval était plus d'accord avec l'abbé Chorrin sur le but où il s'agissait d'amener l'avocat que sur les moyens à employer pour l'y conduire; car elle agissait de bonne foi, et elle voulait que la conversion de Sauval fût franche, entière, sans restriction mentale d'aucune espèce, et indépendante de tout motif d'intérêt personnel. Le chanoine, plus prudent et mieux avisé, soutenait au contraire qu'il était dangereux de pousser trop brusquement les gens dans la voie du salut: il faut se garder, disait-il, d'effaroucher les tièdes et les timides; il faut les piper par de douces amor-

ces, et même quelquefois, faute de mieux, nous
devons nous contenter des apparences, vu la
méchanceté du monde et la perversité du cœur
humain.

La baronne n'entendait rien à ce langage ;
sa ferveur religieuse et monarchique s'indignait
des obstacles et avait les gens tièdes en horreur : d'ailleurs elle se croyait maintenant
sûre du succès, et pensait pouvoir marcher
droit au but. Il ne fallut rien moins que sa
confiance aveugle dans les lumières de l'abbé
pour la déterminer à se contraindre devant
Christophe et à se laisser guider par l'expé-
rieuce consommée du chanoine.

Celui-ci, malgré les assurances réitérées de
madame d'Orgeval, ne croyait point la victoire
si facile, et, tout persuadé qu'il était du pouvoir miraculeux de la grace, il avait quelque
peine à croire que Christophe en fût déjà réellement touché. La baronne était blessée de
l'incrédulité du chanoine sur ce point ; car,
douter que Christophe fût dans la bonne voie,
c'était tenir peu de compte des efforts et du
pouvoir persuasif de la vénérable dame ; aussi
disait-elle merveille de l'avocat, et elle était
sincère en parlant de la sorte ; car elle possédait, à un degré fort éminent, cette faculté
dont aucun de nous n'est complètement dé-

pourvu, et qui consiste à juger les autres
d'après la passion du moment, et beaucoup
plus suivant l'intérêt qui nous rapproche ou
qui nous éloigne d'eux que sur leurs mérites.
«Oui, ajouta-t-elle, oubliant toutes ses anciennes préventions, M. Saüval est un jeune homme
fort intéressant, et je vous le donne pour plus
qu'à demi converti. Je vous ai laissé peu de
chose à faire; je vous en préviens. »

— C'est à vous, madame, qu'appartiendra
l'honneur du succès, et je n'aurai garde de vous
le disputer, dit l'abbé d'un ton doucereux;
mais ces messieurs sont sujets aux rechutes; ils
nous échappent souvent lorsque nous croyons
les mieux tenir, et, je vous l'avoue, baronne,
après les offres avantageuses que je suis chargé
de faire à M. Sauval, je ne vois rien de mieux
pour fortifier ses excellentes dispositions que
les propos que l'on commence à tenir sur son
compte dans son parti.

— Bon Dieu! l'abbé, que vous êtes méfiant!
N'est-ce point assez de l'invincible force de la
raison et de la vérité?

— Hé! sans doute, madame, répondit le
chanoine après un petit accès de toux sèche:
La raison, la vérité! cela est parfait; mais si
nous n'avions rien de plus pour conduire les
hommes à bien, il y aurait de quoi désespérer

du genre humain. Croyez-moi, baronne, il faut aider les tièdes à rompre avec les méchans. Je compte infiniment, pour nous attacher M. Sauval, d'une manière durable sur le discrédit où il ne peut manquer de tomber aux yeux de ses anciens amis ; et, soit dit entre nous, continua l'abbé en se penchant vers l'oreille de la baronne, j'ai vu ces jours passés un garçon d'esprit qui m'a promis de travailler notre avocat de la bonne façon dans les journaux de sa clique.

— Quoi, l'abbé, votre crédit s'étend-il jusque là ?

— Eh ! madame, il le faut bien. Le monde est si méchant, qu'il ne faut négliger aucun moyen de le convertir. Nous devons nous faire violence à nous-mêmes et vaincre nos répugnances.

Madame d'Orgeval n'eût point certes imaginé un pareil expédient ; mais elle ne mettait nullement en question la sainteté du chanoine : elle le plaignit donc sans le blâmer de recourir à de semblables moyens pour sauver les ames, et, coupant court à toute discussion inutile, elle jeta l'entretien sur un sujet qu'elle avait à cœur d'aborder.

—Le cardinal sera content de nous, dit-elle, n'est-il pas vrai, l'abbé ?

— Il est aux anges, madame. Je l'ai vu hier chez le roi : il parle de vous avec enthousiasme.

— Cette conversion fait donc déjà du bruit? on en parle au château?

—Oui, vraiment, madame, et l'on vous porte aux nues.

La baronne eut peine à déguiser sa joie; enfin elle dit en baissant le ton et en s'approchant à son tour de l'abbé :

— Ce serait le cas peut-être de solliciter pour mon frère un emploi de chambellan ou de gentilhomme. Surtout ne lui en parlez pas, car il n'entend pas raison sur ces choses-là ; mais vous m'obligeriez d'en dire deux mots à l'oreille de son Eminence.

—Comptez sur moi, madame.

— Il serait à propos aussi de faire valoir les droits de mon fils à la croix de commandeur, de rappeler qu'il ne s'est point battu à Waterloo... Mais il n'y a rien à espérer du ministère.

— Le ministère, répondit l'abbé avec un geste très-significatif, ne nous gênera pas longtemps.

— Dieu le veuille! mon cher abbé : nous aurons donc enfin un cabinet selon le cœur du roi et des honnêtes gens !

— C'est comme j'ai l'honneur de vous le

dire, madame la baronne; encore un peu de temps, et nous verrons beau jeu.

— Messieurs les électeurs à la patente feront une laide grimace.

— La grande propriété reprendra le rang et l'influence qui lui appartiennent;

— On indemnisera le clergé.

— Le droit d'aînesse sera rétabli, madame.

— On vous rendra l'état civil.

— La presse ne dira mot.

— Tout ira bien alors.

— Et la France sera vraiment heureuse!

Le bon chanoine et la baronne assuraient ainsi le bonheur du royaume, et leur esprit s'égarait dans les espaces, lorsque le bruit de la porte qui s'ouvrit et les jappemens de l'épagneul les rappelèrent aux réalités de ce monde.

Un domestique annonça Christophe, dont les deux sœurs, dans la chambre voisine, avaient entendu les pas sur l'escalier. Alice respirait à peine : le moment décisif était venu. Elle ne doutait point que Christophe ne sortît à son honneur de cette épreuve; elle avait confiance au succès, et pourtant son agitation redoublait à chaque minute. Tantôt, pleine d'espoir et regardant la pendule, le temps n'avançait pas assez rapidement à son gré; tantôt elle cédait à une vague inquiétude, et alors l'aiguille

marchait trop vite : elle ne vivait point , elle
était au supplice; elle souhaitait et redoutait
presque également de savoir le résultat de la
conférence ; elle aurait en même temps voulu y
assister et en être à cent lieues....

..; Christophe n'était pas non plus sans inquiétude sur l'issue de cette scène, et la présence
de l'abbé Chorrin dans la chambre de la baronne lui parut de mauvais présage. Il comprit
aussitôt que l'heure d'une explication décisive
avait sonné pour lui ; qu'une réserve prudente
ne suffirait plus, et qu'en un mot il allait être
mis au pied du mur. Il prit son parti en brave,
et résolut d'opposer bonne contenance à mauvais jeu.

Lorsqu'il se fut assis , et que *Charmant* eût
permis de s'entendre, madame d'Orgeval prit la
parole :

— M. Sauval , dit-elle , nous avons si bien
parlé de vous à M. l'abbé Chorrin , qu'il a le
plus grand désir de vous connaître.

·(Christophe s'inclina, et l'abbé dit à son tour :

—Il suffit , monsieur, d'obtenir comme vous
les suffrages du public et l'estime de la meilleure
compagnie pour inspirer le désir d'un rapprochement à tous les hommes bien intentionnés.

— Je suis flatté , monsieur, répondit froidement Sauval, de la bonne opinion que vous

voulez bien avoir de moi, et j'ai à cœur de la justifier.

— J'étais sûr, dit l'abbé, que nous nous entendrions à merveille. On affirme, monsieur, et je suis heureux de le croire, que vous êtes animé pour le bien public du zèle le plus louable, et que ces hommes qui leurrent le peuple au nom d'une liberté sans frein ou d'une égalité chimérique, ne sont pas plus sévèrement condamnés par nous que par vous-même.

— Cela est vrai, monsieur.

— Il répond comme un ange, dit la baronne ravie.

— Et, dans l'occasion, répondit l'abbé, en se tournant vers madame d'Orgeval, je vois que nous pourrions compter sur monsieur.

— Sans aucun doute, M. Sauval pense fort bien. Je lui servirais très-volontiers de caution et je n'aurais point à m'en repentir... N'est-il pas vrai, monsieur?

— Veuillez vous expliquer, madame. De quoi s'agit-il?

— Il s'agit, répondit l'abbé, de saisir une occasion qui se présente le plus heureusement du monde, et de rendre un immense service à la bonne cause; service qui sera reconnu d'une manière signalée.

L'abbé se tut et leva les yeux sur Christophe comme pour l'interroger du regard.

— Parlez, monsieur, dit celui-ci.

— Un des collaborateurs principaux d'un journal en vogue se retire : il s'agit de lui donner un successeur, et, permettez-moi de le dire, monsieur, votre talent, votre mérite, ont fait jeter les yeux sur vous.

— Le nom du journal, s'il vous plaît ? demanda Christophe.

L'abbé Chorrin nomma une feuille très-connue, organe d'une opinion fort exaltée.

Christophe, qui depuis le commencement de cet entretien, voyait où l'on avait l'intention de le conduire, ne voulut pas ôter sur-le-champ toute espérance aux charitables personnes qui prenaient tant d'intérêt à son bonheur éternel et temporel : il se contenta de répondre :

— Je ne vous cacherai pas, monsieur l'abbé, que mes opinions diffèrent encore quelque peu de celles dont cette feuille est l'organe.

— J'entends bien, répondit le chanoine, et cela est fort naturel : il faut le temps de réfléchir ; on ne vous demande pas non plus une rétractation trop brusque, on ne sera point exigeant. Tout ce qu'on désire de vous, pour le moment, c'est votre nom, votre consentement... Le reste viendra de soi-même... et...

— Cependant, interrompit madame d'Orgeval, qui, malgré sa ferme résolution de ne
point contredire le chanoine, ne put s'abstenir
d'exprimer son avis, il n'y a point de transaction possible avec le libéralisme ; et lorsqu'on
est assez heureux pour reconnaître ses torts, on
ne saurait ni trop haut, ni trop publiquement
en convenir.

— Vous avez raison, madame la baronne,
reprit l'abbé avec un admirable sang-froid ;
mais M. Sauval n'a pas non plus tout-à-fait
tort ; je le comprends à merveille. Dieu nous
défend de scandaliser personne, et une rétractation subite, quelque louable qu'elle soit, est
souvent mal interprétée par beaucoup de gens :
le monde est si méchant !

— Il y a un obstacle de plus à votre désir,
dit Christophe.

— Et lequel, mon cher monsieur ? demanda
l'abbé, prêt à réduire cet obstacle au néant, quel
qu'il fût.

— Voici, monsieur : inscrire son nom parmi
les rédacteurs d'un journal, c'est, en quelque
sorte, donner pour siennes les opinions de cette
feuille. Mais si notre conscience s'y oppose, que
faire alors ?

— Eh ! monsieur, interrompit encore une
fois madame d'Orgeval avec impatience, qu'a

de commun la conscience, je vous prie, avec des opinions révolutionnaires, avec des doctrines en horreur à l'église et à nos princes légitimes ?

— Pardon, madame, reprit l'abbé d'une voix douce et d'un air bénin, mille fois pardon : je répéterai ce que j'ai eu l'honneur de vous dire à l'instant : vous n'avez pas tort sans doute, mais M. Sauval a aussi un peu raison de son côté. La conscience, en effet, pourrait bien faire ici quelque difficulté ; cependant, je crois pouvoir démontrer que l'objection est plus apparente que réelle.

— Comment cela, s'il vous plaît ? demanda Christophe, curieux d'entendre la démonstration du chanoine.

L'abbé rapprocha sa chaise de celle de l'avocat, et lui dit :

— Lorsque notre conscience, d'accord avec notre raison, nous présente une chose comme un mal positif, j'avoue qu'il faut se garder de la faire, encore qu'elle puisse être permise ; mais lorsqu'il y a doute, incertitude, la question change de face : je dirai plus ; lorsque toutes les probabilités militent en faveur de cette chose, bien qu'elle nous répugne instinctivement, il faut attribuer ces répugnances au vieil homme, et il n'y a plus à hésiter.... C'est

précisément ce dont il s'agit aujourd'hui....
Suivez-moi bien, je vous prie : vous ne pouvez
avoir aucune certitude que l'opinion de tant
de personnes éminentes en savoir, en vertu,
en piété, ne soit excellente, il y a même de
grandes probabilités pour qu'elle soit la meilleure [1] ; votre raison, au point où vous en êtes,
ne peut se refuser à le reconnaître : dès-lors vos
objections, monsieur, se réduisent à de simples
répugnances qu'on peut avouer, mais qu'il faut
vaincre, et votre conscience est hors de cause,
comme vous le faisait si bien entendre tout à
l'heure madame la baronne.

—Fort bien, M. l'abbé, répondit Christophe :
voilà de quoi contenter les plus difficiles, et il
n'y a rien à répondre à cela. N'avez-vous aucune autre communication à me faire ?

Le ton moitié léger, moitié sérieux, avec lequel Christophe prononça ces paroles, était peu
propre à éclairer ses interlocuteurs sur ses véritables intentions. Le chanoine jeta un coup
d'œil à la baronne ; puis se tournant vers Sauval, il répondit :

— Nous savons, monsieur, que vous n'êtes
pas homme à vous laisser influencer, dans une

---

[1] Pascal, Lettres provinciales, *De la Probabilité.*

circonstance si grave, par des motifs d'intérêt personnel; mais il est permis à tout homme d'avoir une honorable ambition, celle de faire beaucoup de bien et d'empêcher beaucoup de mal.

— D'accord, M. l'abbé.

— Pour satisfaire ce louable désir, il faut être dans une position éminente; il faut du pouvoir et de la fortune : or je suis autorisé à vous dire que la proposition que j'ai l'honneur de vous soumettre offre de grands avantages pécuniaires à la personne qui l'acceptera, et que celle-ci peut en outre compter sur un très-rapide avancement dans la magistrature.

—J'entends, répondit Christophe à qui l'indignation fit oublier sa réserve habituelle : vous marchandez ma plume, mon nom et ma conscience.

— Monsieur, dit la baronne exaspérée de ce reproche qu'elle aurait rougi de mériter, qu'osez-vous dire? Quoi! vous nous accusez lorsque nous ne sommes occupés que de votre bien : ah! c'est le comble de l'ingratitude! Sachez, monsieur, que ce qu'on vous offre n'est point le prix du mensonge ou d'une transaction honteuse, mais bien l'honorable récompense du mérite et d'un retour sincère à la vérité.

— Veuillez me pardonner, madame, reprit

Christophe, si j'ai pu mal interpréter ou mé-
connaître...

Mais la vieille dame irritée ne voulait rien
entendre, et, sans faire attention aux signes ou
aux recommandations du chanoine, elle continua du même ton :

— Non, monsieur, nous ne voulons point
parmi nous de gens dont la bonne volonté ap-
partienne au plus offrant, et, si vous n'y venez
point avec une conviction pleine et entière,
demeurez où vous êtes.

L'abbé Chorrin leva les yeux au ciel et vit
bien que tout était perdu.

— Madame, repartit Christophe, c'est avec
regret que je me vois obligé de vous répondre
par un refus; mais je rends hommage à vos intentions pures et bienveillantes; car vous avez
tenté de me convaincre et non de me séduire.
Pour vous, monsieur, veuillez informer ceux
qui vous ont envoyé vers moi que mon intelligence est trop bornée pour comprendre la
théorie des probabilités en morale, et que je
n'ai pas à un assez haut degré l'ambition du
bien public pour sacrifier ma conscience à ma
fortune.

Christophe, après avoir prononcé ces paroles, salua et sortit, laissant en présence le chanoine et la baronne.

A peine eut-il referme 1 porte et descendu rapidement l'escalier, qu'Alice et sa sœur se précipitèrent dans la chambre.

—Eh bien! ma tante, a madame d'Orfeuil, avez-vous réussi? est-il de nôtres?

—Est-il converti? demanda d'une voix faible Alice palpitante d'émotion

—Lui, lui! dit madame l'Orgeval lorsqu'elle eut retrouvé la parole, a! c'est un malheureux... un ingrat.. Il vou en a imposé par de faux semblans, ma nièce; car je vous garantis, moi, qu'il ne croit à rien.. Eh! Alice!.... bon Dieu! comme elle pâlit!... Qu'avez-vous?

— Rien ma tante.... ce n'est rien.

— De l'air! dit vivement madame d'Orfeuil en soutenant Alice... de grace un peu d'air.... elle étouffe.

Tandis que l'abbé ouvrit la fenêtre et que madame d'Orgeval jetait un regard scrutateur sur sa nièce, celle-ci tomba sans connaissance dans les bras de sa sœur.

ALICE était sur son lit lorsqu'elle reprit ses sens ; et sa sœur, debout auprès d'elle, lui prodiguait ses tendres soins.

— Comment te sens-tu , ma bien-aimée ? dit doucement madame d'Orfeuil.

Alice put à peine prononcer quelques paroles, et ce fut pour conjurer sa sœur de s'éloigner.

— Laisse - moi seule , Amélie , dit-elle en

portant la main de sa sœur à ses lèvres ; laisse-
moi, chère sœur, je serai mieux seule.

Madame d'Orfeuil céda aux instances réitérées
de sa sœur, et à peine eut-elle refermé la porte
derrière elle, qu'Alice appuyant sur son cœur
ses mains jointes et fortement serrées :

— Mon Dieu, dit-elle à voix basse, il est donc
vrai ! il m'a trompée ! il s'est ri de moi ! Que
doit-il penser maintenant !... Ah ! si du moins
je pouvais lui faire entendre ce qui m'attirait
vers lui... s'il pouvait comprendre que c'était
pour lui.... pour lui seul.... O comme je
souffre !

La malheureuse Alice retomba sur son lit en
couvrant de ses mains sa figure brûlante, et répandit un torrent de larmes.

Elle fut distraite dans sa douleur par un petit
coup frappé à sa porte, et elle reçut, presque
en même temps, un mot que lui remit la femme
de chambre de sa sœur de la part de sa maîtresse.
Madame d'Orfeuil avait quitté la chambre en
proie aux plus pénibles réflexions ; car elle craignait que l'évanouissement et le trouble extrême
d'Alice ne fissent naître des soupçons : elle sup-
pliait donc sa sœur de faire tous ses efforts pour
se remettre afin de paraître calme au dîner. « Tu
as encore deux heures, ma chère Alice, ajoutait-
elle, laisse-toi coiffer par Julie, et si tu le veux

bien, nous ferons ensuite ensemble un tour de
parc, je viendrai te prendre.... Ne me refuse
pas; je t'en conjure. »

— Elle a deviné! se dit Alice à elle-même,
ô mon Dieu! donnez-moi assez de courage,
assez de force pour cacher mon trouble à d'autres yeux qu'aux siens.

Une heure plus tard les deux sœurs sortirent
du château pour faire ensemble leur promenade accoutumée.

Une scène assez vive avait lieu, dans le même
moment, entre M. de Kérolais et la baronne.

—Votre M. Sauval est un démocrate forcené,
un impie, dit celle-ci, lorsqu'elle rencontra le
comte; si vous m'en croyez, mon frère, vous
romprez avec lui dès que votre procès sera jugé.

— Ah! vous avez donc perdu le vôtre, ma
sœur, répondit M. de Kérolais en souriant,
parbleu, je n'en suis pas fâché; car bien que je
déteste ses opinions, je tiens M. Sauval pour
l'un des moins pervers de son parti, et j'aime
encore mieux avoir affaire à un libéral qu'à un
hypocrite.

— Comme il vous plaira, monsieur, dit la
baronne courroucée; mais pour mon compte,
je vous déclare que je n'aurai plus rien de
commun avec cet homme.

— Ma tante, dit d'Orfeuil qui était survenu

pendant cet entretien, de grace, modérez-vous,
et attendons au moins la fin de ce malheureux
procès.

— Nous avons tous de grandes obligations à
M. Sauval, reprit le comte d'un ton grave, et
son talent nous sera d'un grand secours ; cependant, ma sœur, s'il s'était rendu indigne
d'être reçu chez moi, je lui fermerais ma porte
à l'instant même, quand il devrait m'en coûter
tout mon bien. Oui, j'aimerais mieux perdre ce
procès que d'attendre, pour faire affront à un
homme, que je n'aie plus besoin de ses services.

— A la bonne heure, mon frère ! à merveille, mon neveu ! les volontés sont libres.
Quant à moi, je ne veux point être exposée à
rencontrer ici ce démagogue : d'ailleurs, ma
présence est depuis long-temps nécessaire dans
ma terre de Grandmesnil, et avant huit jours
je prendrai la route de Caen.

— M. Sauval nous quitte après demain, dit
le comte ; jusque-là, ma sœur, contenez-vous,
de grace, et faites-lui bon accueil.

— Je sais vivre, mon frère, et je n'en suis
point à apprendre les convenances.

Sur cela, madame d'Orgeval quitta brusquement le comte, et rentra dans son appartement.

La baronne, malgré son vif ressentiment,

n'était pas dans le château l'ennemi le plus à craindre pour l'avocat : Christophe en avait un autre plus dangereux et dont il ne se méfiait aucunement. Cet ennemi était le maître du château en personne, le vicomte d'Orfeuil.

Aussi imbu de préjugés qu'aucun membre de sa famille, sans même en excepter le comte, qui ne prenait point au sérieux le libéralisme de son gendre, d'Orfeuil aurait voulu jouir à la fois des avantages d'un haut rang et de ceux de la popularité, et il avait cajolé Christophe pour en faire, non un ami, mais un instrument de sa fortune politique. L'évanouissement d'Alice, à la suite de l'entrevue de Christophe et de l'abbé Chorrin, donna beaucoup à penser au noble vicomte ; il rapprocha ce fait, dans son esprit, de plusieurs circonstances auxquelles il avait d'abord donné peu d'attention, et il en conclut qu'Alice ne voyait point Christophe d'un œil indifférent. Cette découverte l'indigna et le remplit d'effroi ; car, tout libéral qu'il prétendait être, il ne se faisait point à l'idée d'avoir quelque jour un roturier pour beau-frère, et surtout depuis qu'il avait vu, suivant son expression, dans André Sauval, un échantillon de la famille de l'avocat. Cependant il avait de grands ménagemens à garder envers Christophe, chargé de défendre une cause dont le gain pouvait

doubler la fortune, et, d'autre part, il connaissait assez son beau-père pour être sûr qu'au
premier soupçon de l'inclination de sa fille, le
comte foulerait aux pieds toute autre considération, et ne reverrait Christophe de sa vie.
Il fallait donc user de prudence, et d'Orfeuil
ne savait qu'imaginer pour conjurer, sans rupture funeste, un péril qui lui causait tant d'é-
pouvante. Il eut enfin à cet égard une inspiration soudaine, lorsqu'il entendit la baronne
annoncer son prochain départ pour Caen : il
la suivit dans sa chambre, et commença
par l'instruire de ses appréhensions. La vieille
dame pensa tomber à la renverse : elle fut
cependant plus indignée que surprise ; car elle
avait fait sur l'évanouissement d'Alice des réflexions qui confirmaient les craintes de d'Orfeuil ; mais son orgueil avait été trop blessé de
ces premiers soupçons pour que d'abord elle
arrêtât sur eux sa pensée : elle se laissa persuader avec peine qu'il fallait attendre l'issue
du procès pour faire une semblable révélation
au comte, et tomba d'accord avec d'Orfeuil sur
la nécessité de séparer sur-le-champ Alice de
Christophe. La baronne accueillit, dans ce but,
la proposition du vicomte. Ils concertèrent ensemble toutes leurs mesures, puis, d'Orfeuil
retourna chez son beau-père pour achever

de mettre son plan à exécution. Il le prévint que madame d'Orgeval, partant pour sa terre de Grandmesnil, avait le projet de lui demander Alice pour compagne de voyage.

— A l'âge de ma tante, dit le prudent vicomte, il ne serait pas sage de se mettre seule en chemin, et la société d'Alice sera non-seulement pour elle d'un grand agrément, mais encore d'un grand secours.

La pensée de cette séparation désola le vieux comte ; cependant d'Orfeuil ajoutant que le changement de climat et de régime avait déja fait subir quelque altération à la santé d'Alice, représenta que l'occasion était favorable pour lui faire prendre des bains de mer, dont elle avait constamment éprouvé le plus grand bien, sa tante ayant l'intention de s'arrêter, à cet effet, quelques semaines à Courseulles, aux environs de Caen, avant de se rendre à sa terre.

M. de Kérolais ne fit plus alors que de faibles objections, qui s'évanouirent bientôt lorsque sa sœur eut achevé de lui persuader qu'en accordant son consentement il ferait tout à la fois une chose utile à elle-même et salutaire pour Alice.

Celle-ci, consultée à son tour, n'opposa, contre l'attente générale, aucune résistance au

désir de la baronne, et elle s'empressa même
d'accepter.

Blessée au fond de l'ame, elle sentait bien
que sa douleur la suivrait partout; mais le séjour d'Orfeuil lui était devenu odieux. Elle
évitait les lieux témoins de ses longues causeries avec Christophe : un sentiment de pu-
deur et d'orgueil froissés la portait à les fuir;
car c'était là qu'il l'avait si cruellement trompée; c'était là qu'elle pouvait le rencontrer
encore. Huit jours plus tôt elle aurait frémi à
la seule idée de quitter son père; mais le sentiment qui l'absorbait tout entière la rendait
presque insensible aux regrets du vieux comte
et 'à la tristesse résignée d'Amélie.

Le jour même du départ de Christophe et la
veille de celui de la baronne, Alice sortit de
fort bonne heure du château pour visiter une
dernière fois un parterre entouré d'arbres verts,
et où l'on admirait une grande variété de géra-
niums qu'elle prenait plaisir à arroser chaque
matin elle-même.

Ce jour-là elle n'avait pas songé à s'acquitter
de ce soin, et l'arrosoir reposait renversé près
du banc où Alice était plongée dans une douloureuse rêverie. Tout à coup un léger bruit
frappa son oreille; elle se retourna, vit Christophe, et se leva pour s'éloigner; mais ses ge-

noux fléchissaient sous elle, et il lui fut impossible de fuir.

— Mademoiselle, dit Christophe d'une voix profondément triste, c'est à moi de m'éloigner ; mais, de grace, ne me condamnez point à vous quitter avant d'avoir entendu un mot, un seul mot pour ma défense.

— Il n'en est pas besoin, répondit Alice d'une voix à peine intelligible : vous n'avez, monsieur, aucun compte à me rendre.

Elle essaya encore une fois de se lever et de fuir ; mais elle chancelait, et serait tombée si Christophe ne l'eût soutenue et ne l'eût doucement remise sur le banc.

— Oh ! dit-elle alors en fondant en larmes, pourquoi m'avez-vous trompée !

Agité lui-même au-delà de toute expression, Christophe essaya vainement de la calmer.

— Ne le croyez pas, s'écria-t-il : je ne vous en ai point imposé.... non, jamais... jamais.

Alice était trop profondément blessée pour l'entendre ; elle se sentait humiliée en sa présence ; elle était désolée de verser des larmes qui trahissaient ses émotions secrètes, et qui redoublaient par l'effort même qu'elle faisait pour les retenir.

—Vous refusez donc de m'écouter, dit Christophe ; et vous partez ! vous partez en me méprisant! Vous aussi vous m'avez condamné!

Le ton déchirant de Christophe fit une vive impression sur Alice; elle tourna la tête vers lui, et répondit avec plus de calme :

— Qui aurait dit que vous vous feriez un jeu de ma crédulité?... que vous seriez!...

— Ah! interrompit vivement Christophe, si vous saviez ce qu'on attendait de moi, ce qu'on n'a pas rougi de me proposer!

—Quoi donc! que vous a-t-on demandé?

— De mentir à ma conscience comme un misérable, de me donner corps et ame à un parti qui n'est pas le mien, de trafiquer, en un mot, de mon talent et de mon crédit.

—Grand Dieu! dit Alice. Puis se reprenant tout à coup : « Je croyais, ajouta-t-elle en hésitant, que vous aviez changé de sentiment.... d'opinion... que vous n'étiez plus ce qu'on vous accuse d'avoir été. »

— Vous avez cru qu'il suffisait d'être honnête homme, d'honorer Dieu et le roi, pour être réputé par les vôtres homme estimable et bon citoyen. Vous vous trompiez : l'esprit de parti est plus exigeant : qu'importe à vos amis, à vos proches, qu'on adore Dieu, si on l'adore autrement qu'eux? Que leur importe que l'on respecte le prince, si l'on n'est disposé à lui obéir quand même, à le servir en aveugle? et

ce n'est rien encore... Il y a certains hommes
pour qui la bonne foi, la sincérité est peu de
chose ; ils tentent de corrompre lorsqu'ils par-
lent de convertir; où la persuasion échoue, ils
font mouvoir les plus vils ressorts, ils n'épar-
gnent aucune infamie jusqu'à ce qu'ils aient
rendu le malheureux qui les écoute aussi in-
fame qu'eux-mêmes; ils l'exaltent alors pour
l'avilir davantage, afin de pouvoir dire à leurs
adversaires : celui que vous placiez si haut dans
votre estime, celui dont vous vantiez le talent
et le patriotisme, celui qui valait mieux que
vous, a fait ce que vous feriez tous... il s'est
vendu.

— Quelle horreur! dit Alice avec l'énergie
d'une noble indignation... Quoi, M. Chorrin?
juste ciel !...

— Oui, M. Chorrin est un de ces hommes
dont l'astuce hypocrite est la honte et la plaie
du parti qu'elle prétend servir.

— Et ma tante? monsieur,... ma tante !...
l'accusez-vous aussi ?

— J'honore sa bonne foi, et j'ai pitié de son
aveuglement. Son fanatisme politique est sincère ; mais il est si grand, qu'elle n'imagine
même pas que la conscience soit intéressée à
défendre une autre opinion que la sienne.

—C'est donc à moi de l'instruire, interrompit

Alice dont les yeux rayonnaient d'espérance:
J'ai peut - être tort de vous parler ainsi, dit-
elle avec une confusion charmante : je ne de-
vrais point ajouter tant de foi à vos paroles...
mais je ne puis me défendre de vous croire...
Il est si affreux de douter ! Oh ! répétez-le moi
bien, ajouta-t-elle d'une voix suppliante et
dont le charme était irrésistible, dites-moi que
vous n'avez point surpris ma confiance, dites
qu'il n'y a rien de commun entre vos principes
et ceux des hommes qui ont inondé la France
de sang.

— Je condamne leurs doctrines, et je les
renie.

— Dieu soit loué ! dit Alice avec transport :
mais vous avez été calomnié d'une manière
cruelle... faites, je vous en conjure, un effort
auprès de ma tante, expliquez-vous avec elle,
avec mon père... Hâtez-vous de les désabuser.

— Vain espoir ! la raison est impuissante
quand la passion est aveugle, et si votre père
lui-même, si votre excellent père n'a pris
aucune part aux projets de sa sœur, c'est qu'il
m'a cru atteint d'un mal incurable.... Non,
je n'ai aucune justice à attendre des vôtres...
C'est une de ces fatalités contre lesquelles je me
débats en vain... c'est un mal ajouté à tant d'autres qui m'accablent.

— Vous souffrez donc ? demanda aussitôt
Alice avec l'accent de la plus touchante sensibilité.

— Il y a des douleurs, mademoiselle, qu'une
ame comme la vôtre ne saurait comprendre :
ces douleurs sont les miennes , et j'en ressen-
tirai les pointes aigües jusqu'au tombeau ; mais
je sais un bien seul capable de les apaiser, un
bien, sans lequel il n'est plus pour moi ni joies,
ni espérances sur la terre : c'est la sympathie
d'un esprit pur et délicat, c'est l'affection d'un
cœur sensible... L'amitié d'une femme compatissante et adorée... Cet instant décidera de
mon sort... Alice, m'avez-vous compris ?

La tête de Christophe était en feu , il ne voyait
plus : son existence semblait suspendue jusqu'après la réponse d'Alice.

Elle demeura quelques instans immobile et
pensive, enfin, tenant les yeux baissés, elle dit
en s'interrompant plusieurs fois:

— J'ai dû vous estimer, vous bénir même
avant de vous connaître...Vous avez sauvé mon
frère... mon cœur n'a point changé.

— Oh ! dites-le-moi encore, Alice, répétez-
moi cette douce promesse, jurez-moi , je vous
en supplie, que les préjugés de famille, que les
préventions de mes ennemis ne triompheront
point de votre estime, que jamais vous ne me

condamnerez avant de m'avoir entendu et comme aujourd'hui écouté ma défense.

— Jamais, dit Alice ; je vous le jure, non, jamais.

— Merci ! oh ! merci pour ce serment mille fois béni ! s'écria Christophe en saisissant la main d'Alice et la couvrant d'ardens baisers.... Puis tout à coup son front s'obscurcit, et cédant de nouveau à un douloureux souvenir :

« Ce serment, dit-il, qui ne s'effacera point de mon cœur, c'est un adieu peut-être.... car vous partez !.... vous l'avez résolu !»

— Il le faut, répondit Alice : j'ai promis.... j'ai cédé.

Elle soupira, et laissa tomber en même temps un regard sur Christophe : leurs yeux se rencontrèrent : une pudique et charmante rougeur couvrit les joues de la jeune fille, elle détourna la vue ; mais elle oublia de retirer sa main que Christophe tenait encore pressée dans les siennes.

Ce fut assez : ivre d'amour et de bonheur, Christophe n'entendit point un bruit qui fit tressaillir Alice ; il fallut qu'elle le rappelât à lui-même et qu'elle le suppliât de s'éloigner. Il obéit, après avoir imprimé une dernière fois ses lèvres sur sa main frémissante.

Il quitta le soir même le château d'Orfeuil, et, deux jours plus tard, il apprit le départ d'Alice pour la Normandie. Il allait être long-temps séparé d'elle ; mais il emportait de son dernier entretien une certitude assez puissante pour adoucir toutes ses souffrances.... Christophe avait lu dans le cœur d'Alice,... Christophe était aimé !

TABLE

LIVRE III.

Lightning Source UK Ltd.
Milton Keynes UK
UKHW05f2018190918
329158UK00009B/159/P